夢尋祕境卡達斯

The Dream Quest *of* Unknown Kadath & Other Stories

H.P. Lovecraft
幻夢境小說傑作選

李函——譯

堡壘文化

目錄

推薦序
先把無可名狀與克蘇魯放一邊，這是洛夫克拉夫特的《魔戒》　龍貓大王通信　9

譯者序
帶領讀者實際踏入克蘇魯宇宙的幻夢境故事　李函　13

一、藍道夫·卡特的供詞（*The Statement of Randolph Carter*）　17
卡特熱衷黑魔法的朋友哈雷·華倫，取得了一本用神祕語言寫成的古書。透過解讀該書的內容，華倫推論，現實世界與陰間存在著門口與通道，能導向不同的世界，也能讓人類與惡魔穿梭其中。兩人來到位於南佛羅里達州大柏樹沼澤附近的一處古代墓穴。打開墓穴後，兩人發現了一道延伸到地下的神祕階梯……

二、無可名狀（*The Unnamable*）　25

卡特與好友喬・曼頓，前往阿卡漢近郊墓園旁的一棟廢棄房屋。卡特向曼頓敘述，傳說中居住在該房屋內的神祕物體後，兩人決定在半夜進入老屋探險。空無一人的老屋中，散發出的怪誕氛圍，讓兩人不寒而慄。而兩人深入屋內時，竟遭到神祕物體的攻擊……

三、奈亞拉索特普（*Nyarlathotep*）　37

敘事者講述了外神奈亞拉索特普在埃及出現後帶來的災厄。奈亞拉索特普化為人形，並穿著法老的裝扮，在許多城市引發了驚人奇蹟。敘事者等人被奈亞拉索特普趕入市區，而當街燈的光芒逐漸變得黯淡後，眾人便見識到諸多夢境般的超現實景象……

四、皮克曼的模特兒（*Pickman's Model*）　43

皮克曼是位知名的波士頓畫家，以畫出恐怖形象而聞名。但由於作品太過駭人，使

他不受同業歡迎。敘事者來到皮克曼住處觀賞他的作品時，逐漸發現皮克曼作品的逼真恐怖程度……

五、烏撒之貓（*Cats of Ulthar*）

鎮上有對農民夫婦，慣於殘殺闖入他們土地的貓。某天，有批來自遙遠國度的商隊途經烏撒，商隊中的小男孩養了隻年幼黑貓。待在烏撒三天後，男孩卻找不到自己的黑貓……

六、末日降臨薩納斯（*The Doom that Came to Sarnath*）

一萬年前，一群遊牧民族在姆納中央的湖泊旁，建立了富麗堂皇的城市薩納斯。附近的古老石城伊博，居住了來自月球的兩棲類生物，牠們祭拜偉大的水蜥波克羅格。牠們醜惡的外表，招來薩納斯人民的嫌惡，因此薩納斯發兵將伊博的兩棲類居民全數殺害，並將兩棲生物祭拜的塑像帶回薩納斯的主神殿。但隔天，塑像神祕消失，大祭司也遭到殺害，且臨終前，他在祭壇邊寫下了「末日」……

七、瑟勒斐斯（*Celephaïs*） 77

一位獨自居住在倫敦的夢行者，在夢中見到了一座雄偉城市。現實中失去家庭與財產、又孑然一身的他，開始沉迷於夢境裡的鮮明奇景。對現實失望的他，逐漸將生活完全投入夢中。歷經長途跋涉後，他才發現，自己心心念念的城市，居然就位於……

八、夢尋祕境卡達斯（*The Dream Quest of Unknown Kadath*） 87

藍道夫．卡特經常夢見一座古老的雄偉城市，在夢中卻無法靠近它。為了抵達目的地，卡特在幻夢境中踏上了冒險旅程。途中遇上了不少奇異生物，也得到烏撒貓群以及畫家皮克曼為首的食屍鬼族群幫助。穿越了恐怖的冷之高原後，卡特終於抵達卡達斯，並遇上了外神使者奈亞拉索特普……

九、銀鑰（*The Silver Key*）　207

年歲漸長的卡特逐漸失去了做夢的能力。隨著年紀增長，現實世界的科學化理性思考，使他的想像力逐漸枯竭，卻又無法解釋許多問題。某次夢境中，他想起祖父曾提過一把藏在閣樓中的銀鑰，對方也告訴他，銀鑰將打開夢境大門……

十、穿越銀鑰之門（*Through the Gates of the Silver Key*）　223

藍道夫・卡特的親友們聚集在他的宅邸中，討論卡特失蹤後的遺產分配方案。當律師與眾人們對遺產爭論不休時，一位穿著長袍的神祕人士史瓦密・強德拉普特拉，聲稱自己知曉卡特失蹤後發生的事……

推薦序

先把無可名狀與克蘇魯放一邊，這是洛夫克拉夫特的《魔戒》

龍貓大王通信

對台灣讀者來說，多年來要進入H. P.洛夫克拉夫特筆下的魔幻宇宙，有著無法忽視的高牆。除了他的翻譯作品並不多之外，另一個原因在於，這些中短篇作品很難集結出一個完整的脈絡。固然，這些小篇幅作品確實都很精彩，但對洛氏而言，在這些詭麗多變的文字背後，有一個共通完整的黑暗宇宙背景。而這麼多年後，《夢尋祕境卡達斯》算是終於為台灣讀者打造出一條深入黑暗的大道。

常常能聽到有人以「克蘇魯」來代稱洛氏作品，彷彿只要有海中伸出的巨大觸手、有著如鬍鬚般的軟肢在臉上蠕動的怪物，這樣神似克蘇魯的作品，就能被稱之為洛氏風格。但如果有讀者被這樣的形容勾起興趣，那麼當他們踏進洛氏世界時，卻可能落入「無以名狀」的恐怖——他們找不到克蘇魯大人的身影。克蘇魯確實是洛氏創作出最著名的一個邪神，卻並非唯一一個。當讀者享受完短篇小說《克蘇魯的呼喚》裡無處不在的克蘇魯古神形象後，他們就只能在《敦威治怪談》、《暗夜呢喃》、《瘋狂山脈》等等故事裡，看到少數隱晦的克蘇魯典故。

克蘇魯是個沉睡的形象，是個將來卻始終未來的模糊影子，牠很恐怖，即便尚未覺醒就已經如此駭人，但牠對於故事的主角來說，仍然是個過於遙遠的存在。這樣的「無可名狀」有點虛無飄渺，難免讓剛入教的新教友們感覺不夠過癮。而他們明顯地需要《夢尋祕境卡達斯》，這本書的十個故事，引出了多位洛氏最知名的造物，包括了惡名昭彰的「伏行混沌」外神奈亞拉索特普、包括了浩瀚無邊的惡魔之王阿撒托斯（Azathoth）、包括了源自太古的大深淵之主諾登斯等等，除此之外，還有躲藏在陰影與腥臭氣味中的食屍鬼、夜魔、月獸、如軟泥般的複眼怪物、與左右開闔血盆大口的古革巨人等等。喔，我漏了一個——還有溫順慵懶的貓貓唷，你想過洛氏小說裡會出現「可愛」這個形容詞嗎？他用「可愛又好動的軍團」，來形容一群圍繞著主角行動的貓貓軍隊。

《藍道夫．卡特的供詞》描述藍道夫卡特與朋友的一趟古墓冒險；《無可名狀》描述卡特與另一位好友在鬼屋裡的不幸遭遇；《奈亞拉索特普》突然跳脫時空，講述包藏惡意機心的外神奈亞拉索特普，突然出現在埃及，以各種神蹟迷惑人們的心智，最終帶領著人群見識地球的末日；

《皮克曼的模特兒》又再度帶領讀者來到波士頓的藝術圈，參觀特立獨行畫家皮克曼的作品，並了解他是如何畫出怵目驚心的畫作；《烏撒之貓》像是走錯書架的小短篇，這篇洋溢寓言氣質的奇幻童話，描述一隊神祕商隊行經烏撒小鎮，隊上小男孩的黑貓卻神祕走失，似乎與鎮上一對愛殺貓的老夫妻有關……《末日降臨薩納斯》則是一篇奇幻史記，描述一萬年前的湖畔繁華城市薩納斯，如何興起、茁壯與驚異毀滅的歷程。而《瑟勒斐斯》介紹了一位能深入夢境的「夢行者」，他找尋童年夢境中的絕美之城，甚至為此不惜使用毒品，只求永遠沉睡下去……

《夢尋祕境卡達斯》的十個故事一口氣介紹了洛氏宇宙裡最重要的多位神明與種族，但這不是這本書最偉大之處。這十個故事看來依舊是典型的洛氏短篇故事集，至少以上七篇故事看來如此，但當讀者讀到第八篇故事《夢尋祕境卡達斯》，才會驚覺以上七篇故事在此集結成一個完整的故事。第一、二篇故事的主角藍道夫卡特，成為了《瑟勒斐斯》裡的夢行者，他一樣在夢境中探索人類世界前所未聞的仙境卡達斯。他在這個宛如地球人類集體潛意識的幻夢境之中，造訪了烏撒鎮、《藍道夫．卡特的供詞》與《無可名狀》裡出現的「怪物大軍」、從皮克曼那得到了協助……這是一趟混合奇幻、冒險、恐怖、甚至是戰爭元素的刺激旅程。更重要的是，陰險狡詐的外神奈亞拉索特普，可不希望一介區區凡人如此趴趴走，祂的異形軍隊以各種方式阻礙卡特的冒險。本書最令人興奮的高潮，當屬一路鬥智鬥勇的卡特與奈亞拉索特普，在天外魔宮當面對峙的一幕——這可比《克蘇魯的呼喚》那充滿絕望與無力感的結尾，更令人熱血澎湃。

《夢尋祕境卡達斯》十個故事串連出一個比灰暗地球更華麗的奇幻夢境，同時展現洛氏文筆真正的功力。他不只是一個腦洞大開的設定大師而已，除了構想這些奇想天外的邪神與怪物之外，他其實能夠構思長篇的冒險史詩，以及打造最符合冒險氣氛的奇幻世界。在這個彷若中世紀背景又處處透出詭異氣氛的夢中宇宙裡，有著更絢麗華美的風景、與更不可思議的世界邏輯。光輝的騎士們宛如電影《天能》一般在時空中逆行；神祕的大船飛越世界的盡頭漂向月球；夢行者在墜落深淵的體驗中回到現實，當然會讓你想起《全面啟動》。洛氏在《夢尋祕境卡達斯》裡不只帶給你無可名狀的恐怖，還要帶給你許多紮紮實實的想像力刺激。

這是洛氏最奇幻的一面，《夢尋祕境卡達斯》呈現了他深受奇幻作家鄧薩尼勛爵（Lord Dunsany）的巨大影響，如同《魔戒》作者J. R. R.托爾金也從鄧薩尼勛爵身上學了不少，你可以說《夢尋祕境卡達斯》與《魔戒》有不少聲息相通之處。當然，《夢尋祕境卡達斯》仍然有著洛氏獨到的黑色幽默、以及對現實的沈痛批判。我推薦各位在睡前閱讀《夢尋祕境卡達斯》，它會為你的夢境多染上一些無可名狀的色彩，同時讓你更加不願從夢中醒來。

譯者序

帶領讀者實際踏入克蘇魯宇宙的幻夢境故事

——本書譯者　李函

大多讀者對洛夫克拉夫特作品的第一印象，通常是潛藏在人煙罕至地帶中的神祕怪物、邪教徒呼喚出的邪神，或因追尋真相而精神受創的主角。彷彿一提到洛夫克拉夫特，就會聯想到人類難以理解的異次元生物。但在洛夫克拉夫特的寫作歷程中，克蘇魯神話並不是他筆下唯一的作品範疇。與克蘇魯神話有直接關聯的故事中，劇情背景大多設定在現實世界，主角儘管對超自然事物有一定理解，卻始終對暗潮之下的恐怖真相感到大為驚駭。這點樹立了大眾對洛夫克拉夫特作品的既定觀點；但要對洛夫克拉夫特的作品（甚至是他的人生哲學）有更全面的理解，就必須閱讀他的幻夢傳奇（Dream Cycle），以及他筆下的自傳式角色藍道夫・卡特（Randolph Carter）。

相較於將禁忌真相藏匿於現實生活之中的克蘇魯神話，幻夢傳奇則是以一連串發生在異次元空間幻夢境（Dreamlands）的故事所組成。故事中的人們居住在由夢境構成的奇幻世界中，與各種奇異生物生活在同一個空間；地球諸神也同樣在幻夢境中活動，像是由夜魔服侍的凱爾特神祇諾登斯，以及在克蘇魯神話中惡名昭彰的外神使者奈亞拉索特普。幻夢傳奇與克蘇魯神話最大的不同，就在於它偏向帶有微妙恐怖的奇幻故事，而非完全傾向於克蘇魯神話深淵般的太空恐怖劇情。居住在幻夢境中的人們與智慧生物，都清楚地球神明、舊日支配者與外神的存在，也不時透過祂們的祭司與之互動。現實世界中異於常態的超自然狀況，在幻夢境中只是再常見不過的生活須知。在這裡，化為人形的神祇在人類之間行走；周旋在奇異生物間的人類，建立了不同聚落與王國，有時與非人生物和平共處，有時則與信奉異教的對方掀起流血戰爭。無論是舊日支配者或外神，在幻夢境中，都擁有比克蘇魯神話中更顯著的直接影響力。從文筆上來看，洛夫克拉夫特在幻夢傳奇的設定與描寫上，大量仿效並致敬了愛爾蘭作家鄧薩尼勛爵的奇幻作品。鉅細靡遺的夢境世界描寫，不只跳脫了克蘇魯神話的陰鬱結構，也巧妙地混入了神話體系中的邪神與怪物，讓它們在幻夢境中成為能夠觸及的物體，也使角色們能以更具體的方式與它們互動。洛夫克拉夫特在其他故事中偶爾提及的諸多神祕地名（像是《死靈之書》中經常提到的冷之高原），在幻夢傳奇中，則完整呈現在讀者眼前；它與克蘇魯神話息息相關，卻又展現出自己獨特的生命力。

而洛夫克拉夫特筆下最知名的夢境探險家，則非藍道夫．卡特莫屬。藍道夫．卡特是位來自新英格蘭的作家，曾就讀阿卡漢的米斯卡托尼克大學，善於撰寫主題奇詭的連載小說，卻不受大眾青睞，作品每每被認為難登大雅之堂。卡特對各種稀奇古怪的知識特別感興趣，尤其是來自亙古的禁忌真相。從這裡不難發現卡特與洛夫克拉夫特本人的相似之處：兩人對神祕事物著迷的態度如出一轍，性格內向，求知慾卻極為旺盛，並對新英格蘭抱持著強烈的鄉土情感。卡特是洛夫克拉夫特在書中的化身，並引領讀者踏上幻夢傳奇中最浩大的史詩冒險。在《夢尋祕境卡達斯》，為了找到在夢中出現的神祕城市，卡特決定啟程前往幻夢境中諸神居住的古城卡達斯，以便得到眾神的許可，讓他能前往夢中大城。旅途中，卡特遇上了型態各異、卻擁有獨特文明與生態的異形生物，並遭到奈亞拉索特普的百般阻攔，甚至還親自與這位外神使者交涉。而在《銀鑰》裡，失去做夢能力的卡特，則企圖使用祖父留下的神祕銀鑰，回到質樸的孩提時代，並進一步打開失落的夢境大門。夢的影響在洛夫克拉夫特各篇作品中始終十分顯著：夢能帶來恐怖預兆，也能成為邪神與人類互動的媒介，但夢同時也為夢行者們帶來靈感與啟發，甚或是超越現實的解脫。沉睡的克蘇魯透過夢境向人類傳達訊息，卡特也藉由夢境一窺宇宙奧祕；幻夢傳奇中的夢境，不如克蘇魯神話中的陰森惡夢來得駭人，卻往更廣闊的方向，探索了各種可能性。

本書收錄的十篇故事，以藍道夫．卡特的冒險故事為主軸，再加上幻夢傳奇的重要篇章《奈亞拉索特普》、《烏撒之貓》與《末口降臨薩納斯》，和劇情看似獨立、卻對後續故事有重要影響的恐怖短篇經典《皮克曼的模特兒》，以及將上述元素串聯在一起的長篇故事《夢尋祕境卡達斯》。克蘇魯神話探討了理性現實中種種異常狀況所催生的恐怖感，幻夢傳奇則帶領讀者直接踏入《死靈之書》所描述的異次元空間，在化為「正常」的「異常」裡，探索洛夫克拉夫特心中，對故鄉與平靜生活的依戀。幻夢傳奇與克蘇魯神話始終是相輔相成的存在；除了共享諸多元素，幻夢境也讓讀者見識到洛夫克拉夫特心中的奇幻世界。人與神魔在此共處，不再需要透過魔法書或神祕儀式，彼此便能互動。與《克蘇魯的呼喚》與《瘋狂山脈》等經典克蘇魯神話作品不同的是，在這裡，作者本人的化身——藍道夫．卡特，將帶領讀者一同探索幻夢境中的各種瑰麗奇景，展開神魔交錯的黑色奇幻冒險。

一、藍道夫．卡特的供詞

The Statement of Randolph Carter

我再度重申，我不曉得哈利・華倫（Harry Warren）發生了什麼事，不過我認為（幾乎是希冀如此），他已經平靜地安息了，只希望世上確實有這麼美好的下場。五年來，我確實是他最好的朋友，有時也與他共同進行了深入未知領域的恐怖研究。儘管我的記憶模糊不清，卻不否認你的證人或許曾看過我們走在一起。如他所說，當時是那糟糕夜晚的十一點半，我們位於甘斯維爾路（Gainsville pike）上，走向大柏樹沼澤（Big Cypress Swamp）。我還可以告訴你，我們帶了電提燈、鏟子，與一捲上頭裝設了儀器的線圈。這些東西，在整樁醜惡事件中，都發揮了部分作用，事件，則深深烙印在使我心有餘悸的回憶中。但關於後續發生的事，以及隔天早上，我獨自一人迷茫地站在沼澤邊緣的理由，我得堅持以下這點：除了我一再告訴你的事以外，其他我什麼也不曉得。你告訴我，沼澤裡頭和附近，沒有任何會催生那可怕事件的東西。我回答說，除了自己看到的光景外，我什麼都不知道。我的內心，只塞滿了當我們遠離人煙後，在那些駭人時刻中所發生的事，儘管它可能是幻覺或惡夢（我非常希望那只是幻覺或惡夢）。而哈利・華倫沒有回來的原因，只有他或他的陰影（或是某種我無法描述的無名之物）才清楚。

如我先前所述，我相當熟悉哈利・華倫的怪誕研究，自己也參與了部分研究。在他數量龐大、敘述禁忌主題的罕見藏書中，我讀過所有以自己了解的語言所寫成的書籍。但與以我不懂的語言撰寫的書目相比，我看過的書，只不過是冰山一角。我相信，大部分這類書籍，都以阿拉伯語書寫，而那本帶來厄運的邪書（也就是他失蹤時放在口袋中的書），則以我從未在他處見過的文字寫成。華倫從不告訴我書中的內容。至於我們的研究主題……我得重申自己並不全懂嗎？我覺得幸好自己不懂，因為那些研究非常可怕，我則是受到夾雜著猶豫的好奇心所驅使，而非傾心於此。華倫總是宰制我的決定，有時我也畏懼他。我記得恐怖事件發生前晚，他臉上的駭人神情，曾害我打起冷顫，當時他喋喋不休地談著自己的理論：為何有些屍首永不腐朽，反而在墓穴中維持健全的體態。但我已經不怕他了，因為我猜想，他知曉超出我理解的恐怖事物。現在我則為他感到擔心。

我再度重申，我不清楚我們當天晚上的目的。這點明顯與華倫帶在身上的那本書有關。一個月前，他從印度取得了那本，以無法解讀的文字寫成的古書。但我發誓，我不曉得我們究竟會發現什麼。你的證人說，他在十一點半看見我們出現在甘斯維爾路，並前往大柏樹沼澤。這可能是真的，但我對此毫無記憶。只有一個景象烙印在我心中，且當時肯定已經過了午夜，因為一抹彎月正高掛在雲霧飄渺的天空。

那裡是個古老墓園，古老到使我對該處諸多歲月痕跡感到一陣顫抖。它位於一處深遂又潮濕的窪地，裡頭長滿了濃密的雜草、苔蘚與蔓生的草藤，也瀰漫著一股微弱的臭味，而我的想像力，則荒謬地將它與腐爛的石頭聯想在一起。到處都是無人照管與衰敗的跡象，我也似乎為這樣的想法所困擾：即華倫和我，是首批入侵這股數世紀以來致命沉默的生靈。山谷邊緣的彎月，從彷彿無人聽聞過的墓穴中飄出的惡臭蒸汽之間，透出光亮。且藉由微弱又飄逸的月光，我看到一堆可憎的古老石板、骨灰罈、衣冠塚與陵墓的正面結構。一切都已崩塌毀損，滿佈青苔，也飽含濕氣，茂密的不潔植被，則覆蓋了部分廢墟。

我對自己在這座恐怖古塚間的第一個鮮明印象，是和華倫停在一處半毀的墳墓前，並拋下了某些我們攜帶的物品。我帶著一只電提燈和兩把鏟子，而我的同伴，則帶了相似的提燈和可攜式電話設備。我們並未交談，因為大家似乎都清楚當下的地點與任務。我們毫不遲疑地抓起鏟子，開始清除雜草與藤蔓，並從平坦的古老墳墓挖起土壤。挖掘出由三塊龐大花崗岩石板組成的陵墓表面後，我們後退了一段距離，以便觀察眼前的墓地。華倫心中，似乎天人交戰了一陣子。接著他走回墳墓旁，用鏟子當作槓桿，打算扳起靠近一處礫石廢墟的石板，那處廢墟，當年可能是塊紀念碑。他並未成功，且揮手要我幫他。我們倆終於合力鬆開了石板，再將它抬起，並使其向一旁傾倒。

移開石板後，就露出了一處漆黑的洞口，裡頭湧出一大股令人作嘔的瘴氣，使我們驚懼地後退。但稍作停歇後，我們再度靠近洞口，也發現氣體不再那麼噁心。我們的提燈照亮了一列石砌階梯的頂端，石階上滴下了某種骯髒的地底液體，兩旁潮濕的牆面，則佈滿硝石。我的回憶中，首度出現了語言交談的片段：華倫以溫和又高昂的嗓音跟我說話。奇特的是，他的嗓音，完全不受我們周遭的怪異環境所影響。

「很抱歉，我得請你留在地面，」他說，「讓像你這樣神經脆弱的人下去，就太殘忍了。即使讀過資料和聽我講述過，你也無法想像我得見證和做出的事。這是個可怕的任務，卡特，我也不認為任何缺乏堅強意志力的人，能夠在經歷這一切後，還毫髮無傷並維持理智。我不想冒犯你，天知道我很高興有你陪我，但這種責任該由我承擔，我無法拖著緊張兮兮的你，踏入死亡或瘋狂。我得明說，你沒辦法想像實際情況！但我保證會用電話告知你一切。你看，我帶了足夠的纜線，足以抵達地心再回頭了。」

我依然能聽見記憶中那段語氣冷靜的話語，也還記得自己的抗議。我似乎急於陪我朋友一同走進墳墓下的深淵，但他無比頑固。他一度脅迫道：如果我繼續堅持，就要放棄這場冒險。這句威脅相當有效，因為只有他握有一切的關鍵。我依然記得事件的一切經過，不過已不記得我們究竟想找什麼了。當華倫遵照自己的旨意，取得我不情願的默許後，就拿起那捲纜線，並調整了儀器。他點頭示意，我則拿起其中一台機器，坐在新發現的洞口旁，一座老舊又褪色的墓碑上。接著他和我握手，把纜繩圈掛在肩上，並消失在那座難以描述的墓穴深處。

接下來有一分鐘的時間，我的視線追隨著他提燈的光芒，也聽到他將纜線放在身後時的摩擦聲響。但那道光芒迅速消失，彷彿他在石階上轉了個彎，聲音也幾乎瞬間消失。我孤身一人，但神奇的纜線，卻將我連結到未知的地底，在彎月黯淡光線的籠罩下，纜線的絕緣表層呈現出一股鮮綠。

我不斷用電提燈的光檢查手錶，並帶著緊張情緒聽著電話聽筒。但時間已經超過了二十五分鐘，我還是什麼也沒聽到。接著機器傳來一陣微弱的喀聲，而我用緊繃的音調，朝著地底叫喚我朋友。儘管我相當焦慮，卻完全沒準備好聽到從怪異墓穴中傳來的話語，我從未聽過哈利・華倫這麼緊張又顫抖的語氣。不久前，他才冷靜地離開我，現在則從地底，用比驚聲尖叫更嚇人的聲音說道：

「天啊！如果你能看到我眼前的東西……」

我無法回答。無言以對的我，只能乖乖等待。接著又傳來了他驚慌的嗓音：

「卡特，太可怕了——恐怖——難以置信！」

這次我發出聲音，並往話筒說出一連串興奮的問題。我害怕地重覆道：「華倫，那是什麼？到底是什麼？」

我朋友因恐懼而顫抖的嗓音再度響起，現在還明顯夾雜了絕望：

「我不能告訴你，卡特！這完全超越了想像……我不敢告訴你……知道真相後，沒人能存活……上帝啊！我從來沒想像過這種事！」

除了我口齒不清又驚懼的一連串質問外，另一頭安靜無聲。接著華倫訝異又驚愕的嗓音傳了過來：

「卡特！看在上帝份上，把石板蓋上，然後盡力逃走！快！放下所有東西，往外頭逃……這是你唯一的機會！照我說的做，別要我解釋！」

我聽到他的話，卻只能不斷重述自己驚慌的問題。我周圍環繞著墳墓、黑暗與陰影，腳底下則潛藏著某種超乎人類想像的危機。但我的朋友身陷更龐大的危險之中，儘管我十分害怕，一想到他認為我會在這種狀況下拋下他時，卻感到一股微微的慍怒。聽筒中傳來更多喀噠聲，而華倫在片刻後，發出了可怕的慘叫：

「快逃！看在上帝份上，蓋上石板逃跑，卡特！」

驚慌失措的同伴口中孩子氣的用語，激發了我體內的潛能。我鼓起勇氣，喊出了一個解決方法。「華倫，撐著點！我要下去了！」但聽到這句話時，對方的語氣便轉為絕望的尖叫：

「不行！你不明白！太遲了……這是我的錯。蓋上石板後快逃……沒人能挽救這一切了！」

他的語調再度改變，這次軟化了些，彷彿已消極地放棄。但依然聽得出對方因擔憂我而感到緊張。

「快逃！趁一切太遲前快逃！」

我試著不理會他，也試著喚醒自己癱軟的身軀，想照自己的話衝下去幫助他。但當我聽到他接下來的低語時，驚駭不已的身子卻依然呆站在原地。

「卡特……快跑！沒用的……你得離開……一個人死總比兩人都死好……石板……」

話筒另一端停滯了一下，又傳來幾次喀噠聲，華倫微弱的嗓音隨即響起：

「幾乎要結束了……別讓狀況惡化……蓋住該死的階梯，快逃命……你快沒時間了……再會，卡特……我們不會再見面了。」

華倫的低語化為叫喊，叫聲又逐漸飆高為尖叫，聲音中涵蓋了亙古以來的恐懼……

「這些恐怖的東西……大軍……老天啊！快逃！快逃！**逃啊**！！」

之後只剩下一片靜默。我不曉得自己呆坐了多久，對聽筒低語、咕噥、呼喚與尖叫。在極為漫長的時間中，我不斷低聲說話，有時則尖聲吶喊：「華倫！華倫！回答我，你在嗎？」

接著我碰上了最恐怖的東西：令人難以置信、無法想像，卻又無從描述的真相。我剛提過，華倫在尖叫中吐露最後的絕望警告後，似乎已過了數千萬年，我自己的叫喊聲，則劃破了死寂。但過了一陣子，聽筒中傳來另一陣喀噠聲，而我豎耳傾聽。我再度往地底喊：「華倫，你在嗎？」並聽到了使我的心智籠上陰霾的聲音。各位，我不會試圖解釋那個東西——那個嗓音——也無法詳細描述它，因為對方吐出的第一句話，便讓我失去知覺，並創造出一種精神上的空白，這個狀態一直延續到我在醫院醒來那刻。我該說那嗓音低沉空洞，黏膩又宛如飄自遠處，毫無現實氣息，異於人類且虛無飄渺嗎？我該怎麼形容？這是事件的結尾，也是我故事的終點。我聽到那聲音，接著失去知覺。當時我呆坐在窪地中的不明墳場，身邊盡是破敗的石碑、傾倒的墳墓、茂密的植被，與裊裊瘴氣。當我看著型態變化萬千的古墓陰影，在可憎的彎月下舞動時，就聽到那股聲音，從邪惡的墓穴洞口深處飄出。

它這麼說：

「蠢蛋，華倫**死了**！」

二、無可名狀

The Unnamable

某個秋日午後，我們坐在阿卡漢（Arkham）舊墳場中，一座破敗的十七世紀墳墓上，對無可名狀之物做出諸多推測。我望向墳場中的巨大柳樹，它的樹幹幾乎將一塊古老又難以辨識的石板包覆了起來。我發表了一番異想天開的言論，認為碩大的樹根，肯定從古老的墓園土壤中，吸取了鬼魅般難以形容的養分。我朋友則斥責我的胡言亂語，並告訴我，這裡已經有一世紀以上沒舉行過葬禮，因此那棵樹只能靠正常方式維生，不可能有其他養分可用。他接著補充說，我老是談到「無可名狀」和「無從言喻」的東西，實在非常幼稚，難怪我只是個沒地位的作家。我慣於用景象或聲音，讓筆下的英雄嚇得呆若木雞，並使他們缺乏勇氣、話語和聯想力，而無法講述自己的經歷。他說，我們只能透過五感或直覺來理解外界，不可能相信無法以確切事實、或正確的神學法則解釋的任何事物或景象。最好是以公理會[1]的規範為準，加上修正過的傳統，與亞瑟·柯南·道爾爵士[2]所提出的補充。

我經常與喬爾·曼頓（Joel Manton）這位朋友有一搭沒一搭的爭論著。他是東方高中（East High School）的校長，在波士頓出生長大，對於生活中微妙的弦外之音，也與新英格蘭鄉親一樣，感到沾沾自喜地視而不見。他認為，只有我們正常且客觀的經驗才具有美感，也覺得藝術家不該利用行為、狂喜，與震驚來激發強烈情緒，而該透過精準詳細的描寫平日事件，維持平靜的興趣與鑑賞力。他特別反對我著迷於神祕又無法解釋的事物。儘管他比我更篤信超自然，卻不願承認那點在文學中相當普遍。人心能在平日的辛勞中，找到避世的樂趣，並將因習慣與疲憊，而遭扭曲為陳腐樣式的現實，化為原創又戲劇化的畫面。這對於他清晰無比、現實又充滿邏輯的心智來說，幾乎是不可思議的事情。對他而言，所有事物與感覺，都有固定的尺度、特性、緣由與效果；儘管他多少清楚，心智有時會產生缺少邏輯的想法，也無從分類與判斷幻覺與感受，卻依然相信自己能畫出一條獨斷的界線，以拒絕面對常人無法經歷和理解的一切。再說，他非常確定沒有「無可名狀」的東西。對他來說，那並不合理。

儘管我相當明白，飽含想像力與形上學的論點，完全不可能對抗活在太陽下的正常人心中的自滿，但那天午後談話中的某種氛圍，卻使我比平常還好辯。塌陷的石板墓碑、古老樹林，與在我們周圍遭受女巫糾纏的老舊城鎮中，已存在幾世紀的復斜屋頂，都激得我急於捍衛自己的作品；我也迅速直搗對手核心。展開反擊確實不難，因為我知道，喬爾・曼頓其實對於知識份子們早已摒棄，但許多老嫗仍信奉的迷信感到半信半疑。他相信遠方的將死之人會浮現身影，也相信一輩子望向窗戶的古人臉孔，會將形象映照在玻璃上。為了佐證這些鄉野老嫗的傳言，我堅稱世上確實存在著，除了物質以外，與之相對應的鬼魅，而且祂們追隨在物質之後。這種想法，主張相信超越一切常理的現象。如果死者能將可見或有形的畫面，傳送到半個世界以外的地點、或傳

1 譯注：Congregationalist，信奉基督教新教喀爾文主義的傳教組織。
2 譯注：Sir Arthur Conan Doyle，創造出偵探福爾摩斯的英國作家。

送到數世紀後，那麼認為廢棄房屋中充滿擁有知覺的怪物，或古老墳場塞滿了數世代以來恐怖又無形的智慧靈體，又怎會是愚蠢的想法呢？如果在顯靈狀況下，物理法則無法侷限靈魂的話，想像擁有型態（或無形）的活死人，為何是誇張行徑呢？祂們的形體對人類旁觀者而言，必然令人感到驚駭地「無可名狀」。我語氣有些強烈地對朋友保證道：考量這些事時，「常識」只不過代表了缺乏想像力與心理彈性罷了。

暮色已逐漸落下，但我們倆都不想結束討論。曼頓似乎對我的論點感到不以為然，也急於駁斥，這種自信肯定來自於他成功的教職事業；我則堅持立場，毫不退縮。黃昏已然降臨，遠方的窗口中閃爍著微光，然而我們並未離開。我們在墓碑上的座位非常舒適，我也清楚無趣的朋友，不會在意我們身後的龐大裂隙，裂隙位於滿布樹根的古老磚砌建物上。他也不在乎坐落於我們與最近的明亮道路之間，那十七世紀破敗房屋帶來的深邃黑暗。在黑暗中，廢棄房屋旁的碎裂墳墓上，我們繼續談論「無可名狀」，等到我朋友抱怨完後，我就把對方最嗤之以鼻的故事，背後的可怕真相告訴他。

我寫的故事叫做《閣樓窗口》（The Attic Window），刊載於一九二二年一月的《低語》（*Whispers*）雜誌。在許多地區，特別是南部與太平洋沿岸，人們會因為鄉野莽夫的抱怨，而把這些雜誌從報紙攤上撤掉，但新英格蘭人對此無動於衷，只會對我誇張的故事無感地聳肩。人們斷言說，這種東西在生物學上不可能發生，就像容易受騙的科頓．馬瑟[3]，寫進混亂的《基督於美利堅所行光榮事蹟》[4]之中的民間謬聞，內容極度缺乏可信度，連馬瑟自己，都懶得提到恐怖事件實際發生的地點。至於我在這件陳年怪事上的加油添醋，則拙劣得讓人厭煩，只能算是輕浮又滿腦子幻想的三流作家典型手法。馬瑟確實提及了那東西出生的狀況，但只有低俗的煽情作家，會想到要讓它長大，在夜裡望進人們的窗口，有神有體地躲在房屋閣樓，直到數世紀後有人在窗口邊看到它，且無法描述是什麼讓他的頭髮瞬間變灰。這一切都是荒唐的謬論，我朋友曼頓也堅信這點。接著我把自己在一本寫於一七〇六年至一七二三年之間的舊日記中發現的事告訴他，這本日記，是從離我們端坐處不到一英哩外的家族文件中找到的。此外，我祖先的胸口與背部，確實擁有日記中描述的疤痕。我也述說了當地其他人懷抱的恐懼，和人們數世代以來，如何低調地傳頌這些故事。另外，一七九三年有個男孩闖入某座廢棄房屋，想看看某種疑似在當地出現的痕跡，卻發瘋了。

這是樁不尋常的事件，無怪乎清教徒時期，麻薩諸塞州敏感的學生們對此感到不寒而慄。鮮少有人清楚檯面下的真相，但詭異的不快感，有時卻如腐臭般浮出。巫術帶來的恐怖，宛如一道光線，照射在人們驚恐腦海中醞釀的思緒上，但連那也算小事。那個時代毫無美感，也缺乏自

3　譯注：Cotton Mather，十七至十八世紀美國新英格蘭牧師，曾積極支持獵巫行動，並採信幽靈證據。

4　譯注：*Magnalia Christi Americana*，馬瑟於一七〇二年出版的書籍，闡述麻薩諸塞州等地的宗教發展。

由；我們能從建築物廢墟，與講述扭曲聖意的惡毒佈道中看出這點。在宛如生鏽鐵製拘束衣的心態中，隱含了紊亂的醜惡事物與扭曲，以及妖術。這確實是「無可名狀」的極致。

科頓．馬瑟在那本不該於天黑後閱讀的第六本邪書中，毫不收斂地吐露出醜惡話語。他如同猶太先知般嚴厲，時至今日，也沒人能像他一樣簡明扼要。他提到那個由野獸生下、卻更呈獸形而不像人的東西，那東西長了一隻有汙點的眼睛，並提到了另一個因為有同樣的眼睛，而在被吊死時不停尖叫的醉漢。他直言不諱地提起此事，但並未敘述後續發展。也許他不曉得，或者他心知肚明而不敢明說。其他人知道真相，但不敢聲張——沒有任何公開紀錄說明他們低聲討論這件事的原因：他們談到某位膝下無子、殘障且心懷怨懟的老人，他家中通往閣樓的樓梯上了道鎖，老人在一座眾人避開的墳墓旁，豎立了塊空白石板。或許有人能找出相關的蛛絲馬跡，好嚇壞心智不堅的人吧。

我發現的古老日記中記載了一切：有人在夜間的窗口邊、或靠近樹林的荒棄草地上，看到一隻汙濁的眼睛，日記裡涵蓋了與此有關的神祕影射，與鬼鬼祟祟的傳言。有某種東西在漆黑的山谷道路間，逮住了我的祖先，在他的胸膛留下尖角撞擊的痕跡，背上則有猿猴獸爪般的抓痕。人們在塵土上找尋腳印時，也發現了混雜了裂蹄，與類似人猿腳掌留下的印記。有位郵差曾說，他於黎明前籠罩在朦朧月光下的草丘[5]上，看過某個老人追趕，並呼喊一隻向前奔跑的恐怖無名生物，許多人也信了他的話。一七一〇年某夜，這名沒有子嗣的殘障老人，下葬於自家房屋後的墓穴中（一旁就是那座空白石碑）時，自然催生了古怪的謠言。人們從未解開閣樓門板的鎖，並棄置了那座令人害怕的房子。每當屋裡傳出聲響，人們便竊竊私語並打起冷顫，希望閣樓門上的鎖夠堅固。接著牧師寓所發生了恐怖事件，沒有任何人生還，也沒有遺體完好如初，於是人們放棄了希望。數年過去，這些傳說蒙上了鬼魅般的氛圍——我猜如果那東西曾是活物，現在也早已死亡。醜惡的回憶久久無法散去，事件的祕密氣氛，也使它變得更為駭人。

講述這段內容時，我朋友曼頓變得非常沉默，我也注意到，他對我的話語留下深刻印象。當我停下時，他並未發笑，反而相當嚴肅地詢問一七九三年那名發瘋男孩的事，並推測這名男孩是我小說主角的原型。我告訴他男孩前往那座生人迴避的廢棄住宅的原因，也說朋友應該會對此感興趣，因為曼頓相信坐在窗口前的人，會在玻璃上留下影像。由於人們相傳曾看到窗口後有東西，男孩便回去看那座恐怖閣樓的窗戶，之後則發出瘋狂的尖叫並逃了回去。

當我講述時，曼頓看起來若有所思，但他的分析式心態逐漸浮現。他暫且同意，某種不尋常的怪物確實曾一度存在，然而他提醒我：即使是最恐怖的怪誕自然現象，都不會無可名狀，或無法用科學解釋。我很佩服他的理性思考與固執，於是我補充了些，自己從耆老口中收集來的資料。我講得十分明白：那些日後發生的靈異傳說，涉及了比任何有機生物都可怕的恐怖鬼影。幻

---

5 譯注：Meadow Hill，阿卡漢附近的地名，在《星之彩》中出現過。

象映照出龐大野獸般的身形，有時清晰可見，有時卻只能看出輪廓，它們在黯淡無光的黑夜中漂浮，不時在老屋、後頭的墓穴與墳場出現，墳場中某塊無名石碑旁，還長了一株樹苗。無論這類鬼影是否曾如同傳言般害死過任何人，都營造出歷久不衰的強烈印象。不過，雖然當地耆老依然對此感到畏懼，但近兩個世代，大家普遍已將它遺忘——或許是因為沒人想起這件事了。再來，就美學理論的觀點而言，如果人類靈體成了醜惡又扭曲的邪靈，又有什麼合理形象，能表達或詮釋這龐大的邪惡靈霧呢？它是惡毒又混亂的不潔物體，也是對自然界的病態褻瀆。這種做著混亂惡夢的死亡大腦所產生的瘴氣，不正是代表了獨一無二，又令人聞風喪膽的無名之物嗎？

時間肯定很晚了。有隻格外安靜的蝙蝠擦過我身邊，我相信牠也碰到了曼頓，儘管我看不見他，卻感覺到他抬起了手臂。他隨即開口。

「但那棟有閣樓窗戶的廢棄房屋還在嗎？」

「對。」我回答。「我看過它。」

「你在閣樓或其他地方有發現什麼嗎？」

「屋簷下有些骸骨。男孩可能看到了那些東西，如果他的個性敏感，不用看到窗口玻璃上的東西，就能讓他嚇破膽子。如果這些骸骨全都來自同一個生物，它必定是種會讓人歇斯底里，並產生幻覺的怪物。讓這種骨頭留在世上，實在太褻瀆自然了，因此我帶了一只麻袋回去，將骨頭帶到屋後的墳墓。那裡有個洞口，可以讓我把它們丟進去。別認為我是蠢蛋——你該看看那枚頭骨。上頭長有四英吋長的角，但臉部和下顎卻近似你我。」

我終於感受到曼頓打了股冷顫，並把身子靠到幾乎貼在我身上。但他的好奇心並未消減。

「那窗戶上的玻璃呢？」

「它們都消失了。有扇窗戶整個窗框都沒了，其他窗口則連一點玻璃碎片都不剩。那是西元一七〇〇年之前就已經沒人在用的舊式格子窗。我認為一百多年來，上頭都沒有裝設玻璃——或許那個男孩精神錯亂時，把玻璃打破了，傳說並未提及這點。」

曼頓再次思忖起來。

「我想看看那棟房子，卡特。它在哪？不管有沒有玻璃，我都得到裡頭打探一下。還有你丟棄骸骨的墓穴，以及那座沒有銘文的墓碑——那個地方肯定很恐怖。」

「你會看到啊，等到天黑就行了。」

我朋友比我預期的更加緊繃，因為當我一講出這句無害的俏皮話，他就神經兮兮地從我身邊躲開，並如同吞嚥般倒抽一口冷氣，釋放出先前壓抑的情緒。那是股怪異的叫喊，更可怕的是，他的聲音得到了回應。當驚嘆聲仍在周遭迴盪時，我便在墨水般的黑暗中聽到嘎吱聲，也清楚我們旁邊那座可怕老屋，有某扇格子窗打開了。由於其餘窗框早已脫落，我知道那聲音肯定來自邪惡閣樓中，那個沒有玻璃的窗框。

接著從那恐怖的方向，傳來了一陣令人作嘔又冰冷的空氣，隨後而來的，則是一股冷冽刺耳的尖叫聲。叫聲來自我身旁那座埋葬了人類與怪物的碎裂墳墓。下一刻，則有某種隱形的無名巨物，猛然把我從陰森的座位上推落。我四腳朝天地摔在駭人墓園盤根錯節的土壤上；墓穴則飄出了沉悶的喘息與騷動聲，使我幻想著無光的黑暗中，擠滿了彌爾頓[6]筆下身形醜惡的妖魔大軍。外頭颳來一陣刺骨冰風，鬆動的磚塊與灰泥也嘎嘎作響。但在我搞清楚究竟發生了什麼事前，就已幸運地暈厥。

儘管曼頓比我矮小，恢復力卻更強。他的傷勢更重，但我們幾乎同時睜眼。我們的病床靠在一起，而幾秒內我們就發現，自己身處聖瑪莉醫院（St. Mary's Hospital）。護理人員們好奇地聚在周圍，告訴我們是如何被送來，並急切地想幫助我們回想。我們也迅速得知，中午有位農夫在草丘遠處的荒原上發現我們，該地距離舊墓園有一英哩，據說以前那裡曾有座古老的屠宰場。曼頓胸口上有兩道重傷，背上則有較輕微的割傷與抓傷。我的傷勢沒那麼嚴重，但全身滿布形狀怪異的瘀青與挫傷，與看似裂蹄的腳印。曼頓明顯比我更清楚真相，但一直到他聽完我們的傷勢狀況後，也沒有向困惑又感興趣的醫生們吐露隻字片語。他說我們碰上了一頭兇悍的公牛，不過這種動物是如何在當時於那個地方出現，就很難解釋了。

醫生與護士們離開後，我低聲提出一個令大家畏懼的問題：

「老天啊，曼頓，那究竟是什麼？那些疤痕是它造成的嗎？」

當他悄聲回答我早已心知肚明的答案時，我感到茫然失措，沒有一絲喜悅：

「不，不是那樣。那東西到處都是……那是某種膠質，又像是有固定形態的黏液，還會變成超越想像的上千種恐怖形狀。上頭有許多眼睛，有隻眼睛裡有汙點。它就是地獄……混亂……最終極的不祥之物。卡特，那個東西無可名狀！」

6　譯注：John Milton，十七世紀英國詩人，知名著作為描寫撒旦墮落過程的敘事詩《失樂園》（*Paradise Lost*）。

三、奈亞拉索特普

Nyarlathotep

奈亞拉索特普（Nyarlathotep）……伏行混沌……我是最後殘存者……我將向虛空傾訴……

我不記得狀況是何時開始的，但那是好幾個月前的事。大眾緊張情緒不斷高漲。在這個充滿政治與社會動盪的時節，還增添了一股對醜惡的實際危險抱持的怪異憂慮。危機散布各地，只有在最恐怖的夜半惡夢中，才能想像出這種危機。我記得，人們的臉色變得蒼白又憂慮，也悄聲提起警告與預言，但沒人敢重述，或承認自己曾聽過這些話語。一股可怖的罪惡感籠罩了這片土地，星際深淵吹來陣陣冷風，使處在黑暗寂寥地區的人們為之顫抖。四季的順序也出現了著魔般的變化，使秋季不斷持續著令人感到恐懼的高溫，每個人都覺得世界、甚或宇宙，已脫離了眾人皆知的神明控制，落入未知神祇的魔掌。

此時，奈亞拉索特普在埃及出現。無人能說出他的來歷，但他擁有古老的當地血統，外表也宛如法老。農民們看到他時，便向他下跪，卻說不出這麼做的原因。他說自己從延續了二十七個世紀的黑暗中崛起，也聽聞過來自地球外的訊息。步入文明之地，膚色黝黑，身材纖瘦，並散發著邪惡氣息的奈亞拉索特普，總會買下奇特的玻璃與金屬工具，並將它們融合為更怪異的道具。他提到許多關於電力科學與心理學的知識，並展示了強大力量，讓觀眾們吃驚得啞口無言，他的名望則大為高漲。人們建議彼此去見奈亞拉索特普，並為之顫抖。奈亞拉索特普所到之處，平靜就此消失，因為夜裡充滿了惡夢的尖叫。此前夢魘帶來的尖叫聲從未成為公共問題；現在智者們甚至祈願，自己能禁止人們在他到來的這段時刻進入夢鄉，使得滿懷哀憐的蒼白明月，在照耀橋下流動的綠色河水、而病態的天空籠罩古老尖塔時，城市中的尖叫聲能稍微平復。

我記得奈亞拉索特普來到我城市那時。那是座龐大又恐怖的古城，城裡充滿了無數罪惡。朋友告訴我他的事情，以及他揭露的事物，所帶來的驚人吸引力與誘惑，我也熱切地渴望探索他最深沉的奧祕。我朋友說，那些祕密駭人聽聞的程度，超出了我最瘋狂的想像。漆黑的房間中，奈亞拉索特普透過映照在螢幕上的畫面，做出無人敢說出的預言。他激盪出的火花，誘惑了之前從未受他吸引的人，也只能從眼神中看出這點。我聽說外頭謠傳著，認識奈亞拉索特普的人，會見識到其他人無法看見的景象。

炎熱的秋季，我在夜晚，和躁動的群眾一同前去見奈亞拉索特普。我們穿越悶熱的夜幕，踏上無盡的階梯，步入令人窒息的房間。在螢幕上的陰影中，我看到遺跡裡穿戴兜帽的人影，以及從崩塌石碑後頭窺視外界的蠟黃陰森臉孔。我看見對抗黑暗的世界，抵擋來自終極蒼穹的一波波毀滅浪潮。它努力迴繞著光線黯淡，又逐漸冷卻的太陽。接著觀眾頭上閃起明亮的火花，頭髮也為之豎起，且型態醜惡的陰影，在人們頭頂盤據。而當性情更冷酷、也更有科學心態的我，渾身顫抖地咕噥說，這一切只是騙局與靜電時，奈亞拉索特普就把我們全趕出去，沿著讓人頭暈目眩的階梯，走到潮濕炙熱，又空無一人的午夜街頭。我大聲尖叫，說自己並不害怕，還強調自己永遠不會感到恐懼；其他人也和我一起大叫，以求安心。我們互相保證，這座城市與過去並無二致，仍然充滿活力；且當電燈的光芒開始變弱時，我們不斷咒罵電力公司，並對彼此做出的鬼臉發笑。

我覺得，我們確實感覺到某種東西，從略帶綠色的月亮落下。因為當我們開始仰賴月光作為照明時，就不由自主地採用奇特的行進方式，彷彿清楚自己的目的地，但我們不敢對此多想。我們一望向人行道，便發現磚瓦都已鬆脫，並被雜草取代，只有些許生鏽的鐵條，顯示出電車軌道的蹤跡。我們又看到一台電車，看來寂寥、沒有窗戶、破損老舊，幾乎往側邊翻倒。往地平線張望時，我們無法找到河邊的第三座塔，還注意到第二座塔頂端的輪廓殘破不堪。接著我們分成人數稀少的不同縱隊，每條隊伍似乎都走向不同方向。其中一組人消失在左側狹窄的巷弄中，只留下一陣駭人的呻吟回音。另一組人步入長滿雜草的地下鐵入口，並發出瘋狂的大笑。我的隊伍被誘向開闊地帶，我也立刻感受到不屬於酷熱秋季的冷冽。我們踏進黑暗荒野時，發現周圍映照著陰森月光的邪惡白雪。無跡可尋、無法解釋來處的雪，只往某個方向吹去，那裡有道漆黑的裂口，閃爍的牆面使它看來更加烏黑。當隊伍宛如作夢般走進裂口時，人數顯得稀稀落落。我停在後頭，因為閃爍綠光的雪地裡，那道黑色裂隙非常嚇人，當同伴們消失時，我彷彿聽到一陣令人不安的呻吟聲，在空氣中迴盪；但我的意志力相當薄弱，無法停下腳步。先前消失的人彷彿正在對我招手，我則神智不清地遊走在龐大的雪坡間，全身顫抖且心驚膽戰，逐漸踏入令人無法想像的漆黑漩渦。

我感到無比清醒，卻也身陷駑鈍的幻覺，也只有過往的神明能看出真相。一股噁心又靈敏的黑影，在絕非人手的雙手中扭曲，並盲目地颳過腐爛世界的陰森午夜；死亡世界的遺骸上，滿是宛如褥瘡的城市，有如來自地獄的陰風，吹過黯淡的星群，使星光變得黯淡。模糊的妖物鬼影在世界遠處浮現；不潔神殿中難以辨識的巨柱，奠基於太空之下的無名岩石，並往上揚起，延伸到超越光闇領域的高聳真空。瘋狂的鼓奏與單調的瀆神笛聲，從這座令人作嘔的太虛墓園中飄出，源頭則是超越時間的渾沌無光空間。龐大黑暗的終極神明——這些盲目無聲又毫無心智可言的異魔，隨著可憎的敲擊聲與笛聲，笨拙地緩緩舞動。祂們的靈魂，正是奈亞拉索特普。

四、皮克曼的模特兒

Pickman's Model

艾略特（Eliot），別覺得我瘋了，很多人的偏見都比我更古怪。你怎麼不笑奧立佛（Oliver）那個不願坐汽車的祖父？如果我不喜歡那座該死的地下鐵，也不干你的事。再說，搭計程車來這裡快多了。如果坐車的話，我們得從公園街（Prak Street）走上山丘。

我知道，我比你去年看到我時更加焦慮不安，但你不需要大驚小怪。天知道呢？原因太多了，我猜自己還能維持理智，就已經是萬幸了。為何要打破砂鍋問到底呢？你以前不會問這麼多問題的。

好吧，如果你堅持要聽，我也不曉得有什麼好拒絕的。或許你應該知道，因為當你聽說我開始不去藝術社、還遠離皮克曼時，就像憂心的父母親般不斷寫信給我。他失蹤後，我三不五時會去社團，但我的膽量已大不如前。

不，我不清楚皮克曼的下落，也不想多做揣測。你可能覺得，當我遠離他時，已經得知了某些內幕消息；所以我才會不想思考他的去向。讓警方去找吧，他們發掘不出多少蛛絲馬跡的，他們還不知道，他曾以假名彼得斯（Peters）租下北角一棟老宅。

我不確定自己是否能再次找到該處。即使在大白天，我也完全不想嘗試！對，我知道……也算是害怕知曉他租下那間屋子的原因。我等等會解釋這點。我也認為，在我說完故事前，你就會理解我為何不把這件事告知警方。他們會要我為他們指路，但就算我知道路線，也不敢回去。那裡有某種東西，我現在也不敢再搭地鐵或走下地窖了，你想笑就笑吧。

我想你很清楚，我放棄皮克曼的原因，和李德博士（Dr. Reid）、喬・米諾特（Joe Minot），與羅斯沃斯（Rosworth）那類挑剔的老女人不同。恐怖藝術嚇唬不了我，任何人擁有皮克曼這種天賦，無論對方的作品取向為何，認識他都使我感到相當光榮。波士頓從來沒出現過比理查・阿普頓・皮克曼（Richard Upton Pickman）更偉大的畫家。我一開始就這樣說，現在依然抱持相同觀感，且當他展示那幅《食屍鬼進食》（Ghoul Feeding）時，我也毫不退縮。你還記得吧，米諾特就是在當時開除他的。

你知道，得擁有高深的藝術能力，並對大自然抱有深度理解，才能製作出皮克曼那種作品。任何雜誌封面畫家都能狂野地揮灑畫筆，並稱作品為惡夢、女巫安息日或魔鬼肖像，但只有偉大的畫家，能讓作品確實流露出恐怖或真實。原因在於，唯有真正的藝術家，才清楚駭人物體真正的解剖構造，以及與恐懼相關的生理學知識——加上潛在直覺，或遺傳而來的恐怖記憶相連結的準確線條與比例，還有能激起潛藏的異常感，那種恰當色彩反差與打光效果。我不需要告訴你，為何福賽利[1]的畫作使人不寒而慄，而低俗的鬼故事封面插圖只會逗得我們發笑。這些人抓住了

1 譯注：Henry Fuseli，十九世紀居住於英國的瑞士畫家，以描繪超自然場面的作品聞名。

一種超越生命的神態，也能讓我們在一瞬間察覺到相同的感受。多雷[2]辨得到、賽姆[3]辨得到，芝加哥的安格羅拉[4]也辦得到。皮克曼擁有前所未見的天賦，我也誠心希望後無來者。

別問我他們看到了什麼光景。你知道，一般藝術中，自然界活生生的動物或模特兒，與小商人在空蕩工作室中按規矩製作的人造物截然不同。我應該說，真正的怪異藝術家，擁有能憑空想像出描繪對象的獨特幻想力，或能從自己身處的靈異世界中，呼喚出能作為實際場景的要素。總之，他成功製造出，與假冒者那種拙劣產品截然不同的作品，這和創作了一輩子的畫家所做的作品，與只上過函授課程的漫畫家作品之間的差異一樣大。如果我見過皮克曼看過的東西……不！來，談更多前，我們先喝一杯。天啊，如果我見過那個人（如果他還是人的話）看過的東西，可能就活不下去了！

你回想一下，臉是皮克曼的強項。我不認為自從哥雅[5]之後，還有人能在描繪五官或表情上，表達出如此強烈的恐怖感。在哥雅之前，就得追溯到巴黎聖母院，以及聖米歇爾山（Mont Saint-Michel）雕塑石像鬼與喀美拉[6]的中世紀居民了。他們相信各種東西，或許也曾看過各種怪象，畢竟中世紀是段古怪時期。我記得你離開的前一年，有一次，你曾問皮克曼是如何得到這種點子與想法的。他不是對你發出怪異的笑聲嗎？李德開除他的其中一個原因，就是那股笑聲。你知道的，當時李德才剛開始研究比較病理學，腦子裡塞滿浮誇的「專業知識」，不是跟生物學或演化有關，就是跟心理或生理症狀相連。他說皮克曼一天比一天讓他作嘔，最後幾乎讓他感到害怕——對方的五官與神情，逐漸朝他不喜歡的方式改變，一種不像人類的方式。他經常對飲食展開長篇大論，也說皮克曼的飲食習慣肯定異常又古怪。如果你和李德曾對此通過信，我猜你已經告訴過李德，說皮克曼的畫作攪亂了他的心智和想像力。我很清楚，我之前也常這樣跟他說。

但記好，這並不是我遠離皮克曼的原因。恰好相反，我對他的景仰不斷增長，因為《食屍鬼進食》是項莫大成就。如你所知，社團不願展示這幅畫，美術館也不願收下這份餽贈。我也該補充說明，沒有人願意買這幅畫，因此直到皮克曼消失前，他一直都把畫掛在家中。他父親現在把畫留在撒冷（Salem）——你知道皮克曼來自古老的撒冷族系，也有位女巫祖先在一六九二年遭到吊死。

我開始經常拜訪皮克曼，特別是在自己為了製作有關古怪藝術的專刊，而開始做筆記後。可能是他的作品讓我有了些點子，總之，工作過程中，我發現他是個飽含資料與想法的寶庫。他讓我看他擁有的所有畫作與素描，包括某些筆墨素描。我篤信，如果社團成員看到這些作品的話，

2　譯注：Paul Gustave Louis Christophe Doré，十九世紀法國畫家。

3　譯注：Sidney Sime，二十世紀英格蘭畫家，擅於繪畫奇幻與諷刺作品。

4　譯注：Anthony Angarola，二十世紀初美國畫家，作品專注於描繪試圖適應異文化的對象。

5　譯注：Francisco José de Goya y Lucientes，十八至十九世紀西班牙浪漫派畫家。

6　譯注：chimaera，希臘神話中混合不同生物特徵的噴火怪獸。

肯定會把他踢出社團。沒過多久，我就成了他的忠實支持者，也會花上好幾小時，像個學生般，聽他談論藝術理論與哲學臆測，內容狂野得能讓他被關進丹佛斯療養院。我的英雄崇拜情結，加上人們越來越不與他來往，使我成為他的心腹。有天晚上，他暗示說，如果我守口如瓶，並且不緊張兮兮的話，他或許能讓我看看一些不尋常的東西。那些東西比他在屋裡擺放的作品還來得誇張。

「你知道，」他說，「有些東西不適合在紐伯里街（Newbury Street）做，那些事在本地並不尋常，當地人也辦不到。我的工作是抓住靈魂的弦外之音，你無法從暴發戶在人工填地區建造的街道上，找到這種氛圍。後灣（Back Bay）不是波士頓——它什麼都不是，因為它還沒有時間堆疊回憶，並吸收當地精華。如果這裡有鬼魂的話，也只不過是來自鹽沼與空蕩海灣的溫馴幽魂罷了。我要的是人類的鬼魂：擁有高度組織性的鬼魂，祂們見識過地獄，也清楚那光景的意義。

藝術家就該住在北角。如果世上有真誠的唯美主義者，他就該為了匯集在貧民窟的大量傳統而忍受該地。老天啊！你不明白那種地方並非單純由人們興建而成，而是成長出來的嗎？數世代的人在當地生活、感受並死亡，當時人們並不畏懼生活、維生和死亡。一六三二年的柯普丘（Copp's Hill）上有座磨坊，而目前一半的街區，都是在一六五〇年之前搭建的。你不曉得嗎？我可以讓你看看屋齡有兩世紀半的建築物，那些房子見識過能讓現代房屋化為齏粉的狀況。現代人哪裡懂得生命與潛藏於後的力量？你說撒冷女巫只是幻想，但我敢打賭，我的曾曾曾祖母能告訴你不少事情。人們在絞架丘（Gallows Hill）上吊死她，科頓．馬瑟則道貌岸然地旁觀。該死的馬瑟害怕有人會成功打破這座單調的社會牢籠。我希望有人對他下咒，或在半夜吸他的血！

我能帶你看一座他住過的房子，也能讓你看另一棟他不敢踏進的房屋（儘管他滿嘴光明磊落的言論）。他知道一些自己不敢寫入那本愚蠢的《基督於美利堅所行光榮事蹟》、或傻里傻氣的《隱形世界的奇蹟》（*Wonders of the Invisible World*）的事情。聽好了，你知道整塊北角曾有一組連結了特定人士住家的隧道嗎？這裡還有墳場與海洋。讓當權者在地面起訴與迫害他人吧。每天都有許多事情在他們勢力無法觸及的地方發生，他們也無法得知，夜裡的笑聲究竟來自何處！

老兄，我敢打賭，在一七〇〇年前興建、並依然健在的十棟房子中，有八棟屋子的地窖裡有怪東西。每個月你都能在報紙上看到，有工人在拆除舊房子時，發現被磚塊堵住的拱門與井口，也不曉得這些通道導向何方。去年在高架鐵路上，就能看到亨奇曼街（Henchmen Street）附近有棟這種房子。當時有女巫與她們的咒語召喚出的東西、海盜和他們從海上帶回來的物品，加上走私客與私掠船……告訴你，昔日的人們懂得生活，也知道如何拓展生命的極限！大膽又睿智的人都清楚，這裡並非唯一的世界……呸！想想完全相反的當今，人們膽小怯懦，就連一群社團裡的藝術家，只要看到有作品散發出比燈塔街（Beacon Street）上的茶几還不尋常的氛圍，就嚇得全身發抖！

現代人唯一的救贖，就是他們笨到不曉得該深入檢視過去。地圖、記錄與導覽手冊究竟講述了北角的什麼？呸！我敢保證，我能帶你穿過王子街（Prince Street）以北三、四十條巷弄，而除了住在當地的外國人，城裡知道這些街道存在的人不超過十個。那些義大利佬懂什麼[7]？不，索博（Thurber），這些古老地帶充滿了夢幻奇景與恐怖事物，還有逃離尋常世界的東西，但沒有任何活人明白這點，也無法從中獲利。我應該說，只有一位生靈辦到過——畢竟過去我可沒有浪費時間調查附近的事情！

聽著，你對這種事也有興趣。萬一我告訴你，我在那頭也設立了畫室呢？在那裡，我能捕捉到古代恐怖感的夜間氛圍，並畫下我在紐伯里街不敢想像的光景。我自然不會告訴社團裡那批老賊——特別是該死的李德，他到處造謠，說我是逐漸退化的怪物。對，索博，很早以前我就決定，自己必須畫出生命中的恐怖與美麗，因此我探索了某些地方，也相信恐怖籠罩了該處。

我知道一個地點，也確定除了我和三個活生生的北歐人以外，沒人見過那個地方。它離高架鐵路不遠，而且存在好幾世紀了。我接手這個地方的原因，是由於地窖中的怪異古老磚牆，也就是我剛提過的那類古牆。小屋幾乎要塌了，所以裡頭沒有住人，我也不想坦白，自己支付的租金有多低廉。窗戶全用木板封了起來，但我覺得這樣很好，畢竟我的工作不需要日光。我在地窖中作畫，那裡給我的靈感最強，但一樓還有其他房間。屋主是個西西里人，我則用假名彼得斯租下這棟房子。

「如果你願意，今晚我可以帶你去那。我想你會喜歡那些畫，如我所說，在那裡我多少解放了自己。這趟行程不遠，有時我會走路過去，因為我不想搭計程車去那種地方，以免引人注目。我們可以從南站搭電車到貝特利街（Battery Street），再來就不用走太多路了。」

總之，艾略特，聽過那場長篇大論後，我只想一股腦地衝向眼前第一台沒有乘客的計程車，而不是慢吞吞地走上車。我們在南站轉車到高架鐵路，並在十二點走下貝特利街的階梯，然後沿著憲法碼頭（Constitution Wharf）的濱水舊道走。我沒有記下要穿過幾條街，也無法告訴你我們該走到哪條街，但我很清楚並非格林諾夫街（Greenough Lane）。

當我們轉彎時，便穿過我這輩子見過，最荒涼骯髒的老舊巷弄，房屋上有崩塌毀損的山形牆、破損的窄小窗口與古老煙囪，瀰漫朦朧月光的天空，籠罩住建物半毀的輪廓。我相信眼前有三棟房子肯定經歷過科頓．馬瑟的時代。儘管古物研究者們告訴我們說，波士頓已經沒有這類房屋了，但我至少看過兩棟房屋，有外伸的屋簷，有一次還看到風格幾乎被遺忘的一排屋頂，造型源自於復折式屋頂出現之前的時期。

我們從那道散發微光的巷弄往左轉，踏進另一道同樣寧靜且更為狹窄的巷口，裡頭黯淡無光。走了一分鐘後，我們在黑暗中繞過鈍角彎道，往光源走去。隨後不久，皮克曼就拿出手電筒，照亮了一道舊式十格鑲板門，門扇看起來有嚴重的蟲蛀。打開門鎖後，他將我推進空盪的門

7 譯注：波士頓的北角為義大利移民居住區。

廊，內部裝有曾經燦爛輝煌的黑色橡木鑲板。外表看來自然樸素，但也暗示著安德羅斯[8]、菲普斯[9]與巫術。接著他帶我穿過左邊的門口，點亮一盞油燈，並要我隨意繞繞。

艾略特，我算是那種路上的人看到我，會稱我是「硬漢」的人，但我得承認，我在那個房間牆上看到的東西，讓我大驚失色。那些是他的畫作，你知道的，那些他無法在紐伯里街繪製或展示的作品。當他說他「解放」了自己時，此話完全不假。來，再喝一杯酒，我得喝一點！

我無法跟你形容那些畫的內容，因為那種不淨的恐怖光景、令人難以置信的噁心感，以及宛如惡臭的悖德，是出自於簡單的筆觸，超越了文字的陳述能力。畫中沒有西德尼・賽姆的特異技巧，也沒有克拉克・阿許頓・史密斯[10]筆下讓人血液凝結的土星地景與月面真菌。背景大多是古老的教堂墓園、深邃的森林、濱海懸崖、磚砌隧道、古老的鑲板房間或簡陋的石砌儲藏庫。離這座房子肯定不遠的柯普丘墳場（Copp's Hill Burying Ground），是畫家最常描繪的場景。

前景的人物瘋狂又怪誕。因為皮克曼的駭人藝術手法，優秀地描繪出惡魔般的肖像。這些人物鮮少完全呈現人型，但經常在不同層面顯露出人性。儘管具有兩足生物的型態，大多軀體卻往前彎曲，模樣有點類似犬科動物。大多生物的皮膚紋理散發出令人不安的橡皮感。噁！我能想像出牠們的模樣！牠們的活動……唉，別要我說得太精確。牠們通常在吃……我不想多提。有時牠們成群在墓園或地下通道出現，也經常為了獵物彼此交戰——獵物宛如牠們的寶藏。皮克曼用該死的生動筆觸，描繪出戰利品屍首盲目的臉孔！畫中的生物，三不五時在夜間躍過敞開的窗口，或是蹲在沉睡人物的胸膛上，反覆撕咬對方的喉嚨。有張作品畫出一群生物，往被吊死在絞架丘上的女巫吠叫，死去女巫的臉孔，和牠們的臉看起來十分相似。

但別搞錯了，讓我嚇昏的，並非醜惡的主題與背景。我不是三歲小孩，之前也看過許多類似作品。是那些臉孔啊，艾略特，畫布上那些該死的臉孔，栩栩如生地窺視外界，還流著口水。老天爺啊，我完全相信牠們是活生生的動物！那個噁心的巫師，用顏料喚醒了地獄烈火，筆刷則有如揮灑惡夢的魔杖。把酒瓶給我，艾略特！

有幅叫做《課程》（The Lesson）的畫。天啊，我居然看過！聽著——你能想像一群無名的類犬生物蹲在教堂墓園，教一個小孩如何用牠們的方式進食嗎？我猜，那就是調換兒（changeling）的代價。我猜，你很清楚，在古老神話中，這群怪異族群，會將自己的幼兒放入搖籃，與牠們竊取的人類嬰兒交換。皮克曼畫出了那些遭竊嬰兒們的處境，包括他們如何長大。接著我開始在人類與非人生物的臉孔上，看出了醜陋的關聯。描繪明顯非人的生物、與逐漸退化的人類之間的各種病態變化時，他畫出了一股帶有諷刺的連結與演化氛圍。那些類犬生物是從人類演化而來的！

8　譯注：Edmund Andros，於一六八九年波士頓起義時遭到推翻的新英格蘭領地總督。

9　譯注：William Phipps，一六九二年撤冷審巫案發生時的麻薩諸塞省總督。

10　譯注：Clark Ashton Smith，二十世紀美國作家，曾撰寫過多部克蘇魯神話作品。

我想知道，他會怎麼呈現待在人類族群中的怪物調換兒。一想到這點，我就瞥見了反映出這種想法的圖畫。畫中描繪了古老的清教徒式建築的室內空間，房內裝設了龐大的屋樑與格子窗，還有一張長椅，與笨重的十七世紀家具。一家人散坐各處，父親則在朗誦《聖經》。每張臉孔都散發出高貴氣息與敬意，只有一張臉，反映出了來自地獄的嘲諷。那張臉屬於一位年輕人，他無疑是那位虔誠父親的兒子，但他的本質卻與不淨的生物相同。那就是牠們的調換兒。極度諷刺的是，皮克曼將對方的五官畫得非常像自己。

此時，皮克曼在鄰室點亮了油燈，並彬彬有禮地為我開門。他問我想不想看他的「現代研究」。我還沒告訴他太多自己的意見，因為恐懼與噁心使我啞口無言。但我想他完全了解這點，也為此感到驕傲。艾略特，我要再度向你保證，我不是那種，為了一點不對勁的小事就放聲尖叫的膽小鬼。我已經中年了，也受過良好教育，我猜你看過我在法國時的樣子，知道我不會輕易被嚇倒。你也得記好，我剛定下神來，也才剛習慣那些，讓新英格蘭殖民地化為地獄光景的可怕畫作。哎，儘管如此，但下一座房間確實讓我發出尖叫，我也得緊抓門框，以免摔得四腳朝天。另一座房間，描繪了在我們先祖的世界中肆虐的食屍鬼與女巫，但這座房間，則將恐懼直接導入我們的日常生活！

天啊，那人的畫技為何如此傑出？有幅畫叫《地鐵事故》（Subway Accident），畫中有群來自不知名地下墓穴的醜惡怪物，從波士頓街（Boston Street）地鐵站地板上的裂口竄出，攻擊月台上的人們。另一幅畫則描繪了柯普丘墓園中的舞會，背景設定在當今。還有許多畫作採用地窖視角，怪物們從石牆中的洞口與裂隙竄出，並露齒而笑，牠們蹲在木桶或鍋爐後，等待第一個受害者走下樓梯。

有幅噁心的畫作，似乎描繪了一幅龐大的燈塔山（Beacon Hill）剖面圖，臭氣沖天的怪物大軍，如螞蟻般，在地下的蜂窩式通道中鑽進鑽出。畫作中經常出現在現代墓園中跳舞的場景，而比起其他畫面，有項概念更讓我感到震驚——有個在無名墓穴的場景，諸多怪物擠在一頭怪物周圍，那頭怪物拿了本知名的波士頓導覽書，顯然正大聲朗讀內容。所有怪物都指向同樣的特定段落，每張臉孔似乎都因癲癇般的狂笑而扭曲，使我彷彿聽見陰森的回音。這幅畫作的標題是《葬於奥本山的荷姆斯、洛威爾與隆法洛》（Holmes, Lowell and Longfellow Lie Buried in Mount Auburn）。

當我逐漸穩住自己，並重新調整好精神，以面對第二間房內的邪惡病態時，就開始分析自身不適感中的某些要點。我對自己說：首先，這些東西令人作噁的原因，是由於它們彰顯出，皮克曼心中的無情與殘酷。他肯定是全人類的無情死敵，才會如此享受對大腦與血肉的凌虐、以及肉體的退化。第二，它們之所以恐怖，是因為它們是偉大作品。這些藝術品很有說服力——當我們看到這些畫作時，便見識到惡魔本身，也對牠們感到畏懼。奇怪的是，皮克曼並未就主題選擇或怪異感的運用上，彰顯出他的繪畫力。畫中沒有東西變得模糊扭曲，或流於傳統；物體輪廓銳利又生動，也充滿出人意表的細節。還有那些臉孔！

我們看見的不只是藝術家的詮釋。那正是以清晰的客觀角度描繪出的地獄。天啊，確實如此！這個男人並非幻想家或浪漫主義者。他甚至並未嘗試給予我們夢中萬花筒般的短暫幻境，反而冷血又諷刺地繪製出，某種如機械般穩定的具體恐怖光景。那是他眼中完整明確、形象詳實的世界。天曉得那到底是什麼世界，或是他究竟在哪看過這些四處亂竄的不淨生物？但無論他的圖像那令人百思不解的靈感來源為何，有件事卻相當明顯。從任何角度看來（無論是概念或實行上），皮克曼都抱持著極致的貫徹精神，也稱得上是科學家般的寫實主義者。

東道主帶我走下地窖，前往他真正的畫室，我則準備好，面對未完工畫作上的駭人景象了。當我們抵達潮濕的階梯底層時，他用手電筒照向附近一處大型開闊空間的角落，揭露出圓形磚圈，那正是泥地上的一座大井。我們走近井口，我發現它的直徑肯定有五英呎，牆面則有一英呎厚，並高出地面六英吋。如果我沒搞錯，這應該是出自十七世紀的堅固建物。皮克曼說，那就是他提過的東西：過去曾滿布山丘地底的隧道網路入口之一。我無意間注意到，井口似乎沒有被磚塊封死，有塊沉重的木製圓盤，目前充當蓋子。如果皮克曼的暗示並非狂人妄語，一想到這道井所連結的事物，就讓我打了個冷顫。接著我轉身，跟著他往上走了一階，穿過狹窄的門口，走進某座偌大的房間，裡頭裝設了木製地板，並改裝為畫室。一盞乙炔煤油燈，提供了工作所需的光源。

裝在畫架上、或靠在牆邊的未完工畫作，和樓上的完成品同樣陰森，也顯露出藝術家精巧的手法。他極度謹慎地描繪場景，並用鉛筆勾勒出凸顯渺小細節的輪廓線條，皮克曼則藉此畫出正確的觀察角度與比例。這男人相當高明。儘管現在得知了這麼多事，但我依然抱持著相同感受。一台擺在桌上的大型相機，吸引了我的注意，皮克曼告訴我，他用那台相機拍攝作為背景的場景，這樣他才能在畫室中透過相片進行描繪，而不需搬著設備在城裡到處奔走。他覺得相片和實際場景或模特兒一樣，對工作有幫助，並宣稱自己經常使用相片。

令人作嘔的素描，與恐怖作品的半成品四散在房內，讓人感到相當不安，而當皮克曼突然揭開位於光線另一頭的龐大畫布時，我不自禁發出高聲慘叫——那是我當晚第二次尖叫。叫聲不斷在那座古老迷幻地窖的黯淡圓頂迴盪，我也得努力壓抑內心一連串反應，以免發出歇斯底里的大笑。慈悲的造物主啊！艾略特，我不知道哪些東西是真、而哪些東西只出自幻想了。對我而言，這種夢境不可能存在於這個世界！

那是頭龐大的無名怪物，長了對赤紅雙眼，骨骼般的銳爪間，抓著某個曾是人類的東西，怪物則啃咬著那東西的頭部，彷彿牠是個咬糖果棒的孩子。牠採取某種蹲姿，當我注視牠時，覺得牠隨時會丟下當前的獵物，找尋更多汁的食物。但最該死的是，怪物甚至不是讓這幅畫變得如此駭人的原因，也不是那張長了尖耳、充血雙眼、扁平鼻頭，與流涎雙唇的狗臉。理由並非長有鱗片的銳爪、沾滿黴菌的身體，或長有半蹄的腳。這些都不是原因，但只要其中一點出現，就能讓受到刺激的人陷入瘋狂。

重點在於畫技，艾略特。是那該死又瀆神的不自然畫技！身為活人，我從未在別處看過畫布上散發出如此強烈的生命力。怪物就在該處，怒目瞪視並不斷啃咬食物。我也清楚，只有當自然法則遭到扭曲時，才會有人能在沒有模特兒的狀況下畫出那種東西——除非他瞥見過陰曹地府。只有將靈魂賣給魔鬼的人，才能得見該處。

有張現在已嚴重皺摺的紙，被圖釘釘在畫布的空白處，我想，那可能是張照片，皮克曼想參考這張照片，來繪製出噩夢圖畫般的背景。我伸手撫平那張紙，並望向它。此時我突然看見，皮克曼彷彿中彈般大驚失色。自從我的驚叫聲在漆黑的地窖中激起陌生回音後，他就特別專注地豎耳傾聽，現在則似乎心懷恐懼，不過這和我的畏懼感不同。那是對某種實體的恐懼，而非精神上的害怕。他抽出左輪手槍，示意我保持安靜，接著踏出主地窖，並隨手關上門。

我想，自己癱軟了一下。我仿效皮克曼傾聽的動作，覺得在某處聽到微弱的騷動聲，以及一連串尖鳴或啼叫聲，但我無法確定聲音來源。這使我想到大老鼠，也害我發起抖來。隨後傳來一股沉悶的敲擊聲，讓我全身起了雞皮疙瘩。那是種鬼鬼祟祟、宛如有東西四處摸索時發出的敲擊聲，但我無法以語言確切傳達自己的意思。聽起來像是沉重的木頭掉在石頭或磚塊上……木頭在磚塊上……這讓我想到什麼？

它又響了起來，音量變得更大。外頭有股震動，彷彿木頭掉在比之前更遠的位置。之後則響起尖銳的摩擦聲，皮克曼也喊出某種不清不楚的話，隨即出現左輪手槍六顆子彈發射時，震耳欲聾的槍聲，宛如馴獅人往空中開火，以達到鎮壓效果。外頭傳來低沉的嗚叫聲或哀號，接著則是砰然巨響。更多木頭與磚塊的撞擊聲響了起來，頓了一下後，還有開門聲。我承認自己聽到門打開時，著實嚇了一大跳。隨後皮克曼帶著冒煙的武器再度現身，一面咒罵著在古井中肆虐的肥大老鼠。

「鬼才知道他們吃什麼，索博，」他咧嘴而笑，「因為這些古老的隧道，連通到墓園和女巫巢穴，以及海岸。但無論牠們吃什麼，食物量肯定已大幅短缺，才會急著逃去外頭。我猜，你的叫聲吵醒了牠們。在這種古老地帶，最好小心點。我們的老鼠朋友們算是缺點，不過我有時認為，牠們帶來的氛圍與色彩是件好事。」

嗯，艾略特，那就是當晚冒險的結尾。皮克曼答應讓我看看那個地點，也信守承諾了。他似乎是帶我從另一個方向走出複雜的巷道，當我們看見一盞路燈，就身處某條有些熟悉的街道上了，單調的街區與老屋，在街上並列。那裡是查特街（Charter Street），但我當時太慌張了，沒注意到我們已經走上那條街。時間太晚了，我們無法搭高架列車，只能走漢諾威街（Hanover Street）回到鬧區。我記得那道牆。我們從特萊蒙街（Tremont Street）邁向燈塔街，皮克曼在喬伊街（Joy Street）跟我分開，我則掉頭就走。之後，我再也沒有和他交談過。

我為何和他絕交？別那麼沒耐心。我先點一杯咖啡。酒我們喝夠多了，但我需要別的飲料。

不，不是因為我在那裡看到的畫，不過我敢發誓，它們肯定會讓他，在波士頓九成的住家或俱樂部遭到排擠，我猜你現在也明白，為何我總會遠離地下鐵與地下室了。原因出自隔天早上，我在大衣中發現的東西。你知道，就是地窖中，那張用圖釘釘在可怕畫布上的皺紙，我以為那是他用來當作怪物身後背景的參考照片。那時我伸手撫平它，地窖中最後那場怪事隨即發生，當下我心不在焉地把紙片塞進口袋裡。咖啡來了。聰明點，艾略特，喝黑咖啡就好。

對，那張紙就是我遠離皮克曼的理由。理查．阿普頓．皮克曼，是我所知最偉大的藝術家，也是從生命藩籬，跳入神話與瘋狂深淵中的醜惡怪物。艾略特，老李德說對了。他不算是人類。他要不是出生在詭異的陰影中，就是找到開啟禁忌大門的方法了。現在說什麼都沒用了，他已下落不明，回到他鍾愛的深邃黑暗裡了。來，點亮吊燈吧。

別要我解釋、或猜測我究竟燒了什麼。也不要問我，皮克特為何急於解釋老鼠在地底那陣騷動聲的原因。你知道的，有些古老祕密，早從撒冷時代就流傳下來了，科頓．馬瑟還提過更奇怪的故事。你清楚皮克曼的畫作有多他媽的生動，我們也想知道，他從哪找來描繪那些臉孔的靈感來源。

這個嘛……結果那張紙其實並不是當作背景的照片。上頭的圖案只是他畫在那張可怕畫布上的怪物。那是他使用的模特兒，背景則是充滿細節的地窖畫室牆面。但老天呀，艾略特，**那是張實物照片！**

五、烏撒之貓

Cats of Ulthar

據說在坐落於史蓋河（Skai）遠方的烏撒（Ulthar），殺貓是禁忌之舉。當我望向在火邊發出呼嚕聲的牠時，便深信這點。貓非常神祕，也與人類無法看見的怪異事物，有著密切的關聯。牠是古代埃及普托斯[1]的靈魂，也是來自麥羅埃[2]，與俄斐[3]等遭遺忘之都故事的承載者。牠是叢林之王的親族，也繼承了古老陰森的非洲祕密。人面獅身獸是牠的表親，牠也會說人面獅身獸的語言；但牠比人面獅身獸更為古老，也記得對方已遺忘的事。

在烏撒居民禁止殺貓前，當地曾住了位老佃農與他的妻子，他們以捕捉並殺害鄰居的貓為樂。我不曉得他們這麼做的原因，只知道許多人痛恨貓在夜裡發出的叫聲，也不喜歡在星光下，無聲竄過庭院與花園的貓。但無論理由為何，這名老人和婦人，樂於捕殺所有來到小屋附近的貓；從天黑後傳來的某些聲音判斷，許多村民認為他們殺貓的方式極度怪異。但村民們並未和老人與他妻子討論此事，不只因為兩人老邁臉孔上經常流露出的神情，也由於兩人的屋舍非常窄小，並坐落於某處廢棄庭院後頭，茂密的橡樹陰影中。事實上，儘管貓主們痛恨這兩個怪人，畏懼卻比厭惡更為強烈。與其斥責他們為殘忍的兇手，人們只能小心一點，不讓心愛的寵物貓或捕鼠貓，跑到漆黑樹影下的偏遠小屋。有時因為無法避免的疏忽，而使貓失蹤，等到有人在天黑後聽到怪聲，失主只好無力地哀嘆，或為了安慰自己，而感謝命運之神沒讓自己搞丟其中一個孩子。烏撒的人民相當單純，也不曉得貓群一開始是從哪出現的。

有天，一支來自南方的奇異流浪商隊，踏上了烏撒狹窄的鋪石街道。這些人與其他每年會經過村莊兩次的旅客不同，是皮膚黝黑的流浪者。他們在市集裡算命以換取銀幣，並從商人手中買下彩色珠子。無人能辨識出這些流浪者來自何方；但有人看到他們進行奇特的禱告儀式，還在自己的馬車上畫了古怪的形體：人類的軀體上長了貓、鷹、公羊與獅子的頭部。商隊的領袖戴了只有兩根角的頭飾，雙角間還有枚奇特的圓盤。

這支特異的商隊中，有個無父無母的小男孩，只養了條心愛的小黑貓。瘟疫對他相當無情，但這隻毛絨絨的小動物緩和了他的傷痛；人年紀還小時，能在小黑貓的滑稽行為中找到快樂。因此，當這位被黑人們稱為曼尼斯（Menes）的小男孩，和優雅的小貓在畫有古怪圖案的馬車階梯上玩耍時，歡笑的時間就比哭泣的時間長了許多。

流浪者們待在烏撒的第三天早上，曼尼斯找不到他的小貓。當他在市集中大聲啜泣時，有些村民告訴他老人夫婦的事，以及夜裡傳來的聲響。他聽完這些事後，便停止啜泣，轉為冥想，最後則開始禱告。他向太陽伸出雙臂，並用村民不懂的語言祈禱，不過村民並沒有很想理解禱詞，他們大部分的注意力，都聚焦在天空的奇怪雲朵上。情況非常怪異。小男孩祈禱時，頭頂上的雲

1 譯注：Aegyptus，神話中的埃及國王。
2 譯注：Meroe，位於蘇丹尼羅河東岸的古代城市。
3 譯注：Ophir，聖經中的富有港口。

層，似乎化為烏黑朦朧的奇異形體，宛如頭頂雙角與圓盤的混種生物。大自然充滿能刺激想像力的幻象。

當晚流浪者們離開烏撒，再也沒有人見過他們。等到民眾察覺村裡一隻貓都沒有時，便感到不安。無論大貓小貓、黑貓灰貓、花貓、黃貓或白貓，每戶人家的家貓都消失得無影無蹤。鎮長老卡拉農（Kranon）信誓旦旦地說，為了幫曼尼斯被殺的貓報仇，黑人們帶走了貓群。他因此咒罵商隊與小男孩。但纖瘦的公證人尼斯（Nith）則宣稱，老佃農和他妻子才是最有嫌疑的對象，畢竟他們對貓的厭惡惡名昭彰，行徑也越趨大膽。然而，即使酒館老闆的兒子小阿泰爾（Atal）發誓，自己曾在夜色中，看到烏撒所有貓隻，在樹蔭下那座可怕的庭院出現，並緩慢又肅穆地在小屋周圍繞圈，還兩兩並行，彷彿正在進行某種無人知曉的野獸儀式，但還是沒人有膽向那對壞心夫婦抱怨。村民不曉得年紀這麼小的孩子說出的證詞，他們該相信多少。不過他們雖然害怕歹毒的夫婦害死了貓群，在老佃農離開漆黑又令人作嘔的庭院前，他們還是不敢斥責他。

於是烏撒人民帶著無奈的怒氣入睡。等到人們在黎明起床時——看呀！每隻貓都回到自家壁爐前了！大貓小貓、黑貓灰貓、花貓、黃貓或白貓，一隻都沒丟。貓群出現時毛皮滑順、身材肥胖，並發出心滿意足的呼嚕聲。居民彼此談論這起事件，並感到大為震驚。老卡拉農再度堅稱是黑人擄走貓群，畢竟貓無法活著走出老人與他妻子的家。但所有人都發現同一件怪事：全部的貓都拒絕吃肉，或喝碟子裡的牛奶。有整整兩天的時間，烏撒的懶貓們不碰食物，只是在火邊或太陽下打盹。

過了整整一週，村民們才發覺，黃昏後的樹下小屋，窗口完全沒透出光線。瘦弱的尼斯說，貓群消失那晚後，就沒人看過老人或他太太了。又過了一週，鎮長決定壓抑自身恐懼，負起責任前去造訪出奇安靜的小屋，不過他謹慎地帶了鐵匠商尚（Shang）與石匠梭爾（Thul）同行，以作為證人。他們撬開脆弱的門板時，只發現這副光景：泥地上躺著兩具被吃得一乾二淨的人類骨骸，以及幾隻奇特的甲蟲，在角落的陰影中爬行。

事後，烏撒的鎮民大肆談論此事。驗屍官薩斯（Zath）和公證人尼斯爭執不休；卡拉農、商和梭爾則遭到嚴格質問。人們甚至謹慎詢問了酒館老闆的兒子小阿泰爾，並給他一塊蜜餞作為獎勵。他們談到老佃農與他的妻子、黑皮膚流浪者商隊、小曼尼斯與他的小黑貓、曼尼斯的禱詞與祈禱時的天空、商隊離開那晚貓群的舉止，與後來在樹蔭下，噁心庭院裡那間小屋中發現的東西。

最後，鎮民們通過了那條知名的法規，並由海瑟格（Hatheg）的商人對外傳頌，尼爾（Nir）的旅客們也不停討論此事。**在烏撒，殺貓是禁忌之舉**。

六、末日降臨薩納斯

The Doom that Came to Sarnath

姆納之地（Mnar）有座龐大靜謐的湖泊，沒有任何溪流流入湖中，湖泊也沒有衍生出任何支流。一萬年前，偉大的薩納斯城（Sarnath）曾屹立在湖畔，但如今，薩納斯已不復存在。

據說在世界剛創生時的太古時期，薩納斯的人民來到姆納之地前，有另一座城市坐落在湖畔——灰色石城伊博[1]，它和湖泊一樣古老，居民則是外貌不討喜的生物。這些生物奇特又醜陋，在尚未完全成形的世界中，大多生物確實都有這種外觀。根據卡達斯隆（Kadatheron）泥塑圓筒上的記載，伊博生物的膚色，和湖泊，以及上頭的迷霧一樣翠綠；牠們有圓凸的雙眼、外翹的肥厚雙唇，與形狀特異的耳朵，而且無法發出聲音。圓筒上也記載，某夜牠們在霧中從月亮降落。霧氣籠罩了生物們與大湖，以及灰色石城伊博。無論真相為何，牠們的確膜拜了一尊，以海綠色岩石雕成的神像，神像的外型仿效了偉大的水蜥波克羅格[2]；凸月時，牠們會在神像前跳起醜惡的舞蹈。伊拉涅克（Ilarnek）的莎草紙上也記載，某天生物們發現了火，此後便在許多節慶上點燃火焰。但關於這些生物的文獻相當罕見，因為牠們生活在十分古老的時期，當時人類才剛出現，對這些古老生物所知甚少。

經過漫長歲月後，人類來到姆納之地，這些驅趕羊群的黑皮膚牧羊人們，在蜿蜒的艾河（Ai）旁建造了瑟拉（Thraa）、伊拉涅克與卡達斯隆等城市。有些比別族更強悍的部落，將疆域拓展到湖邊，並在某個能挖出貴金屬的地點建立了薩納斯。

流浪部落在離灰城伊博不遠的位置，奠定了薩納斯的根基，也對伊博的生物大感驚奇，但驚奇的心態中混雜了厭惡。他們認為，這種生物不該於黃昏時，在人類世界周遭行動。他們也不喜歡伊博灰色巨石上的奇異雕刻，因為沒人明白那些雕刻為何能持續存在世上，甚至還延續到了人類時代。這可能是由於姆納之地相當平靜，也離清醒與夢境的大多國度相當遙遠的緣故。

隨著薩納斯人民看到越來越多伊博生物，厭惡感也逐漸升高。他們發現那些生物體質脆弱，果凍般柔軟的身軀無法抵禦石頭與箭矢。於是有一天，年輕的戰士、投石手、長矛兵與弓箭手們前往攻打伊博，殺害了城中所有居民，由於不想碰到那些屍骸，就用長矛將型態怪異的屍體推入湖中。他們也不喜歡伊博刻有雕像的灰色巨石，就把巨石也推入湖中。不過他們曾對過往從遠處搬來巨石的浩大工程感到好奇，但巨石肯定來自他鄉，姆納之地和鄰近地區沒有這類石材。

因此，除了雕成水蜥波克羅格外型的海綠色石像，古城伊博沒有任何東西倖存。年輕戰士們將石像帶回城中，作為征服古神與伊博生物的信物，以及對姆納之地的治權象徵。不過在神殿設置好石像當晚，可怕的事發生了。有人在湖上看到怪異的光線，早上人們則發現石像消失了，而大祭司塔蘭伊許（Taran-Ish）也已橫死，彷彿碰上某種無可名狀的恐怖事物。臨死前，塔蘭伊許用顫抖的手指，在貴橄欖石祭壇上，畫下了末日的符號。

1　譯注：Ib，後來作者洛夫克拉夫特也曾在《瘋狂山脈》中提及姆納與伊博。

2　譯注：Bokrug，克拉克．阿許頓．史密斯筆下的舊日支配者。

塔蘭伊許死後，薩納斯經歷了許多任大祭司，但從未有人尋獲海綠色石像。隨著諸多紀元過去，薩納斯蓬勃發展，只剩下祭司與老嫗們記得，塔蘭伊許在貴橄欖石祭壇上畫下的符號。薩納斯與伊拉涅克之間出現了一條商隊道路，人們用從地底挖掘出的貴金屬，交換其他金屬與罕見的衣物、珠寶、書籍和工匠用具，以及蜿蜒的艾河沿岸，與遠方人民所熟知的其他奢華物品。於是，薩納斯的勢力、學識與豪奢度與日俱增，還派出大軍征服鄰近城邦。最後，薩納斯皇座上的王者，成了整塊姆納之地，與諸多相連國度的統治者。

雄偉的薩納斯是座世界奇景，也是人類的驕傲。它的城牆以從沙漠挖出的拋光大理石建成，高度有三百肘[3]，寬度則是七十五肘，人們駕馭馬車時，能讓車身並肩在牆上行駛。城牆延伸了五百斯塔達[4]，只有面對湖泊的牆面建有開口，波浪則由一道綠色石砌海牆守護。每年舉行紀念毀滅伊博的慶典時，浪潮都會怪異地高漲。在薩納斯，從湖泊延伸到商隊城門，共有五十條街道，另外五十條街道則與其交錯。除了馬匹、駱駝及大象走的通道是用花崗岩鋪設，其餘道路則是鋪上了縞瑪瑙。薩納斯的城門數，與往陸地衍生的街道數相同，每道門都以青銅打造，兩旁設有獅子與大象的雕像，以人類從未見過的岩石雕刻而成。薩納斯的房屋以釉磚與玉髓打造，每座屋舍都有設了圍牆的花園，與水晶般清澈的小池塘。這些房屋的建築工法十分奇特，其他城市沒有類似的建物。來自瑟拉、伊拉涅克與卡達斯隆的旅客們，則對屋舍頂端的閃爍圓頂驚嘆不已。

但宮殿與神殿更為富麗堂皇，老國王卓卡（Zokkar）的花園也不遑多讓。城內有許多宮殿，其中最不起眼的，都比瑟拉、伊拉涅克或卡達斯隆的宮殿更加雄偉。它們高聳入雲，有時使宮殿內的人覺得自己身處天頂之下；點燃沾染多瑟（Dother）油的火炬後，訪客就能看到牆壁上描繪國王與大軍的龐大畫像，也會立刻對畫作的氣勢感到驚嘆與震懾。宮殿中有許多染有色彩的大理石巨柱，上頭雕有絕美的設計圖案。大多宮殿中的地板，都是由綠柱石、青金石、纏絲瑪瑙、紅寶石，與其他精選材料鑲嵌而成，因此訪客會覺得自己走在珍稀花床上。宮中還有噴泉，以傑出技藝打造的噴嘴，會撒出帶有香氣的水柱。而最耀眼奪目的，則是姆納與鄰近地區的王者皇宮。王座旁放了成對的蹲踞黃金獅像，且比閃爍的地板高了許多層階梯。王座由一整塊象牙雕刻而成，不過當時沒有人曉得，這麼大的象牙是打哪來的。王宮中有許多藝廊以及半圓型劇場，在劇場中，有著為了娛樂國王，而互相打鬥的獅子、人和大象。有時半圓形劇場還會透過大型水道灌入湖水，接著上演刺激的海上搏鬥，或是泳者與致命水中生物的生死搏鬥。

高塔般的十七座薩納斯神殿，高聳且令人讚嘆，神殿以明亮的彩色石頭建成，在他處看不到這種石材。最高的神殿有一千肘高，大祭司們則居住在不亞於君王居所的雄偉建築中。地面上有和宮殿同樣龐大華麗的廳室；人群聚集在此，祭拜薩納斯的主神索卡拉（Zo-Kalar）、塔瑪許

3　譯注：cubit，古代長度單位，一肘約為四十五公分到五十五公分。

4　譯注：stadia，古希臘長度單位，一斯塔達約為一百八十二公尺。

（Tamash）與洛彭（Lobon），祂們那線香繚繞的神廟，宛如君王皇座。索卡拉、塔瑪許與洛彭的神像，看起來與其他神明塑像不同。它們的外表充滿生命力，使這些蓄著長鬍的優雅神明，彷彿活生生地坐在象牙皇座上。高塔會議室坐落於無盡鋯石階梯之上，大祭司們日間在此鳥瞰城市、平原與湖泊；夜間，則在塔中觀看神祕的月亮、繁星、行星，以及星辰的湖中倒影。這裡舉行了詛咒水蜥波克羅格的古老祕密儀式，畫有塔蘭伊許末日符號的貴橄欖石祭壇，也位於此處。

老國王卓卡打造的花園非常華麗。佔地廣闊的園區位於薩納斯中央，周圍有高牆環繞。花園上頭有座雄偉的玻璃圓頂，天氣晴朗時，太陽、月亮與群星的光芒會由圓頂照下，天候不佳時，圓頂內則會掛起泛著微光的太陽、月亮與群星畫像。夏天，風扇巧妙揮出的清爽微風，降低了花園的溫度；隱蔽的火爐加熱了冬天的花園，使花園四季如春。小溪流過明亮的鵝卵石，區隔了綠色草地與彩色花園，溪流上也鋪設了大量橋墩。河道中有許多瀑布，不少瀑布流入色彩繽紛的小湖。白天鵝在溪流與小湖上漂浮，珍稀鳥兒的鳴叫聲，則與潺潺水聲混為一體。整齊的高台上隆起綠色緩坡，坡上建有以藤蔓與花朵裝飾的涼亭，裡頭有以大理石和斑岩雕成的座位與長椅。上頭還有許多小型的廟宇與神殿，訪客能在建物中休息，或向小神們禱告。

每年薩納斯都會舉辦毀滅伊博的慶典，眾人享受各類美酒，吟唱歌謠，並跳舞作樂。人們向殲滅古老生物的祖靈們致敬，頭戴卓卡花園玫瑰的舞者與吹笛手，則嘲笑那些生物與牠們的古神。君王們會望向湖泊，咒罵深藏湖底的亡者骨骸。

起初，大祭司們並不喜歡這些慶典，因為他們的祖先傳下了怪異的故事，講述海綠色的神像如何消失，以及因恐懼而死的塔蘭伊許，和他留下的警告。他們也說，有時能從高塔上看到湖底傳來光芒。但由於多年來平安無事，就連祭司們也與慶祝人潮一同取笑和咒罵古代生物。的確，他們在勢力高峰時，不也經常在高塔舉行詛咒水蜥波克羅格的古老祕密儀式嗎？世界奇景薩納斯，就這樣度過了一千年的富足歲月。

摧毀伊博的一千年慶典，豪奢得超越人們的想像。這件事在姆納之地已談論了十年之久，而在日漸接近慶典時間時，從瑟拉、伊拉涅克、卡達斯隆與姆納所有城市，和遙遠國度前來的訪客們，騎著馬匹、駱駝與大象來到薩納斯。慶典當晚，大理石城牆前搭起了貴族的大型帳篷，與旅行者的小營帳。國王納吉斯海（Nargis-Hei）橫躺在宴會廳中，因喝了來自遭到征服的諾斯（Pnoth）寶庫中的陳年美酒而酩酊大醉，周圍環繞著享樂中的貴族，與忙碌的奴隸。眾人在宴會上享用了諸多奇特佳餚——林普蘭（Linplan）遙遠山區的孔雀、布納吉克（Bnazic）沙漠中的駱駝腳跟，與希達瑟利亞（Sydathria）森林裡的堅果與香料。取自波濤洶湧的姆塔爾（Mtal）的珍珠，則被泡入瑟拉的醋中溶解。宴會上有無數種醬料，由全姆納手藝最精巧的大廚們所調製，符合所有賓客的口味。但所有菜餚中最珍貴的，則是湖中撈起的大魚。每條魚都相當龐大，牠們被擺在黃金托盤上，周圍則擺設了紅寶石與鑽石。

當國王與貴族們在宮內大快朵頤、並觀看金盤上的華美菜餚時，其餘人群便在別處用餐。祭司們在大神殿的高塔中狂歡，來自鄰國的貴族們，則在城外的帳篷內盡情玩樂。此時，大祭司格奈卡（Gnai-Kah）率先看到從凸月落入湖中的陰影，以及從湖中往月亮飄散的不祥綠霧。陰森的迷霧籠罩著大難臨頭的薩納斯，以及城中的高塔與圓頂。隨後，塔中與城外的人們察覺水上出現奇異光線，並發現平常矗立於岸邊的高聳灰石阿庫里昂（Akurion），居然幾乎沉入水中。隱約的恐懼隨即高漲，於是伊拉涅克與遙遠國度洛寇爾（Rokol）的貴族們紛紛拆掉帳篷與營帳，並全速撤離，不過他們並不明白離開的原因。

接近午夜時，薩納斯所有青銅城門全數敞開，瘋狂的人群盡數從城裡衝出，在平原上形成黑壓壓的一片，使得所有來訪的貴族與旅客都害怕地逃跑。這批人群的臉上寫滿了無法忍受的恐懼，口中則吐出駭人言詞，聽到的人都不願停下來確認狀況。人們的眼神因畏懼而變得狂亂，他們尖聲喊出在國王宴會廳中看到的景象：窗口內再也看不見納吉斯海與他手下貴族與奴隸的身影，取而代之的，是無可名狀的無聲綠色生物，牠們有圓凸的雙眼、外翹肥厚的雙唇，與形狀特異的耳朵；生物們駭人地手舞足蹈，獸掌拿著飾以紅寶石與鑽石的金盤，盤中則燃起了不淨的火焰。當貴族與旅客們駕著馬匹、駱駝和大象逃離遇險的薩納斯時，再度望向煙霧瀰漫的湖泊，發現灰石阿庫里昂已完全浸入水中。逃離薩納斯的人們，將故事傳遍姆納之地與鄰近國度，商隊也不再找尋那座受詛咒的城市，和城中的貴金屬。過了很久之後，才有旅客敢前往當地，也只有勇敢又富冒險精神的金髮碧眼年輕人敢這樣做，他們並非姆納人民的親族。這些人到湖邊觀察薩納斯，但儘管他們找到了龐大又平靜的湖泊，以及矗立於岸邊的灰石阿庫里昂，卻沒有看見世界奇景與全人類的驕傲。這裡曾一度矗立著三百肘高的城牆，與更高的塔樓，現在卻只剩下湖畔的沼澤；一度住有五千萬人的城市，如今只剩下在地上爬行的可憎水蜥。連貴金屬礦坑都沒能倖存。**末日**已然降臨薩納斯。

但人們在草叢中發現了半埋在土裡的奇特綠色雕像。那是尊極度古老的神像，外型仿照了偉大的水蜥波克羅格。那尊神像被放入伊拉涅克的最高神殿，日後整座姆納之地的人民，都在凸月下敬拜它。

七、瑟勒斐斯

Celephaïs

在夢中，庫倫涅斯（Kuranes）見到了山谷中的城市、遠處的海岸、俯視海洋的積雪山峰，以及色彩明亮的大帆船。船隻由港中開出，航向海天一線的遙遠區域。他也是在夢中得到了庫倫涅斯這個名字，當他甦醒時，則使用另一個名字。

或許對他而言，在夢中得到新名字非常自然。他是家族最後的成員，獨自在倫敦冷淡的數百萬居民之間居住著，因此沒有多少人會和他說話，或讓他想起自己過往的身分。他不再擁有金錢與土地，也不在乎周遭人們的生活方式，而是偏好作夢和寫下自己的夢境。他把這些作品給別人看時，別人會譏笑他，過了一陣子後，他便只把作品保留給自己，最後也完全停止寫作。他越遠離周遭世界，夢境就變得更美好；在紙上形容夢境也沒有意義。庫倫涅斯缺乏現代精神，想法也異於其他作家。他人試圖剝除生命中的神話彩袍，並揭露醜陋的現實，庫倫涅斯則一心想找尋美。當真相與經驗無法彰顯美時，他便轉而在想像與幻覺中尋訪，最後在自家門前找到了目標：它就處於矇朧的童年故事與夢境之中。

沒有很多人知道，年輕時聽聞的故事與夢境中，隱藏了哪種奇景。孩提時代的我們，會傾聽與作夢，不過也只會構思出模稜兩可的思緒；到了成年時期，我們試圖回想時，生活中的毒素，已使我們的心思變得無趣又平淡。但我們之中，有些人在夜間甦醒，腦中充滿奇特幻影。其中有神奇的丘陵與花園、在陽光下發出潺潺水聲的噴泉、矗立在低鳴海面旁的金色山崖、延伸至以青銅與石材打造的沉睡都市旁的開闊平原，以及輪廓模糊的英雄們，他們騎著穿戴華麗馬衣的白馬，沿著茂密森林的邊陲移動。這時我們才明白，自己已往後望入象牙大門內，瞥見在我們變得睿智卻不快樂前，曾屬於自己的驚奇世界。

庫倫涅斯突然抵達他古老的童年世界。他夢見了自己出生的房子。那棟龐大石砌建築上，長滿了藤蔓，他過往十三代的先祖都住在這裡，他也希望能在此離世。當時的月光皎潔，他則悄悄踏入芬芳的夏夜，穿過花園，走下高台，穿過公園中的高大橡木林，再沿著白色長道走向村莊。村莊看起來非常古老，殘破的邊界，看起來像開始變彎的月亮，庫倫涅斯想知道，小屋尖頂下隱藏的，究竟是沉眠，或是死亡？街上長滿修長的青草，兩側的窗框要不破損，要不就一片朦朧。庫倫涅斯並未在當地停駐，反而像是受召前往某個目的地般，快步行走。他不敢違逆那股召喚，害怕那就如同清醒生活中的欲求與願景般，只是種幻覺，也不通往任何目標。接著他走下一條小徑，從村莊街道通向海峽旁的山崖，並來到道路盡頭的懸崖與深淵。村莊與世界，忽然在此落入死寂的無垠虛空，就連前方的天空都空無一物，沒有塌陷的月亮，或窺視夢境的星辰。信念促使他前進，跨越懸崖，跳入深淵之中，他則不斷往下飄落。穿越漆黑無形，又未曾出現過的夢境，其中發出微光的球體，可能是部分曾夢過的夢境，而發笑的有翼物體，則似乎在嘲諷著全世界的夢行者。隨後，在他面前的黑暗中，張開了一道裂隙，他則看到山谷中的城市，在底下遠處散發光芒。背景之中有海洋與天空，海岸附近則有座頂端積雪的高山。

庫倫涅斯目睹城市那一瞬間，就醒了過來，但他從驚鴻一瞥中得知，那座城市，正是坐落於塔納里安丘（Tanarian Hills）遠方，烏斯納蓋（Ooth-Nargai）裡的瑟勒斐斯（Celephaïs）。他的靈魂，在許久前某個夏日午後的一小時內，曾近乎永恆地住在該城。當時他從保姆身旁溜開，讓溫暖的海風將自己喚入夢鄉，一面坐在靠近村莊的懸崖上望著雲朵。當人們找到並叫醒他，再帶他回家時，他曾大聲抗議。當他被喚醒時，正駕著金色大帆船，航向充滿吸引力的海天一線地帶。現在他對甦醒同樣感到憤怒，因為過了四十個疲倦年頭後，他終於尋獲了那座壯麗城市。

但三晚後，庫倫涅斯再度來到瑟勒斐斯。和之前相同的是，他先夢到那座不知是沉睡或死亡的村莊，以及他得無聲飄下的深淵。接著裂隙再度出現，他則看到城中閃爍的光塔，也看見在藍色港口下錨的優雅大帆船，並望向亞倫山（Mount Aran），看著山上的銀杏樹在海風中搖曳。但此時他並未醒來，而是如同有翼生物般，緩緩在綠油油的山坡上降落，直到他的雙腳輕柔地踏上草皮。他確實返回了烏斯納蓋谷，和華美的瑟勒斐斯城。

庫倫涅斯在芬芳青草與彩色花朵間走下山坡，跨越發出潺潺水聲的納拉薩河（Naraxa）上的小木橋。多年前他曾在橋上刻下自己的名字，並穿過低聲作響的樹林，抵達城門邊的龐大石橋。一切與過往無異，大理石城牆尚未褪色，打亮過的青銅雕像，也沒有失去光澤。庫倫涅斯發現，他不須害怕自己回憶中的事物消失，就連城牆上的哨兵也一模一樣，和他記憶中同樣年輕。當他走進城市，穿過青銅城門，再踏上縞瑪瑙走道時，商人們與駱駝牧人則向他問好，彷彿他從未離開。這點在納斯霍薩斯（Nath-Horthath）的綠松石神殿也一樣，頭戴蘭花花冠的祭司們告訴他，在烏斯納蓋，沒有時間，只有永駐的青春。接著庫倫涅斯從巨柱街（Street of Pillars），走到靠海的城牆，商人與水手們聚集在此，來自海天一線地帶的奇異人民，也聚在那裡。他在那待了很久，望向明亮的港口，漣漪在陌生太陽陽光下閃爍，來自遠方的大帆船，則在水面輕盈地航行。他也看向從岸邊雄偉升起的亞倫山，它的低處山坡長滿搖曳綠樹，白色的山巔則觸及天空。

庫倫涅斯非常想搭乘大帆船，航向他在許多奇異故事中聽過的遙遠地區，他也再度找上許久之前同意載自己的船長。他發現那位名為阿席布（Athib）的男人，坐在和先前相同的香料箱上，阿席布似乎也不覺得時間消逝。兩人駕著小船，抵達港口內的大帆船，對操槳手們下令，並航入波濤洶湧，且導向天空的賽瑞納里安海（Cerenarian Sea）。他們在起伏的水面上航行了好幾天，最後抵達了地平線，海洋在此與天空交會。帆船並未停止，而是輕鬆地在藍天中飄浮，和羊毛般的玫瑰色雲朵一同飛舞。龍骨下的遠方，庫倫涅斯能看到奇異的土地與河流，和超凡脫俗的美麗城市，懶洋洋地籠罩在陽光下，陽光則似乎從未減弱或消失。最後阿席布告訴他，他們的旅程已接近盡頭，很快就會進入瑟拉尼安（Serannian）的港口，那裡是雲中的粉紅色大理石城市，建造於西風吹入天空中的太虛海岸邊。但當城市中最高聳的雕刻高塔，在視野中出現時，空中傳來某種聲響，庫倫涅斯則從他的倫敦閣樓甦醒過來。

在那之後的許多個月，庫倫涅斯徒勞無功地找尋雄偉的瑟勒斐斯城，以及航向天空的船隻們。儘管他在夢境中，抵達了諸多奇異又無人聽聞過的地點，遇見的人卻都無法告訴他，該如何抵達塔納里安丘遠方的烏斯納蓋。有天晚上，他跨越漆黑山脈，山中有著彼此距離遙遠的微弱營火，周圍有外型古怪又毛茸茸的生物群體，頭目身上帶了清脆作響的鈴鐺。而這片山區最荒涼的區域，甚至偏遠到鮮少有人見過此處。他在此發現一道醜陋又古老的城牆（或堤道），沿著山脊和峽谷蜿蜒而去。它過於龐大，不可能出自人類之手，也長得讓人無法看到兩端的位置。他在灰色的黎明下，越過那道牆，來到一處滿是恬靜花園與櫻桃樹的國度，等到太陽升起時，他見到了無上美景：紅白鮮花、翠綠的植被與草原、白色走道、鑽石般明亮的溪流、藍色小湖、雕刻橋墩，與建有紅色屋頂的高塔。這使愉快的他，短暫遺忘了瑟勒斐斯。但當他沿著白色道路，走到一座有紅屋頂的高塔時，他又想起了瑟勒斐斯，也想向當地人詢問它的下落，但他發現那裡沒有居民，只有鳥、蜜蜂和蝴蝶存在。另一晚，庫倫涅斯走上一處無盡延伸的潮濕石砌螺旋階梯，來到一處高塔窗口邊，窗口俯瞰著被月光照亮的大平原與河流。在河岸旁開展出去的寂靜城市中，他覺得自己發現了某種先前曾知道的特徵或佈局。要不是一股駭人極光，從地平線遠處的偏遠地帶飄出，照亮了遺跡與古老城市，以及長滿水草的淤塞河流，和那塊土地上的死亡情景，他早就下樓詢問前往烏斯納蓋的路線了。自從金納拉索里斯王（King Kynaratholis）從征戰中歸來，並遇上諸神的復仇後，此地就維持著這種光景。

於是庫倫涅斯徒勞無功地找尋雄偉的瑟勒斐斯城，以及航向天空的瑟拉尼安帆船們，同時他見識到諸多奇景，也曾一度逃離避諱大祭司（High-Priest Not to Be Described）。它臉上戴了副絲質面具，獨自居住在冰冷又荒涼的冷之高原（Leng）中，那座史前石砌修道院。最後他對淒涼的白日感到不耐，於是他開始購買藥物，以便增加自己的睡眠時間。印度大麻對他有極大助益，也曾將他送到太空中某個沒有實體存在的區域，但該處的發光氣體，則鑽研著存在本身的奧祕。有股紫羅蘭色的氣體告訴他，太空中這個區域，處於他所謂的「無限」之外。氣體之前沒聽說過行星與有機組織，只認為庫倫涅斯是來自無限的個體，而物質、能量與引力，則存在於無限之中。庫倫涅斯急於回到滿布光塔的瑟勒斐斯，並增加了藥物用量，但最後他用光了錢，也無法購買藥物。接著在夏季某天，他離開自己的閣樓，漫無目標地在街上閒晃，走到一座橋上，抵達某處房屋變得越來越稀少的地區。他在那達成了自己的心願，碰上了來自瑟勒斐斯的騎士護衛隊，前來帶他永遠住在該城。

他們是英俊的騎士，騎著雜色馬匹，身穿閃爍的盔甲，以及繡有奇特紋章的金布戰袍。他們人多勢眾，使庫倫涅斯差點誤以為他們是軍隊，但他們是前來護送他的。是他在夢中創造了烏斯納蓋，因此他將被奉為該處的永久主神。他們給庫倫涅斯一匹馬，並讓他騎在行軍隊伍前頭，一行人氣派地騎過薩里（Surrey），前往庫倫涅斯祖先們的出生地。情況非常怪異，騎士們前進時，他們彷彿是在時間中後退；當他們在微光中穿過村莊時，只看見喬叟[1]或比他更早期的人會

---

1 譯注：Geoffrey Chaucer，英國中世紀作家，著有《坎特伯里故事集》（*The Canterbury Tales*）。

看見的房屋與村民，有時他們還會看到騎在馬背上的騎士與隨從團。當天色變暗時，他們的旅行速度變得更快，直到他們不尋常地飛馳起來，彷彿在天空中飛翔。他們在幽暗的黎明中，抵達庫倫涅斯童年時，看過的那座充滿生命力的村莊，在他的夢中，則處於睡眠或死亡狀態。村落現在生氣蓬勃，當騎士們的馬蹄，在街道上咯噠作響時，早起的村民們會向他們致敬，隨後他們轉向盡頭位於夢境深淵的巷弄中。之前庫倫涅斯只在夜晚踏進深淵過，也想知道深淵在白天的景象，於是他緊張地看著隊伍逼近邊緣。正當他們衝上斜坡，抵達懸崖時，西方某處透出一道金光，彷彿將整塊大地籠罩在光彩奪目的帷幕之中。深淵化為一片透出玫瑰色與蔚藍色光輝的翻騰混沌，無形的歌聲興高采烈地歌唱，騎士隊伍則衝過邊際，優雅地在閃爍的雲朵與銀光中飄落。騎士們無止盡地往下飄，坐騎們則踩踏著乙太，彷彿在金色砂礫上奔馳。接著發光霧氣分了開來，顯露出更明亮的光芒：那正是瑟勒斐斯城的光彩，和遠處的海岸，還有俯視海洋的積雪山峰，以及色彩明亮的大帆船。船隻從港中開出，航向海天一線的遙遠區域。

此後，庫倫涅斯統治了烏斯納蓋，與所有相連的夢境國度，並在瑟勒斐斯與雲彩中的瑟拉尼安交替行政。他依然統治該處，也將永遠快樂地延續王權，但在印斯茅斯[2]的懸崖下，海峽中的潮汐，諷刺般地翻滾一具流浪漢的屍體，他在黎明時，從半荒廢的村莊跌下懸崖。潮汐諷刺般地翻騰，並將遺體拋上長滿藤蔓的崔佛塔（Trevor Towers）旁的岩石，一位極度肥胖，又令人生厭的百萬富翁釀酒商，則享受著買下絕種貴族世家財產的極致氛圍。

2　譯注：Innsmouth，這座英國漁村與《印斯茅斯暗影》中的美國漁村僅有同名關係。

八、夢尋祕境卡達斯

The Dream Quest of Unknown Kadath

藍道夫．卡特曾夢到這座雄偉的城市三次，也在停駐於城上的高台時，驚醒了三次。夕陽下的城市，閃爍著金碧輝煌的光澤，城裡有高牆、神殿，以及斑駁大理石打造的柱廊與拱橋，銀色水池在寬闊廣場與芬芳花園中，灑出燦爛水柱，寬闊道路兩旁有成排的優雅樹木、花團錦簇的花盆，和閃爍的象牙雕像；北方陡坡上，有諸多紅色屋頂，與古老的尖頂山牆，屋簷下則有長滿青草的鵝卵石小道。這裡是諸神的心頭肉，宛如天國喇叭吹出的樂曲，和不朽銅鈸撞出的鏗鏘樂音。神祕感籠罩著這座城市，如同雲朵瀰漫在無人涉足的高山上。當卡特屏息靜氣、並滿心期待地站在裝有欄杆的矮牆邊時，心中湧上了幾乎消失的回憶所帶來的酸楚與憂慮，和失去帶來的痛苦，並焦急地渴望再度回到那一度雄偉懾人的城市。

他深知這件事對自己而言必然有著重大意義，但他不知道自己是在哪段輪迴、哪輩子，又或是在夢中或清醒時得知此事。他隱約回想起幼年時某個早已忘卻的片段，那段充滿謎團的日子裡，滿是奇景與樂趣，隨著魯特琴聲與歌聲，黎明與黃昏如同預言般向前推進，推開火焰門扉，揭露令人驚訝的深層奧祕。但每個晚上，當他站在擺放造型奇特的甕，與附有雕刻欄杆的大理石高台上，望向那座美麗又超脫世俗的寂靜夕陽之城時，便感受到夢中暴虐神明的箝制。他無法離開高處，或走下寬闊的大理石階梯，這道無盡的階梯，延伸到底下充滿古老魅力的街道，往外延伸的街道，也彷彿正對他招手。

第三次醒來時，他並未走下那道階梯，也沒有踏入暮色下的寂靜街道，而是向潛藏在夢中的神明，進行漫長又真誠的禱告。變化無常的神明們，居住在未知的卡達斯（Kadath）上空雲層之中，卡達斯則位於無人涉足過的冰冷荒原。但神明並未回應，態度也未曾軟化；他在夢中向祂們祈禱，並透過蓄鬍祭司納許特（Nasht）與卡曼剎（Kaman-Thah）進行犧牲獻祭時，神明也沒有做出任何偏愛之舉；祭司們那矗立著火焰巨柱的洞穴神殿，離清醒世界的大門並不遠。不過，他的禱告必然引發了負面效應，因為首度禱告後，他就再也沒看過那座雄偉的城市。彷彿那三次在遠方的驚鴻一瞥，只不過是違背眾神祕密計畫或意圖的意外，甚或是疏失。

最後，他極度渴望閃閃發光的夕陽街道，與古老斜式屋頂間的神祕山區小徑，也無法確實入睡或保持清醒，以便從腦中驅離這些念頭。卡特決定前往從未有人涉足過的地點大膽請願，並穿越黑暗中的冰冷沙漠，前往未知的卡達斯。卡達斯籠罩在雲霧中，上方滿布人類從未想像過的群星，夢境諸神（Great Ones）那永夜中的神祕縞瑪瑙城堡，就位於此地。

淺眠中的他，走下導向火焰洞窟的七十道階梯，將自己的計畫告訴蓄鬍祭司納許特與卡曼剎。祭司們搖了搖配戴了雙重冠冕的頭，堅稱這會害死他的靈魂。他們指出，夢境諸神已經展現了意願，不該再受到冥頑不靈的請願騷擾。他們也提醒卡特，不只從未有人踏進卡達斯，也沒有人猜出它究竟位於何處。它可能位在凡間周圍的幻夢境（Dreamlands），或是環繞北落師門[1]或畢

1 譯注：Fomalhaut，南魚座中最明亮的恆星。

宿五[2]的某顆神祕行星。如果它位於我們的幻夢境，相信還有可能抵達，但自從萬物創生後，只有三個人類靈魂曾來回跨越不淨的黑暗深淵，並前往其他幻夢境；而那三人之中，有兩個人回來後都發瘋了。這樣的旅程包含了當地無可計量的危難，以及透過夢境無法到達的地點——物理宇宙外圍發出醜惡囈語的最終危機。那是股型態不定的毀滅勢力，在無垠宇宙的中心褻瀆萬物並冒出氣泡：浩瀚無邊的惡魔之王阿撒托斯（Azathoth）。沒人敢大聲說出祂的名諱，祂則在超越時間的神祕黑暗空間中，飢餓地啃噬，周圍環繞著微弱又瘋狂的醜惡鼓聲，與音色單調薄弱的可憎笛音；龐大的終極諸神，隨著不祥的敲擊聲與笛音，緩慢笨重地舞動。這些是盲目無聲、又毫無心智的陰森外神（Outer Gods），而祂們的靈魂與使者，則是伏行混沌奈亞拉索特普。

祭司納許特與卡曼剎在火焰洞窟中警告卡特這些事，但他依然下定決心，無論冰冷荒原中未知的卡達斯究竟在哪，他都要找到當地諸神，取得祂們的許可，以便一睹並進入宏偉的夕陽城市，再取回與其有關的回憶。他明白自己將踏上怪異又漫長的旅程，夢境諸神也不會同意此事。但他已經在夢境世界待了很長一段時間，擁有許多能輔助自己的有用回憶與策略。於是，他請求祭司們給予他正式祝福，並謹慎思考自己的走向，接著大膽地走下七百道階梯，抵達沉眠大門（Gate of Deeper Slumber），並由魔法森林（Enchanted Wood）出發。

那座扭曲樹林的隧道中，低矮又龐大的橡木伸出扭曲的枝枒，奇特真菌則放出微弱螢光，行蹤神祕的祖格族（Zoog）便在此居住。牠們清楚夢境世界的諸多晦澀奧祕，也知曉清醒世界的一些事。這座森林中有兩個地點與人類世界相連，然而一旦說出位置，肯定會引發災難。祖格族出沒的地點，總會出現無法解釋的謠言與事件，甚至是失蹤案件，幸好牠們無法去到離夢境世界太遠的地區。但牠們能自由出入靠近夢境世界的地方，矮小的棕色身軀稍縱即逝，在無人察覺的狀況下，將刺激的故事帶回牠們深愛的森林，並在爐灶旁講述故事以打發時間。牠們大多住在洞穴中，但有些成員住在大樹的樹幹裡；儘管牠們大多以真菌為食，據說牠們對肉也有些許愛好，無論來自實體血肉或是靈性軀體都行，因此許多進入那座樹林的夢行者，都未能活著離開。不過，卡特毫不畏懼，因為他是個老練的夢行者，早已學過了牠們的顫動語言，也與牠們締結了不少約定。他曾靠著祖格族的幫助，抵達位於塔納里安丘遠方，烏斯納蓋裡的華麗城市瑟勒斐斯。偉大的庫倫涅斯王已統治了該城長達半年，而他知曉此人在清醒世界中的另一個名字。庫倫涅斯正是唯一前往星際深淵後，平安歸來而沒有發瘋的人。

卡特迂迴地繞過巨型樹幹間散發螢光的低矮通道，用祖格族的方式發出顫動聲，且不時傾聽回應。他記得此生靈其中一座村莊位於森林中央，那裡有處由長滿青苔的巨石所組成的石圈，這清楚顯示，過去該處曾是更古老恐怖的居民居住的地帶，不過它們老早便遭遺忘；卡特則快步前往那裡。他順著醜惡的真菌找尋路徑，當他靠近古老生物在其中舞動並獻祭的可怕石圈時，發現

2　譯注：Aldebaran，金牛座中最亮的恆星。

那處真菌長得特別茂密。濃密真菌放出的強光，照亮了一塊綠灰色的龐大生長處，蔓生到樹頂與超出視野的位置。這裡是離他最近的巨石圈，卡特也明白，自己非常靠近祖格族村落。他再度發出顫動聲，並耐心等待。最後，他感到有許多隻眼睛正注視著自己。那正是祖格族，人們察覺牠們嬌小又光滑的棕色輪廓前，會先注意到牠們古怪的眼睛。

牠們從隱密洞穴與蜂窩般的樹洞中大舉竄出，直到整片微光下的地帶都擠滿了生物。有些野性較強的生物，粗魯地擦過卡特身邊，有一隻甚至令人厭惡地嚙咬了他的耳朵；但長輩們迅速制止了這些無法無天的生物。賢者議會（The Council of Sages）認出了來客的身分，並獻給他一瓢發酵樹汁，樹汁來自一株與眾不同的靈樹，它是由某人從月亮上拋下的一顆種子發芽而生的。卡特遵照儀式喝下樹汁後，一場怪異的會談就此展開。不幸的是，祖格族不曉得卡達斯高峰在哪，也不清楚那座冰冷荒原，究竟位在我們的幻夢境，或是別處。與夢境諸神有關的謠言各有不同；只知道祂們比較可能在山巔上出現，而非山谷中，因為當月亮在上、雲層在下時，祂們便會在這類頂峰上宛如回憶過往般跳舞。

某位非常老邁的祖格族成員，想起了一件沒人聽過的事。牠說史蓋河遠方的烏撒，還保存著最後一本極其古老的《納克特抄本》[3]，這本書由被遺忘的北方王國中的清醒人士所製作。當長滿長毛的食人族諾弗刻（Gnophekh），擊敗擁有諸多神殿的歐拉索伊城（Olathoe），並殺死洛瑪之地（Lomar）所有的英雄後，北方人就將抄本帶入夢境。祖格族耆老說，那些抄本提及了許多關於諸神的事，而且在烏撒，也有看過諸神符號的人，甚至還有名老祭司曾為了見識在月光下舞動的眾神，而登上某座高山。他失敗了，但他的同伴則取得成功，並在無人知曉他身分的狀況下死去。

於是藍道夫．卡特向祖格族致謝。牠們和藹地發出顫動聲，並給他另一瓢月樹酒，讓他隨身攜帶。他穿越螢光森林前往另一端，洶湧的史蓋河從萊瑞昂山（Lerion）的山坡上流下，海瑟格、尼爾與烏撒則座落在平原上。有好幾個好奇的祖格族，鬼鬼祟祟地跟在他身後，牠們想知道卡特可能會碰上的事，再把故事帶回去給自己的人民。他遠離村落時，龐大的橡木林逐漸變得濃密，他也仔細觀察樹林中是否有較為稀疏的地點，像是枯死或瀕臨死亡的樹木，它們矗立在黏膩的木材之間，木材堆由茂密得不尋常的真菌、腐爛的黴菌，與倒塌的枯木聚積而成。他在該處急轉彎，因為叢林地上有塊巨石板；膽敢靠近石圈的同伴們說，石板上有個三英呎寬的鐵環。由於回想起長滿青苔的巨石圈，以及石圈原本設立的目的，祖格族便沒有靠近上頭擺了巨大鐵環的石板。牠們明白，被遺忘的事物並不見得已確實死去，牠們也不想看到石板緩緩升起。

卡特在適當的地點繞路，並聽到身後有些較為怯懦的祖格族，發出害怕的顫動聲。他明白牠

3　譯注：*Pnakotic Manuscripts*，洛夫克拉夫特筆下第一本虛構書籍，曾出現在他諸多作品中；在克蘇魯神話作品中被提及的次數，僅次於《死靈之書》。

們會跟隨自己，因此不覺得不安。他已經習慣了這些好奇生物怪異的舉止。他來到森林邊緣時，天空正泛出微光，那逐漸變強的光線，讓他得知那是清晨的曙光。他在延伸到史蓋河的肥沃平原上，看到屋舍煙囪飄出的煙，到處都是平靜國度的圍欄、犁過的田地與茅草屋頂。有次他停在某處農舍水井邊喝杯水，所有狗隻就對在他身後草堆中悄悄爬行的祖格族害怕地吠叫。在另一座人聲鼎沸的房屋中，他詢問居民關於眾神的事，以及祂們是否會在萊瑞昂山上跳舞，但農夫與他的妻子只比畫出古老印記（Elder Sign），並告訴他前往尼爾與烏撒道路的方向。

中午時，他穿越了尼爾的一條大街，他曾拜訪過這裡，在先前的旅程中，尼爾也是他往這方向走到的最遠處。他很快就抵達了跨越史蓋河的大石橋。人們於一千三百年前建造這座橋墩時，石匠們曾將一個活人當作祭品，封在橋中央。一等他抵達對岸，經常出現的貓群（牠們全對跟在卡特後頭的祖格族兇悍地拱起背）則顯示出他已來到鄰近烏撒的地帶；烏撒有條古老的知名法律，嚴禁任何人殺貓。烏撒近郊相當宜人，滿布矮小的綠色屋舍，且擁有圍籬整齊的農場；寧靜的城鎮本身更為舒適，鎮上有古老的尖銳屋頂，與向外突出的上層樓層，以及無數煙囪頂管和狹窄的丘陵街道，且當優雅的貓群讓出足夠空間時，旅客也能看見路面上古老的鵝卵石。貓群因隱約能見的祖格族而散開，卡特則直接走向簡樸的舊神神殿（Temple of the Elder Ones），據說祭司與往日紀錄都在神殿之中。一走進那座纏滿藤蔓的神聖石砌圓塔（高塔位於烏撒最高的山丘丘頂），他就前往尋找教長阿泰爾，對方曾登上位於礫漠中的禁忌山峰哈瑟格基亞（Hatheg-

Kia），並活著下山。

阿泰爾端坐於神廟頂端，花綵裝飾聖壇中的象牙講台上。他活了三個世紀，但心智與記憶力依然敏銳。卡特從他身上得知了許多關於眾神的事，但大體上祂們確實只是地球的神明，微弱地統治我們的幻夢境，在別處沒有勢力，也沒有住所。阿泰爾說，如果祂們心情好，或許會聽人類的禱告，但千萬別想登上位於冰冷荒原，卡達斯頂端那座縞瑪瑙要塞。幸運的是，無人知曉卡達斯的所在地，攀登該處的後果非常嚴重。阿泰爾的同伴智者巴爾賽（Barzai the Wise），只因爬上知名的哈瑟格基亞峰，就在自己的尖叫中被拖進天空。如果有人找到未知的卡達斯，狀況就更糟了。儘管睿智的凡人有時能勝過夢境諸神，祂們卻受到來自外域的外神保護，最好不要談起那些神祇。世界歷史上，外神至少曾將自己的印記刻在地球古老的花崗岩上兩次。一次是在洪荒時代，《納克特抄本》中，太過老舊而無法閱讀的部分，有幅插畫暗示了這點；另一次則發生在哈瑟格基亞峰上，智者巴爾賽企圖觀看在月光下舞動的眾神時。阿泰爾說，有鑑於此，除了進行圓滑的禱告外，最好不要找尋這些神明。

儘管卡特對阿泰爾的勸告，與《納克特抄本》和《玄君七章祕經》（*Seven Cryptical Books of Hsan*）中貧乏的資料感到失望，卻沒有徹底絕望。他先詢問老祭司，自己在圍欄高台上目睹的雄偉夕陽之城相關資訊，認為自己或許能在缺乏諸神幫助的情況下找到它。但阿泰爾對此一無所知。阿泰爾說，那座城市可能是屬於他自己的獨特夢境世界，而非其他人所知的幻夢境；它也可能位於別的星球。在後者的狀況中，就算夢境諸神想幫忙，也無法指引他。但這點不太可能，他的夢遭到中斷這點，明顯代表夢境諸神不想讓他得知此事。

接著卡特做了件狡猾的事：他給老實的東道主喝下了大量祖格族送的月酒，使老人醉得滔滔不絕。矜持遭奪走後，可憐的阿泰爾，口齒不清地不斷吐露禁忌事物：他提到旅行者們看到恩格倫涅克山（Ngranek）的堅硬岩石上，雕刻了某種龐大圖像，那座山位於南海（Southern Sea）上的歐里亞伯島（Oriab）。他暗示，那可能是夢境諸神在那座山上於月光下舞動時，所刻下的自身形象。他打著嗝說，那座雕刻中的形象非常奇怪，因此旅客能輕易認出它來，這些形象也肯定是神族所留下的痕跡。

卡特立刻明白，該利用這些資訊來尋找諸神。眾所皆知，夢境諸神中的年輕一輩經常偽裝身分，並迎娶人類女子，因此卡達斯所在的冰冷荒原邊界周邊的農民們，必然都有神明的血統。如此一來，找到那座荒原的途徑，就是前往恩格倫涅克山，再記下雕像的五官特徵；接著透過這點，在人群中仔細找尋相仿的五官。特徵越明顯密集的地方，肯定最靠近神明的居所。該地村落後方的礫石荒原，必然就是卡達斯的所在地。

他能從這些地點學到不少關於夢境諸神的事，擁有神明血統的人，可能也繼承了些許對探險者而言非常有用的記憶。他們可能不清楚自己的身世，畢竟眾神不喜歡為人類所知，因此完全找不到特意看過祂們臉孔的人；卡特計畫攀登卡達斯時，就察覺過這點。但這些人會有古怪的高傲思想，使自己遭到他人誤解。他們也會吟唱起，關於遙遠地帶與花園的歌，這些東西完全不像幻夢境中任何已知地點，因此平常人都會稱他們為傻子。透過這些特點，訪客或許就能得知卡達斯的古老祕密，或取得與諸神企圖隱匿的雄偉夕陽之城有關的線索。還有，在特殊情況下，或許能抓到某個神明愛子以作為人質，或是逮到某個偽裝起來，並住在人類之中的年輕神祇，身旁還有個可人的農家閨女當他的新娘。

不過，阿泰爾並不清楚，要如何找到歐里亞伯島上的恩格倫涅克山。他建議卡特沿著橋墩下蜿蜒的史蓋河，一路走到南海；烏撒的居民沒有去過南海，但搭乘船隻、或騾子拖拉的兩輪馬車而來的長程商隊，則都來自南海。那裡有座雄偉城市德萊斯連（Dylath-Leen），但該城在烏撒惡名昭彰，因為黑色三層大帆船會載著來自不知名海岸的紅寶石，航向那座城市。來自那些大帆船、並和珠寶商交易的商人是人類（或與人類非常相似），但沒人看過划船的船工。烏撒的居民也認為，商人不該和來自不明地帶的黑船進行貿易，而且對方還不願暴露自己的船工。

說完這項資訊後，阿泰爾感到昏昏欲睡，卡特則輕柔地讓他靠在鑲有黑檀木的長椅上，並慎重地將對方的長鬍，擺放在他的胸前。轉身離開時，他發現身邊沒有顫動聲，納悶著為何祖格族居然在追尋新鮮事物時變得如此懶散。接著他發現，烏撒所有毛皮光滑、態度溫和的貓，都帶著不尋常的愉悅，舔著牠們的臉頰，並想起先前他與老祭司專心交談時，曾隱約聽到神殿下層傳來貓群打鬧聲。他也回想起來，有個特別魯莽的年輕祖格族成員，在外頭的街道上，對一隻小黑貓面露不祥的飢餓神色。也因為小黑貓是卡特在世上最喜歡的東西，他就停下腳步，拍了拍烏撒毛皮光滑的貓群，牠們則繼續舔舐臉頰。儘管接下來那些生性好奇的祖格族不會再護送他了，但他並不覺得難過。

夕陽已然西下，於是卡特在一間坐落於陡峭小街，俯瞰著下城區的古老旅店投宿。他走到房間陽台邊，望向底下成片的紅色磚瓦屋頂、鵝卵石小徑與遠方宜人的田野。萬物都籠罩在柔和又神奇的斜照陽光中，他堅信，要不是更加雄偉的夕陽之城，誘使自己踏向未知危機的話，烏撒會是個適合長居的地點。接著暮色落下，塗上灰泥的山形牆，從粉紅色轉為神祕的紫羅蘭色，老舊的格子窗，也接二連三地亮起了細小的黃色燈光。神殿高塔上響起甜美的鐘聲，第一顆星，則在史蓋河彼岸的草原上空微微閃爍。夜晚傳來歌聲，當魯特琴樂手讚美起遠早於單純城鎮烏撒的綵飾陽台、與宛如棋盤方格的廣場的古代歲月時，卡特也打起盹來。烏撒貓群發出的叫聲，原本會帶來一陣愉悅，但牠們大多因先前的古怪大餐，而感到身體沉重又沉默。有些貓悄悄步入只有牠們知曉的神祕領域，村民們相傳該地位於月亮的黑暗面，貓兒們會由高聳的屋頂跳入該處。但有隻小黑貓爬上樓，跳到卡特腿上，一面呼嚕叫著一面玩耍。等到他終於躺在小長椅上時，小黑貓則蜷曲在他腳邊；長椅上的枕頭，塞滿了瀰漫醉人香氣的香草。

早上，卡特加入了一支準備前往德萊斯連的商隊，他們帶著烏撒的紡織羊毛，與當地忙碌農場種出的甘藍菜。他們騎馬時搖晃著聲音清脆的鈴鐺，沿著史蓋河旁的平順道路走了六天；有些夜裡，他們在寧靜小漁村的旅店休息，其他晚上則在星空下露宿，平靜的河面上，會傳來船夫的歌聲。鄉間景色非常美麗，處處都是綠色灌木與樹林，和秀麗如畫的尖頂屋舍，以及八角形的磨坊。

第七天，一縷輕煙從地平線升起，德萊斯連的黑色高塔隨即浮現，這些塔大多由玄武岩建成。從遠方看去，德萊斯連纖細且稜角分明的高塔，有些類似巨人堤道[4]，城裡的街道漆黑又不討喜。諸多碼頭附近有許多慘淡經營的水手酒館，城內也擠滿了來自世上各個國度的怪異水手，據說有些國度甚至不在地球上。卡特向穿著古怪長袍的市民，打探歐里亞伯島上的恩格倫涅克山峰，發現他們很熟悉那座島。島上有些船來自巴哈納（Baharna），其中有艘船在一個月內要返回，恩格倫涅克山離海港只有騎斑馬兩天的路程。但很少人看過神明面孔的石雕，因為它位於恩格倫涅克山相當陡峭的岩壁上，岩壁面對著峭壁，與充滿可怕岩漿的山谷。諸神曾對島嶼那一側的人民發怒，並將此事稟告給外神。

很難從德萊斯連水手酒館的商人與水手口中得到這項資訊，因為他們大多只會低聲提起黑色大帆船。其中有艘船要在一週內，將來自不明海岸的紅寶石運送至此，居民們也害怕看到它入港。從那艘船上前來交易的人，嘴巴長得太寬，且他們的頭巾在前額上方有兩個隆起，看起來品

4　譯注：Giant's Causeway，位於北愛爾蘭貝爾法斯特的石柱型海岸。

味極差無比。他們穿了在六王國（Six Kingdoms）見過最短也最古怪的鞋子。但最讓人憂心的，則是那些沒人看過的操槳手。那三列船槳動得太快、太精準，力道強勁卻無比平穩。如果某艘船進港好幾週，讓商人們進城做生意，卻沒人看過任何一名船員，未免也太詭異了。船上從來沒收過任何一點補給品，這對德萊斯連的酒館店主、小販和屠夫們都沒好處。商人只會帶走黃金，與來自河流對岸帕爾格（Parg）的肥碩黑奴。這些外表可憎的商人，與他們神祕的操槳手，總是拿走這些商品。他們從未向屠夫和小販買東西，只接受黃金，與秤斤論兩買下的帕爾格肥胖黑人。大帆船上的氣味順著南風從碼頭飄來，沒有人敢形容那種氣味。就連最強悍的老水手，都只有在不斷抽著濃烈的賽格草（thagweed）時，才能忍受那股怪味。要是別處能取得那種紅寶石，德萊斯連絕對不會容忍黑船入港，但地球幻夢境中所有礦坑，都不出產這種礦產。

以上是德萊斯連的市民們主要談論的話題，卡特則耐心等待來自巴哈納的船，那艘船或許能載他前往島上，荒蕪的恩格倫涅克山就矗立在該處。同時他也繼續在遠方旅客的出沒地點，打探對方是否知道冰冷荒原中的卡達斯，或是能在夕陽下的高台，看到的某座雄偉城市，城中建有大理石城牆與銀色噴泉。不過，對此他一無所獲，但他一度認為當自己提到冰冷荒原時，某個眼睛歪斜的商人看起來若有所思。據說這個人，會與位在寒冷沙漠冷之高原的恐怖石砌村落交易，正常人都不會拜訪此地，有時還能從遠方看到當地放出不祥的火光。謠言相傳，他和避諱大祭司（High-Priest Not to Be Described）打過交道，大祭司的臉上戴了一只黃色絲質面具，獨自住在史前石砌修道院。這種人肯定與居住在冰冷荒原的生物進行過些許交易，但卡特很快就發現，向他打探毫無幫助。

沉默又怪異的黑色帆船隨後航入港灣，駛過玄武岩岩壁與高聳的燈塔，南風則將船上的古怪臭味吹入城裡。碼頭上的酒館不安地騷動，過了一會後，嘴型寬闊、戴著隆起頭巾的短腳商人，便鬼鬼祟祟地登岸，找尋珠寶商市集。卡特仔細觀察他們，卻越看越不喜歡對方。他看到他們將帕爾格的肥胖黑人趕上船隻跳板，讓他們咕噥著又滿頭大汗地走入船艙，並納悶著那些肥胖的可憐人，究竟注定要在哪片土地上工作……如果那裡還算土地的話。

在帆船停留的第三天傍晚，某位令人不快的商人向他攀談，一面惡毒地竊笑，一面暗示他在酒館聽說了卡特的旅程。他似乎知道不適合在公開場合講述的祕密，但儘管對方的嗓音使人極度生厭，卡特覺得不該低估遠方來客的知識。於是他邀請對方到樓上上鎖的房間裡作客，並拿出剩餘的祖格族月酒，打算讓對方敞開心房。古怪的商人大口喝酒，心懷不軌的竊笑卻並未因酒精而減退。接著他拿出一只奇怪的酒瓶，卡特發現瓶身是整顆挖空的紅寶石，上頭雕了奇特到難以理解的醜惡圖案。他把酒獻給卡特，儘管卡特只輕啜一口，卻感到頭暈目眩，以及無法想像的燥熱。此時訪客的笑容越張越大，而卡特陷入黑暗前看到的最後一個東西，便是那張黝黑可憎的臉。對方因大笑而抖動，橘色頭巾上前端兩個隆起之一，也因為他癲癇般的大笑而變得歪斜。

卡特回過神時，身旁瀰漫惡臭，人則位在船隻甲板上的帳棚式罩棚下，南海壯觀的海岸線，正以不尋常的高速往後飛逝。他並未被鐵鍊鎖住，但三名帶著諷刺神情的黝黑商人，則在一旁咧嘴而笑，他們頭巾中的隆起處、和陰森的艙門中飄出的臭味，使他幾乎昏厥。他看見雄偉的國度與城市從身邊掠過，有位地球的夢行者（他是古老城鎮金斯波特〔Kingsport〕的燈塔管理員），以往經常談起這些地方，卡特因而認出札克（Zak）蓋滿神殿的臺地，那裡是被遺忘的夢境居住的地帶；惡名昭彰的薩拉里昂（Thalarion）的尖塔，那座由惡靈萊希（Lathi）統治的惡魔之城，擁有上千種奇景；祖拉（Zura）肉慾橫流的花園，滿是人間難以得見的極樂光景。還有兩座水晶岬角，兩側頂端有座相連的華麗拱門，護衛著幻想中的至福之地索納尼爾（Sona-Nyl）的港灣。

潛藏在甲板下的操槳手，那異常猛烈地划槳動作，使臭氣熏天的船隻，以不祥的高速掠過這些華麗地帶。天黑前，卡特就注意到舵手的目的地，一定是西方玄武岩柱（Basalt Pillars of the West），一般人認為雄偉的卡瑟瑞亞（Cathuria），就在該地彼端，但睿智的夢行者們清楚，那裡其實是一座龐大瀑布的大門；地球幻夢境的海洋，從該處落入無垠深淵，撒入虛空之中，並飄向其他世界與群星，以及物理宇宙外的凶險虛空。惡魔之王阿撒托斯在混沌中飢餓地啃噬，外神們則在周圍打鼓吹笛，還跳著陰森舞蹈；祂們盲目無聲、陰森又毫無心智，而祂們的靈魂與使者，正是奈亞拉索特普。

在此同時，三名臉帶諷刺神情的商人，不願透漏他們的意圖，但卡特明白，他們必定和想阻止他任務的人是同夥。眾所皆知，外神在幻夢境中有許多爪牙潛伏在人類之中；無論這些爪牙是人類，或稍微不同的生物，都願意為那些盲目又毫無心智的生物辦事，以討好祂們醜惡的靈魂與信差：伏行混沌奈亞拉索特普。於是卡特推斷，當頭巾隆起的商人們，打聽到他企圖前往卡達斯的城堡找尋夢境諸神時，就決定把他帶走，並獻給奈亞拉索特普，以這份大禮，交換某些不為人知的獎賞。卡特猜不出商人們的故鄉，究竟是我們已知的宇宙，還是外頭的古老領域；他也想不到對方要在哪種令人毛骨悚然的聚會地，與伏行混沌會面，並將他交給對方以換取獎賞。不過他清楚，這些近似人類的生物，不敢靠近位於宇宙中央的無形虛空、屬於惡魔阿撒托斯的終極黑暗王座。

黃昏時，商人們舔了舔極度寬厚的雙唇，露出飢餓的目光。其中一人走到甲板下，從某間隱密又噁心的艙房內，取出一只鍋子和整籃盤子。接著他們在棚子下緊緊蹲在一起，遞著燻肉吃。不過他們遞給卡特那些肉，他覺得肉塊的大小與形狀有種恐怖感，讓他的臉色變得更加蒼白。於是他趁沒人注意時，將那塊肉丟入海裡。他再度想到甲板下的神祕操槳手，並猜疑著是哪種營養來源，使他們產生極其機械化的力量？

帆船駛過西方玄武岩柱時，暮色已然降臨，巨大瀑布逐漸高漲的轟隆水聲，從前方飄來。那座瀑布噴濺出的水霧往上飄揚，遮蔽了星辰，也使甲板變得潮濕，船身則在瀑布邊緣洶湧的水流搖晃旋轉。隨著一股奇異的哨音，帆船彈跳起來。當世界消失，大船如彗星般沉默地衝入星際空間時，卡特不禁感到一股夢魘般的恐懼。他從來不曉得，究竟有哪些無形的黑暗妖物，潛藏在乙太中躍動翻滾，對路過的旅人投以不懷好意的眼神，並露齒而笑。有時當移動物體激起牠們的好奇心時，牠們會伸出黏膩的獸掌去摸索。這些妖物是外神的無名幼崽，和祂們一樣盲目且缺乏心智，也異常飢渴。

但那艘可憎的帆船，並未開到使卡特畏懼的遠處，他很快就發現，舵手將船直接開往月球。他們靠近時，明亮的彎月變得越來越大，並顯露出上頭令人不安的特異坑洞與山峰。帆船航向月球邊緣，目的地也漸趨明顯：那裡是總是背對地球的神祕地帶，或許除了夢行者史尼列斯科（Snireth-Ko）外，沒有人類看過該處。帆船接近月球時，近距離注視月面，讓卡特感到忐忑不安，他也不喜歡四散各地的遺跡尺寸與形狀。死寂神殿在山上座落之處，代表它們祭拜了不祥又陰森的神明，而破損巨柱群所呈現的對稱感，背後似乎藏有某種黑暗的深層意義，且不願讓外人破解。卡特也堅決不願猜測昔日信徒的身材模樣。

船隻繞過月球邊緣，航過人類從未見識過的大地時，怪異的地景上出現了生命跡象，卡特看到了長滿醜陋白色蕈類的田野中，有許多低矮寬闊的圓形小屋。他注意到這些小屋沒有窗戶，並覺得屋舍形狀宛如愛斯基摩人的屋舍。他隨即瞥見潮流緩慢的海洋上那油膩海浪，也明白這段航程將再度回到水上……至少得在某種液體上航行。帆船碰觸到液體表面時，發出了某種怪聲，海浪貼附船身時，那種異常的彈性，也使卡特感到大惑不解。他們以高速滑行，有次經過一艘造型相仿的帆船，還跟對方打了招呼，不過平常除了那片奇特海洋，與繁星點點的漆黑天空外，什麼也沒看見，而太陽仍在黑色天空中，散發出炙熱光芒。

此時前方揚起了宛如痲瘋病患皮膚般不平整的海岸線，上頭有崎嶇的山丘，卡特看到某座城市中密集的不祥灰塔。高塔傾斜扭曲的模樣，以及它們叢集而立的外觀，加上塔上沒有窗口，使卡特這名囚犯感到不安；他也深切後悔自己的愚行，居然啜飲頭戴隆起頭巾的商人給的怪酒。隨著海岸逐漸逼近，城市中的臭味也越趨濃烈。他在崎嶇的山丘上看到許多森林，並認出部分樹木，那些樹與地球魔法森林中那棵孤獨月樹，是同樣的品種，矮小的褐色祖格族，則用那棵樹的發酵樹汁，釀造出牠們獨特的酒。

卡特現在能看到，在前方臭氣熏天的碼頭上移動的身影，等到他看清楚對方時，便感到更加畏懼與嫌惡。牠們並非人類，甚至與人類相差甚遠。牠們是身形巨大的灰白色滑溜生物，能隨意拓展並收縮身形。儘管牠們經常變形，主要型態像是某種沒有眼睛的蟾蜍，粗短又不明顯的鼻口部頂端，長了以怪異方式抖動的粉紅色短觸手。這些生物在碼頭上忙碌地蹣跚步行，用不尋常的怪力搬運貨物、運輸箱與盒子，三不五時在靠港下錨的帆船上跳進又跳出，前掌則抓著長槳。有時某隻生物，會驅趕著一群擠在一起的奴隸，那些奴隸是類人生物，嘴巴也像在德萊斯連做生意的商人一樣寬闊，只不過少了頭巾、鞋子或衣服後，這些奴隸看起來就不太像人類了。有些奴隸（監督人員會試驗般地捏比較肥的對象）被卸下船，進入運輸箱後，蓋子就會被釘上，工人們則將箱子推進低矮的倉庫，或運上龐大笨重的貨車。

貨車關上車門並開走時，就算已經看過那可憎地帶其餘的怪物，拖行貨車的奇異生物依然讓卡特倒抽一口冷氣。有時一小批打扮與頭巾和商人們相似的奴隸，會被趕上帆船，隨後則有大批滑膩的蟾蜍怪物跟上，牠們擔任大副、導航員與操槳手。卡特也發現，類人生物只負責較為低賤、且不需要強大力氣的勞務，像是掌舵與烹飪、拿取或搬運貨物，和與地球或其餘星球上的人在買賣時溝通。這些生物肯定相當便於在地球上活動，當牠們穿戴整齊，並仔細穿好鞋子與頭巾時，看起來十分近似人類，也能在人類店鋪中討價還價，而不需感到難堪，或多做古怪的解釋。但除非牠們瘦弱或臉色不佳，否則大多數類人生物都全身赤裸，並且被關在運輸箱中，再由奇異生物拖行的笨重貨車將牠們載走。偶爾船上會卸下其他生物並裝箱，有些看起來很像這些類人生物，有些沒那麼相似，其餘生物則大為不同。他也想知道，來自帕爾格的可憐矮胖黑人，是否也遭到卸貨裝箱，並由骯髒的貨車運往內陸。

帆船停靠在一處外觀黏膩、由海綿狀岩石構成的碼頭，一群夢魘般的蟾蜍怪物從艙門中鑽出，其中兩頭生物抓住卡特，把他拖上岸。很難描述那座城市的氣味與外觀，卡特也只對鋪有磚瓦的街道、漆黑的門口，與毫無止盡的無窗灰色高牆保有零星印象。最後他被拖入一道低矮的門口，並被迫在伸手不見五指的黑暗中，爬上似乎永無止境的階梯。對蟾蜍生物來說，光明與黑暗顯然毫無差別。那裡的臭味令人難以忍受，等到卡特獨自被鎖進一座房間時，他幾乎沒有力氣四處爬行，確認牢房的形狀與大小。那是座圓形的房間，直徑約有二十英呎。

從那時開始，時間彷彿不復存在。有時會有食物送進房內，但卡特碰也不碰。他不曉得自己的命運會如何發展，但他覺得自己會遭到囚禁，是為了等待無垠宇宙中，外神的恐怖靈魂與信差：伏行混沌奈亞拉索特普。在難以估計的時日後，龐大石門終於再度敞開，卡特被推下樓梯，步入駭人城市泛著紅光的街道。當時是月球的夜晚，整座城都佈署了攜帶火炬的奴隸。

某種隊伍在一座令人不快的廣場上出現。有十隻蟾蜍怪物，與二十四個拿著火炬的類人生物，兩側分別站了十一個成員，隊伍前後也各站了一個成員。卡特被安排在隊伍中央。前方有五隻蟾蜍怪物，後頭也有五隻，他的兩側則各有一個手持火炬的類人生物。有些蟾蜍怪物，取出雕有噁心圖像的象牙長笛，吹奏出可憎的聲響。隊伍隨著可怕的笛聲前進，踏上鋪有地磚的街道，走進長滿不淨蕈類的入夜平原，隨即開始攀爬城市後頭一座較為低矮緩和的山丘。卡特毫不質疑，伏行混沌正在某座恐怖山丘，或瀆神高原上等待，他也希望能盡快結束提心吊膽的旅程。陰森長笛的尖鳴令他驚恐不已，使他願意用一切交換正常一點的聲音，但這些蟾蜍怪物無法發出聲響，奴隸們也並未開口。

繁星點點的黑暗中，傳來了一陣正常的聲響。它從較高的山丘上飄下，周圍的崎嶇山峰，則將之化為逐漸高漲的混亂和音。那是貓的午夜鳴叫。卡特終於明白，村落耆老的隨意猜測並沒有錯：世上確實存在只有貓知曉的神祕領域，貓群中的長老們，會在夜間悄然出發，由高聳的屋頂跳入該處。牠們確實跳進月球的黑暗面，在山丘上蹦跳嬉鬧，並與古老的陰影對話。身處惡臭生物隊伍之中的卡特，聽見了牠們來自故鄉的友好叫聲，也想到了家園的陡峭屋頂、溫暖的壁爐與明亮的小窗。

藍道夫·卡特熟知貓群的語言，並準備在這遙遠的駭人之地，發出恰當的呼喊。但此舉毫無必要，因為當他張開雙唇，就聽到叫聲變大並逐漸逼近，也看見大批嬌小優雅的形體，躍過一座又一座的山丘，宛如快速掠過繁星的黑影。貓族發出了呼喚，醜惡隊伍還來不及感到害怕，一團濃密得令人窒息的獸毛、與殺氣騰騰的銳爪，便如同狂風暴雨般落在隊伍上。笛聲靜止下來，夜色中也傳來慘叫聲。瀕死的類人生物放聲尖叫，貓群則兇悍地怒吼。直到蟾蜍怪物腥臭的綠色體液，從致死傷口中流出，並緩緩流入長滿不潔蕈類、又千瘡百孔的土地時，牠們依然默不作聲。

在火炬的照耀下，卡特面前出現了壯觀的景象，過去他從來沒看過這麼多貓。黑貓、灰貓與白貓；黃貓、虎斑貓與混色貓；家貓、波斯貓與曼島貓；西藏貓、安哥拉貓與埃及貓。所有貓隻都參與了慘烈戰鬥，身上還散發出某種神聖不可侵犯的深邃氣息，這個氣息曾使牠們的女神，在布巴斯提斯[5]備受尊崇。牠們用力跳向類人生物的喉嚨，或蟾蜍怪物長滿觸手的粉紅色鼻口部，蠻橫地將對方拖到長滿蕈類的平原上；眾多貓隻則一擁而上，用狂暴的利爪與尖牙撕扯對方，陷入神聖的戰鬥怒火中。卡特從某個嚇呆的奴隸手中奪走火炬，但很快就被如浪潮般湧來的忠心防衛者們撲倒。隨後他躺在一片漆黑之中，傾聽戰鬥時的鏗鏘聲響，以及勝利者的呼聲。當他的朋友們在混亂中來回踩踏過他的身子時，他能感覺到貓群柔軟的腳掌。

最後，他驚懼又疲勞地闔上雙眼，等到他再度睜眼，眼前出現了奇異景象。地球成了龐大的閃爍圓盤，比我們眼中的月球大上十三倍，它隨著古怪的光線升上天空，籠罩了整片月面；月面上幅員遼闊的蠻荒高原與崎嶇高峰之間，則伏臥了無數排列整齊的貓群，宛如無邊無際的海洋。牠們圍成一環又一環的圓圈，有兩三名領袖走出貓群，舔舐他的臉頰，並發出帶有安撫感的呼嚕聲。附近沒有留下多少死亡奴隸和蟾蜍生物的跡象，但卡特似乎在自己與戰士們之間的開闊空間附近，看到一根骨頭。

卡特用貓族的輕柔語言和領袖們交談，並得知他與貓群經年累月的友誼相當有名，貓群在聚會地也經常提及此事。貓群注意到他經過烏撒。毛皮滑順的老貓們記得，當牠們解決了不懷好意地盯著小黑貓看的飢餓祖格族後，他曾輕拍貓群。牠們也沒有忘記，卡特曾迎接去旅店找他的小黑貓，在他離開前的早晨，也曾給牠一盤綿密的奶油。那隻小貓的祖父是當前大軍的首領，牠在遠方山丘上看見陰森的隊伍，並認出囚犯是貓族在地球與幻夢境的摯友。

遠處山頂傳來一聲嚎叫，老首領則突然停止交談。那是軍隊的前哨部隊之一，部隊在最高峰駐守，監視地球貓族唯一害怕的敵人：來自土星的巨大怪貓。由於某些原因，牠們對月球的黑暗面也很有興趣。怪貓們與邪惡的蟾蜍生物之間持有協定，並成為同盟，也對我們的地球貓族，抱

5　譯注：Bubastis，古埃及城市，居民信奉貓首人身的女神巴斯特。

持著惡名昭彰的敵意。所以，在此處的會面是個嚴重問題。

將領們短暫討論後，貓群起身並排列為更緊密的隊形，聚在卡特周圍保護他，並準備用力躍過太空，回到我們的地球與幻夢境的屋頂。老元帥建議卡特放輕鬆，順從地和毛茸茸的貓群一起走，也告訴他當其他貓跳起來時，他該如何跳躍，以及和其他貓一同優雅落地的方式。牠也願意將卡特放在他想去的任何地點，他決定前往黑船的出發點德萊斯連。他打算從那裡航向歐里亞伯島，與恩格倫涅克山的石雕山峰，並警告市民們，如果能以圓滑謹慎的方式中止合作關係，就別再和黑船交易了。隨著一聲令下，貓群姿態優雅地跳了起來，並將牠們的朋友安全地夾在中間；而在月球山脈中，某座邪惡頂峰上的黑色洞窟裡，伏行混沌奈亞拉索特普仍徒勞無功地等待著。

貓群迅速躍過太空。由於同伴們的圍繞，卡特並沒有看見那些龐大、黑暗又無形的物體，它們藏匿在深淵中，不斷躍動翻滾。他還沒意識到發生了什麼事，就回到了德萊斯連旅店中熟悉的房間，一聲不響又友善的貓群，則源源不絕地從窗口離開。來自烏撒的老首領最後才離開，卡特握住牠的貓掌時，牠說自己得在雞啼前回家。黎明到來時，卡特走到樓下，並得知自從他被綁走後，已經過了一整週。離前往歐里亞伯島的船到來，還得等上兩週，在那期間，他則盡力警告市民，關於黑船與它們的歹毒行為。大多市民相信他的說詞；但珠寶商們熱愛紅寶石，沒人願意全心答應停止與嘴巴寬闊的商人交易。如果這類買賣導致德萊斯連發生壞事，那也不是他們的錯。

約莫一週後，卡特掛念的那艘船，便停靠在黑色岩壁與高聳燈塔旁，他也很高興地發現，那是艘三桅帆船，船員是正常人類，船身漆上色彩，並裝設了黃色船帆，還有一位身穿絲質長袍的灰髮船長。船上的貨物，是歐里亞伯島森林深處的芬芳樹脂、巴哈納藝術家製作的精緻瓷器，與用恩格倫涅克山古老岩漿刻成的古怪小人像。他們用這些商品換取烏撒的羊毛、海瑟格的彩色織品，和帕爾格河流對岸黑人雕刻過的象牙。卡特和船長達成協議，要前往巴哈納，船長說航程會花上十天。等待的那週，他和來自恩格倫涅克山的船長談了很多事，對方說很少人看過雕在山壁上的臉孔，但大多旅行者只從巴哈納的耆老、岩漿採集工與雕刻師口中聽了這些傳說，事後則在他們遙遠的家園，說自己確實看過那些石雕就滿足了。船長甚至不確定，是否還有在世的人看過那張石雕臉孔，畢竟恩格倫涅克山寸草不生的背面非常險峻，氣氛極為不祥。也有謠傳，高峰附近的洞穴中住有夜魔（**night-gaunt**）。但船長不願意解釋夜魔的外型，因為眾所皆知，如果有人太常想起這些生物，牠們就會糾纏對方的夢境。接著卡特向船長問起冰冷荒原的卡達斯，與雄偉的夕陽之城，但這位好心人一概不知。

潮水轉向時，卡特便在某個清晨搭船離開德萊斯連，並看到第一道曙光，照耀在黯淡玄武岩城鎮的纖細稜塔上。他們往東航行了兩天，一路上有翠綠海岸相伴，也經常看見景色宜人的漁村，紅色屋頂與煙囪，從夢境中的古老碼頭與海灘邊緩緩往上升，海灘邊還有人在曝曬漁網。但到了第三天，他們猛然往南轉向，那裡的水流更為強勁，陸地也迅速在視野中消失。第五天，船員們相當緊張，但船長為他們的恐懼道歉，說船隻即將通過一座城牆長滿水草，且有許多破損長柱的沉沒城市，這座城市古老到已從人們的記憶中消失。水質清澈時，能看到海底深處有許多蠢蠢欲動的陰影，因此一般人並不喜歡這裡。再者，他坦承，有許多船在那座海域消失，曾有人在那些船靠近這片海域時跟對方打過招呼，但此後卻再也沒見過他們。

當晚月光非常明亮，人們也因此能看見水底深處。風速蠻小，船無法移動太快，海面也相當平靜。卡特望向護欄外，發現龐大神殿的圓頂，坐落在數英尋[6]深的海底，神殿前方有一條大道，兩旁設有不尋常的人面獅身像，一路延伸到昔日的公共廣場。海豚愉快地在廢墟中游進游出，鼠海豚則笨拙地四處玩耍，有時還往上游並跳出海面。船隻往前漂一小段距離後，海床逐漸隆起，形成山脈，卡特也能清楚看到往上延伸的古老街道，以及被沖垮的諸多小屋牆壁。

接著海底出現了郊區，山丘上則浮現一座獨立大型建築，建築風格比其他建物更簡潔，狀態也維持得更好。它陰暗又低矮，廣場四面有牆壁圍繞，每個角落都有一座塔，中央有鋪了磚瓦的院子，建築周邊也有奇特的小圓窗。它可能是以玄武岩建成，不過水草遮蔽了大部分建物；由於這座孤寂的雄偉建築，位於遙遠的山丘上，可能是座神殿或修道院。屋內某些發光魚類，使小圓窗看上去宛如散發光芒，因此卡特也不會責怪心生畏懼的水手們。在映入水底的月光下，他注意到庭院中央，有座古怪的高聳巨石，還看到上頭綁了某個物體。他從船長艙房借來望遠鏡，望見被綑綁的東西，是個穿著歐里亞伯島絲質長袍的水手，頭部朝下而且沒有雙眼。待一股微風迅速將船隻吹往更宜人的海域時，卡特便感到慶幸無比。

隔天，他們碰上一艘揚起紫帆的船隻，並與對方船員交談。這艘船航向位於被遺忘夢境中的札爾[7]，貨物則是顏色古怪的百合球根。第十一天晚上，歐里亞伯島在他們的視野中亮相，頂端積雪的崎嶇恩格倫涅克山，則矗立在遠處。歐里亞伯島是座龐大島嶼，巴哈納港則是座宏偉城市。巴哈納的碼頭以斑岩建成，後頭的市區聳立在岩石臺地上，建築物經常橫跨鋪有台階的街道上空，房屋之間搭有橋梁。整座市區底下，是條大型運河，流經建有花崗岩大門的隧道，再流入內陸的雅斯湖（Yath）。湖泊對岸有座遠古城市的巨大泥磚遺跡，但沒人記得這座城市的名稱。晚間船隻入港時，索恩（Thon）與薩爾（Thal）兩座燈塔閃爍著迎接的訊號，巴哈納臺地上數百萬窗口中，平靜無聲地滲出柔和光線，頭頂的暮色繁星點點，陡峭的海港則化為燦爛星座，懸掛在天空群星，與靜謐港灣中的星光倒影之間。

入港後，船長邀卡特到他位於雅斯湖畔的小住家作客，地點在城鎮背面的山坡底部。他的妻子與僕人們，端出奇特的美味食物，讓旅客十分開心。那之後幾天，卡特到岩漿採集工與雕刻師經常聚會的旅店與公共場所，四處詢問有關恩格倫涅克山的謠言與傳說，但無法找到任何曾爬上高峰，或看過石雕面孔的人。恩格倫涅克山是座險峻高山，後頭只有一座受詛咒的山谷；再說，

6　編注：fathom，海洋測量單位，為六英呎，約一．八二八八公尺。

7　譯注：Zar，前半段提到的札克為該國首都。

沒人敢肯定夜魔只是傳說生物。

船長返航德萊斯連時，卡特就在舊城區台階巷弄上的一間老舊旅店下榻，旅店是座磚砌建物，外型像是雅斯湖對岸的廢墟。他在此規劃攀登恩格倫涅克山的計畫，並統整他從岩漿採集工口中打聽到的路線資訊。旅店店主是位聽聞過諸多傳說的年邁老人，因此幫上很多忙。他甚至帶卡特去那棟老房子上層某個房間，讓對方看一幅粗糙圖畫。在人們還比較大膽、也更願意造訪恩格倫涅克山的舊日時光中，某位旅行者曾在黏土牆面畫下那副景象。老旅店店主的曾祖父，曾從自己的曾祖父那聽說，畫下那幅畫的旅行者，曾攀上恩格倫涅克山，看過石雕臉孔。他在這裡畫下那副光景，以便讓其他人觀賞。但卡特對此存疑，因為牆上的龐大輪廓，畫得急促又魯莽，上頭伴隨了一大群身形醜惡的小東西，身上長了尖角與雙翼，還有利爪和捲曲的尾巴。

最終，在巴哈納旅店與公共場所取得了所有可用資訊後，卡特租了匹斑馬，並在某天早上，從雅斯湖畔的道路出發，前往崎嶇的恩格倫涅克山所在的內陸地帶。他右邊有綿延的山丘、舒適的果園，與整齊的石砌小農舍，這使他想起史蓋河兩旁的肥沃田野。到了夜晚，他已經逼近雅斯湖對岸的無名古代廢墟，儘管岩漿採集工警告過他不要在當地露宿，他依然將斑馬綁在一座崩塌牆壁旁，設計古怪的柱子邊，再將毛毯擺在某個遮蔽處角落，牆面上有某種意義不明的銘文。由於歐里亞伯島的夜晚十分冷冽，他又把另一條毛毯包在身上。某次甦醒時，他感覺到有昆蟲翅膀摩擦到他的臉頰，於是他把整個頭部蓋住，並安詳地一覺到天明，直到遠處樹脂林中的瑪嘉鳥

（Magah Bird）叫聲將他驚醒。

太陽才剛從山坡上升起，坡上的古老磚砌地基，與破損城牆綿延數里格[8]，有時還有碎裂的長柱和基座，一路延伸到雅斯湖畔。卡特轉身看向被繫住的斑馬。他大為驚恐地發現，溫馴的馬匹，倒在繫住牠的古怪柱子旁，當他發現馬匹已經完全死亡時，則更為震驚。牠的血從喉嚨上的特殊傷口被全部吸光。他的包包也被攪亂，被拿走了好幾個閃亮小飾品；周圍滿是塵埃的土壤上，則有碩大的帶蹼腳印，他也完全想不出是什麼造成的。他回想起岩漿採集工的傳說與警告，也想到夜裡摩擦過他臉龐的東西。接著他揹起背包，走向恩格倫涅克山。不過他注意到靠近自己的道路，會穿過遺跡中一座舊神殿牆面上龐大的低矮拱門，門內的階梯則往下導入深不見底的黑暗時，依然打了個冷顫。

他往上坡路走，穿越更加荒涼的地帶，有些位置還有樹林叢生。他只看到燒炭工的小屋，以及林中樹脂採集者搭建的營地。空氣中瀰漫著香膏的芬芳氣味，瑪嘉鳥也愉快地鳴叫，身上的七彩羽毛在陽光下閃閃發光。接近日落時，他來到岩漿採集工的新營區，他們從恩格倫涅克山下坡處，帶回了飽滿的布袋。他在此紮營，傾聽人們的歌謠與故事，並偷聽到他們低聲談起失去的那位同伴。為了抵達高處的一堆良好岩漿，那人往上攀爬，入夜時卻沒有回到同伴身邊。隔天他

8　編注：歐洲與拉丁美洲的古老長度單位，約為三英里，即約四・八二八公里。

們去找他時，只發現對方的頭巾，底下的峭壁也沒有他墜落的跡象。他們並未繼續搜索，老一輩的工人說這樣沒用。沒人找到過夜魔帶走的對象，不過沒人確定那些野獸本身是否確實存在，或者只是傳說。卡特詢問他們，夜魔是否會吸血、是不是喜歡閃亮的東西，和會不會留下有蹼的腳印。但他們否定地搖了頭，並對他問的問題感到害怕。當他發現人們變得沉默寡言時，就不再追問，並裹著毛毯入睡。

隔天他與岩漿採集工一同起床後，彼此道別。工人們往西走，他則騎上跟工人們購買的斑馬，往東出發。他們之中的長者祝福並警告他，也說他最好不要在恩格倫涅克山上爬得太高。儘管他真心感謝對方，卻並未打消念頭。他依然覺得，自己必須到未知的卡達斯尋訪諸神，再贏得祂們的許可，前往自己掛念不已的雄偉夕陽之城。到了中午，往上坡騎了一段路後，他碰到一些山間居民的磚砌廢棄村落。居民們一度住在如此接近恩格倫涅克山的位置，並用它光滑的岩漿雕刻人像。一直到旅店老店主祖父的時代，他們都還住在此地，但當時他們感到自己變得不受歡迎。他們的家園甚至拓展到山坡上，把房子蓋在越高的地段，太陽升起時，就有越多人失蹤。最後他們認為離開比較好，因為有人在黑暗中瞥見某種東西，也沒人覺得這是個好現象。到了最後，他們所有人都搬到海邊，住在巴哈納的古老社區，將製作雕像的古老技藝傳授給兒子們，這種習俗也延續至今。這是在巴哈納的古老旅店中打聽情報時，卡特從這些山區移民的後代口中，探查到關於恩格倫涅克山的最佳故事。

卡特走近時，恩格倫涅克山高大險峻的山壁，逐漸變得高聳。下坡處長了零星樹木，稍高之處則有孱弱的矮灌木叢。接著，赤裸又醜陋的岩山，宛如幽魂般直上雲霄，與冰霜和永恆的白雪化為一體。卡特能看到那座黯淡岩山上的裂隙與崎嶇地帶，也不樂於攀登這座山。有些地方有凝固的岩漿流，山坡與懸崖上，則零星四散著好幾堆火山渣。九百億年前，諸神於山巔上舞動前，那座山曾口吐烈焰，發出地底雷鳴般的怒吼。現在它高聳且險惡，背面還刻有謠傳中的神祕巨型石雕。那座山上還有不少洞穴，裡頭或許空無一物，只保有亙古以來的黑暗，但如果傳說並非虛構，裡頭也可能藏有常人不該揣測的駭人事物。

地面往恩格倫涅克山山腳攀升，上頭長了稀疏的胭脂櫟與梣樹，地面則零星散布著岩石碎片、岩漿與古老煤渣。山上還有許多營地的燒焦餘燼，岩漿採集工經常停駐在該地。也有好幾座粗糙的祭壇，他們建造這些祭壇來安撫夢境諸神，或是阻擋他們認為在恩格倫涅克山路上，或迷宮般洞穴中居住的東西。卡特在傍晚抵達最遠處的灰燼堆，並在該處露宿。睡前他將斑馬栓在一株小樹邊，並用毛毯緊緊包裹自己。某個隱密池塘邊，有條伏尼斯獸（voonith），整晚都在遠處嚎叫，但卡特全然不怕那隻恐怖的兩棲生物，因為曾有人肯定地告訴他，那些生物不敢靠近恩格倫涅克山的山坡。

在明亮的晨光下，卡特展開了漫長的攀登路程，帶著他那匹有用的斑馬，盡可能往上走，直到稀疏的樹林地面變得太陡，才將牠繫在一株發育不良的梣樹旁。之後他獨自往上爬；一開始先穿越樹林，並在雜草叢生的空地，看到老舊村莊的遺跡，接著跨過雙穗蕨灌木四處叢生的堅韌草原。他後悔離開樹林，因為斜坡非常陡峭，路程也令人暈頭轉向。最後他開始四處張望，辨明周遭的田野風光；雕刻師們遺棄的小屋、生產樹脂的小樹林、採集樹脂的工人們留下的營地、彩色瑪嘉鳥在其中鳴唱築巢的林子，甚至隱約能看見遙遠的雅斯湖畔，以及名字已被遺忘、生人也走避的古老遺跡。他發現最好不要四處張望，並繼續向上攀爬，直到灌木叢變得稀疏，他也只能抓住堅韌的野草。

土壤逐漸變得貧瘠，赤裸的岩石從地面突出，三不五時也能在岩縫中看到禿鷹的巢。最後周圍只剩下岩石，要不是石塊粗糙又飽受風化，卡特就難以再往上爬了。不過，岩架、岩塊與尖柱幫了他大忙。他偶爾會看到岩漿採集工在脆弱石塊上，笨拙地刻下的記號，知道之前曾有正常人類抵達該處，就讓他感到雀躍。爬了一段高度後，人類留下的跡象，明顯在攀岩點與落腳處出現，它們被刻在重要位置，以及用於挖掘某些礦脈或岩漿流的小採石處和挖掘點。有處狹窄的岩架，被人工切割成一塊產量特別豐富的礦脈，地點位於向上通路的右側。有一兩次，卡特大膽地往四周張望，幾乎立刻被底下的景色震懾住。整座島嶼與海岸都出現在他的視野之中，巴哈納的岩石臺地，與城裡煙囪飄出的煙霧，在遠方看來充滿了神祕感。更遠處，則是飽含奇特奧祕的無邊南海。

目前為止，卡特都繞著山峰蜿蜒前進，因此還沒看見遙遠的石雕岩壁。卡特看到一道往上延伸到左側的岩架，似乎導向了他計畫中的方向，於是他爬往岩架，希望岩架能一路繼續延伸。十分鐘後，他發現這確實並非死路，反而陡峭地導向一處弧狀彎道，除非這條路突然中斷或轉向，否則再攀爬幾小時，他就能抵達無人知曉的南面山坡，而那道坡面俯瞰著荒涼的峭壁，與受詛咒的岩漿谷。底下出現新景象時，他注意到那裡比自己去過的濱海地帶更加荒涼。山壁也有些不同，上頭出現了奇特的裂隙與洞穴，在他離開的直路上，都沒有這種地形。有些裂口位於他上方，有些則在底下，不過所有裂隙都位於垂直峭壁上，人類根本不可能抵達該處。空氣變得非常寒冷，但他不在意這點，畢竟攀爬過程太過辛苦了。唯一讓他心煩的，是越來越稀薄的空氣，他也認為，這可能就是其他旅人掉頭就走的原因，還催生出關於夜魔的荒誕故事，人們藉此解釋，為何登山客會在這些危險通道上失足。他對旅人故事不大感興趣，但依然帶了把銳利彎刀，以免碰上麻煩。一想到看到那張石雕臉孔後，就能循線找到神祕卡達斯上的諸神，這使他忘卻了其餘較不重要的想法。

最後，在高處的可怕酷寒中，他成功抵達恩格倫涅克山背面，並目睹底下的無垠深淵、小型峭壁，與滿溢岩漿的無底洞。這光景象徵了夢境諸神昔日的怒火。南方還有一塊寬闊平原，但那是座毫無瑰麗田野，或小屋煙囪的沙漠，看似無邊無際。歐里亞伯島是座大島，這一側無法看到海洋。垂直的峭壁上，依然有著為數眾多的黑色洞窟，與奇異裂隙，但登山者沒辦法靠近這些地方。上方有塊巨大突起處，那一瞬間，卡特懷疑自己可能無法通過該處。他平靜地站在離平地有數英哩遠、颳著強風的危險高處，一邊只有空間與死亡，另一邊則只有滑溜的岩壁。那一刻他明白了，人們為何驚駭地躲避恩格倫涅克山的背面。他無法轉身就走，但太陽已逐漸西下。如果上頭沒有路，他就得蹲伏在原地度過夜晚，也見不到隔天的黎明了。

所幸他適時發現了一條路。只有老練的夢行者，能使用那些難以辨識的落腳處，但對卡特而言已經足夠。他登上往外突出的岩石，並發現由於先前融化的龐大冰河，留下了充滿壤土與岩架的寬敞空間，使得上頭的斜坡比底下更好走。左側的懸崖，從看不見的高處，往下延伸到未知深淵，他頭頂還有座漆黑洞口，恰好位於他碰不到的高度。不過，山峰其他地帶，則大幅度往後傾斜，甚至給了他倚靠與休息的空間。

他從低溫判斷，自己一定很靠近雪線。他抬起頭，想看看山峰在夕陽紅潤的光線下閃爍的模樣。數千英呎的高處確實積滿白雪，底下則有塊和他剛爬上的石頭相仿的突出大岩石，彷彿總是以醒目的輪廓高掛在外，使得黑岩與白雪相映成趣。當他看到那座峭壁時，倒抽了一口冷氣，並大叫出聲，訝異地緊抓不平整的岩石。那塊龐大突起處，並未保持太古時期的模樣，夕陽也將它照得通紅又雄偉：那是經過仔細雕琢的神明五官。

那張臉孔看起來肅穆又可怕，夕陽則彷彿在上頭升起熊熊烈火。沒人有辦法丈量石雕究竟有多大，但卡特當下明白，凡人不可能打造出這種作品。這是位由諸神雕塑而成的神祇，傲慢又崇高地往下瞪視著訪客。相傳石雕外型奇異，沒人會看錯這點，卡特也發現確實如此。細長狹窄的眼睛、耳垂修長的雙耳、纖瘦的鼻子與尖下巴，都代表它絕非凡人，而是眾神族人。儘管這正是卡特前來找尋的目標，他依然吃驚地抓住高聳又危險的岩峰。因為神明的臉龐流露出的震懾，超越了他的預期，那張臉的體積，比大神殿更加宏偉，從幽森寂靜的至高世界俯瞰夕陽。太古時期，眾神用漆黑的岩漿將它雕刻而成，使它散發出無人能抗拒的壯麗氛圍。

這裡還有其他令人驚奇的事物。雖然他原先計畫要搜尋整個幻夢境，找尋長相和這張巨臉相似的人，以判斷他們是神明之子，但他現在明白不需要這樣做。刻在山上的巨臉顯然並不怪異，他經常在瑟勒斐斯海港中的酒館，看到相似的臉孔。瑟勒斐斯位於塔納里安丘遠方的烏斯納蓋，由庫倫涅斯王統治，卡特在清醒世界中一度認識此人。有這種長相的水手，每年都會從北方搭黑船前來，用他們的縞瑪瑙交易瑟勒斐斯的玉雕、金線，與紅色小鳴鳥；這些人必然就是他所尋找的半神。他們的居住地肯定靠近冰冷荒原，畢竟，未知的卡達斯與上頭的縞瑪瑙城堡，就位在荒原之中。因此他必須前往離歐里亞伯島非常遙遠的瑟勒斐斯，並找人載他回到德萊斯連，再沿著史蓋河，往上航行到尼爾的橋墩邊，再次踏入祖格族的魔法森林，從那裡轉向北方，穿越歐克拉諾斯河（Oukranos）旁的花園地帶，到滿布閃爍尖塔的瑟朗（Thran）。他或許能在該處，找到準備航越賽瑞納里安海（Cerenarian Sea）的大型帆船。

但暮色已深，往下俯瞰的龐大石雕臉孔，在陰影中變得更加肅穆。夜色籠罩著岩架上的探險者。他無法在黑暗中上下移動，只能在狹窄空間站起身，緊緊抓住岩壁發抖，直到天色變亮。他祈禱自己能保持清醒，以免睡意害他鬆手，使他從令人暈眩的數千英哩高空落下，撞上詛咒山谷的峭壁與銳利岩石。天空出現群星，除此以外，他的雙眼只有黑暗虛空。虛無已與死亡合而為一，為了抵抗死亡的呼喚，他只能緊抓岩石，遠離黑不可見的懸崖。他在暮色中看到的最後一個東西，是隻往上飛到靠近他身旁西側懸崖的禿鷹，當牠飛近卡特遠不可及的洞口時，便猛地飛走，一面高聲尖鳴。

忽然間，儘管黑暗中毫無警告聲響，卡特卻感覺到某隻看不見的手，靜悄悄地從他的腰帶抽出彎刀。他隨即聽到彎刀摔到底下岩石上時發出的鏗鏘聲。他覺得在介於自己與天空之間的銀河上，看到某個恐怖的輪廓，那是個纖瘦得令人作噁的東西，身上長了尖角、尾巴與蝙蝠般的雙翼。其他物體也開始遮蔽他西方的星空，彷彿有群輪廓模糊的生物，正密集又無聲地拍打翅膀，從懸崖上外人無法抵達的洞穴中飛出。接著，一條宛如橡膠的冰冷手臂抓住了他的脖子，別的東西則抓住他的雙腳，他就這樣被粗魯地抬到半空中隨意搖擺。下一刻，群星便全數消失，卡特也明白夜魔逮到了自己。

牠們了無生氣地帶他飛入懸崖邊的洞窟，穿越彼端的恐怖迷宮。他一掙扎，牠們便好整以暇地撥弄他。牠們沒發出任何聲響，就連牠們的膜翼也悄然無聲。令人畏懼的牠們冰冷又溼滑，腳掌也不友善地搓揉獵物。牠們很快就俯衝而下，飛越高度難以想像的深淵，衝過像是墓穴發散出的噁心潮濕空氣。卡特感覺牠們高速飛進了瀰漫尖鳴，且呈魔性瘋狂的終極漩渦。他一再尖叫，但只要他一叫，黑掌就以微妙的動作搔弄他。隨後他看到周圍出現某種灰色螢光，並猜測牠們來到了傳說曾提及的駭人地底世界，蒼白的死亡之火點亮該處，來自地心的腐臭空氣與原始迷霧四處飄散。

最後，他看到底下遠方處，出現了模糊又陰森的灰色山峰輪廓，便知道那就是知名的索羅克峰群（Peaks of Throk）。可怖又不祥的峰群，矗立在永恆深淵中，那毫無一絲陽光的幽冥圓盤狀地帶。山峰的高度超乎常人預期，守護著可怕的谷底，巨噬蠕蟲（Dhole）則在山谷中動作噁心地爬行與鑽動。但卡特寧可看那些巨蟲，也不願望向捉到自己的生物。它們是嚇人又粗野的黑色生物，宛如鯨魚的皮膚表面光滑油膩，醜陋的雙角往內彎並對準彼此，蝠翼拍打時無聲無息，難看的獸掌善於抓握，長有尖刺的尾巴毫無必要地甩來甩去，讓人感到不安。最糟的是，牠們從未說話或發笑，也不會微笑，因為牠們完全沒有能露出笑容的臉孔，原本該是臉的部位，卻令人百思不解地平坦。牠們只會抓握、飛行與搔弄獵物，那就是夜魔的生活方式。

夜魔降低飛行高度時，灰色的索羅克峰群則從四面八方升起，卡特也清楚發現，無盡微光下，那座險峻又宏偉的花崗岩山脈上，沒有任何生物跡象。山脈低處，空氣中的死亡之火已然熄滅，除了如妖精般直入高空中的尖峰外，只看得到虛空中源自遠古時期的黑暗。峰群很快就被拋到腦後，牠們身旁只有呼嘯強風，與洞窟深處飄出的溼氣。最後夜魔終於降落在堆滿不明物體的地面，感覺像是好幾層骨骸，接著牠們將卡特獨自留在漆黑的山谷。將他帶來此地，就是守衛恩格倫涅克山的夜魔們的任務。完成任務後，牠們便沉默地飛走。卡特試圖追蹤牠們的航向時，發現自己無能為力，因為連索羅克峰群都已從視野中消失。除了黑暗和恐懼、死寂與骨骸外，周圍空無一物。

卡特從某個情報來源得知，自己身處諾斯河谷，巨噬蠕蟲則在谷中爬行鑽動。但他不曉得自己會看到什麼景象，畢竟沒人看過巨噬蠕蟲，甚至猜都不曾猜過這種生物的長相。只有隱晦的謠言提過巨噬蠕蟲，講述牠們在骨骸堆出的山丘中沙沙作響，以及當牠們蠕動著鑽過人們身旁時，帶來的黏膩觸感。牠們只在黑暗中蠢動，無法看見牠們。卡特不想碰上巨噬蠕蟲，便仔細傾聽身旁堆滿骨骸那未知深淵中的聲響。即使身處恐怖地帶，他依然想出了計畫與目標，因為昔日一位曾與他交談多時的人，知道不少關於諾斯的傳言。簡而言之，這裡很可能就是清醒世界中，食屍鬼丟棄食物殘渣的地點。如果他運氣夠好，就可能碰上那座比索羅克峰群還高的聳立峭壁，該地是食屍鬼地盤的邊界。他得找尋如大雨般落下的骨頭，一旦發現，他就能呼喚食屍鬼放下梯子；說來奇怪，他與這些可怕生物有種特殊連結。

一位他在波士頓認識的男子，曾與食屍鬼結為好友。他是位在祕密畫室繪製古怪畫作的畫家，畫室位於鄰近墳場的古老不淨巷弄。食屍鬼們教導他，如何理解牠們的噁心尖鳴，與呼嚕聲中較簡單的部分。最後這個男人失蹤了，卡特也不確定自己能找到他；一旦遇到對方，他就是第一次在幻夢境使用清醒世界的英語。無論如何，他覺得自己能說服食屍鬼帶自己離開諾斯。寧可遇上肉眼能見的食屍鬼，也不要碰到隱匿身形的巨噬蠕蟲。

卡特在黑暗中行走，一聽到腳底骨骸傳來動靜，他便拔腿就跑。他曾撞上一座石坡，也知道那肯定是索羅克峰群的山腳。最後他聽到高處傳來一股驚悚的沙沙騷動聲，便確定自己已經靠近食屍鬼峭壁了。他不確定對方是否能聽到他從數英哩底下山谷發出的叫聲，但他清楚地底世界擁有奇異法則。當他思忖時，就被一塊飛來的骨頭打中。那麼重的骨頭肯定是頭骨，這使他得知，自己一定相當接近那座重要峭壁。因此他盡可能大聲地發出食屍鬼彼此呼喚時的尖鳴。

聲音飄散地十分緩慢，所以他等了一段期間，才聽到回應的呼嚕聲。回應聲最後確實傳了過來，不久後對方就告訴他，會放下一道繩梯。這段等待期間令人非常緊張，他不曉得是否有東西會因他的叫喊聲，而從骨骸堆中鑽出。確實，不久後他就聽到遠方傳出模糊的沙沙聲。當那東西緩緩逼近時，他感到越來越不安，他不想離開梯子下降的地點。緊張感最終高漲得令他難以忍受，他驚慌地準備逃竄時，附近新堆起的骨骸上傳來一陣悶響。那正是梯子，摸索了一分鐘後，他緊緊抓住了繩子。但另一股聲響沒有停止，即使當他往上攀爬時，那東西依然跟隨著他。他爬到離地面五英呎時，底下的沙沙聲變得越趨強烈；爬了十英呎後，某個東西就從底下猛烈搖晃繩梯。等他爬到十五還是二十英呎高時，他感覺到某個龐大滑溜的東西，擦過自己的側身，隨著蠕動，那東西的身體，交替露出凹凸環節。他連忙焦急地往上爬，想躲過噁心又肥大的巨噬蠕蟲，那種令人難以忍受的磨蹭動作，也不想見識從來沒人見過的巨噬蠕蟲完整體態。

他用瘀痛又長滿水泡的雙手爬了好幾小時，並再度看見灰色的死亡火光，與令人不安的索羅克峰群。最後他察覺上頭出現了食屍鬼大峭壁的外凸邊緣，但無法看見岩壁的垂直面。數小時後，他看到一張奇特臉孔，從懸崖邊緣窺視自己，彷彿是從巴黎聖母院胸牆後窺探外界的石像鬼。這光景害他差點因感到腦袋一昏而鬆手，但他很快就把持住。他失蹤的朋友理查·皮克曼曾引薦他認識一位食屍鬼，他也熟知牠們犬科動物般的臉龐、佝僂的身形，與難以描述的特質。於是，當那隻醜陋生物，將他從令人暈眩的深淵拉到峭壁邊緣時，他已經做好了心理建設；看見一旁成堆的半啃食殘渣，以及蹲成好幾圈、一面啃咬食物，一面好奇地盯著他瞧的食屍鬼時，也並未尖叫。

他位於光線黯淡的平原上，該地唯一的地形特色，是巨石群與洞穴入口。食屍鬼們通常對他抱持尊重，儘管有個食屍鬼企圖要捏他一下，但其餘食屍鬼只是若有所思地盯著他瘦削的身材。透過充滿耐心的呼嚕聲交談，他打探到失蹤朋友的下落，並發現對方在靠近清醒世界的深淵中，成了頗負名望的食屍鬼。一隻綠色的年老食屍鬼，自願帶他去皮克曼目前的住處，儘管他感受到一股天生的嫌惡，卻依然跟著那生物前往一處開闊洞口，並跟著對方進入充滿腐臭土壤的黑暗，爬行了數小時。他們從一塊黯淡的平原鑽出，該地滿布奇特的地球古物：古老墓碑、破損的骨灰罈，與醜陋的紀念碑碎片。卡特有些傷感地意識到，從他踏下火焰洞窟的七百道台階，並抵達沉眠大門後，就沒有像現在這麼靠近清醒世界了。

坐在從波士頓穀倉墓地（Granary Burying Ground）偷來的一七六八年墓碑上的，便是一度身為藝術家理查．阿普頓．皮克曼的食屍鬼。牠全身赤裸，皮膚宛如橡膠，外表充滿大量的食屍鬼特徵，難以看出牠的人類出身。但牠依然記得一點英語，也能跟卡特用咕噥聲和單音節字眼交談，有時則以食屍鬼的呼嚕聲輔助解釋。當牠得知卡特想前往魔法森林，再由該處前去位於塔納里安丘遠方，烏斯納蓋裡頭的瑟勒斐斯時，便滿臉質疑。清醒世界那些食屍鬼，不會在上層幻夢境的墳場（那裡是產自死亡城市的紅腳鯇浦獸〔wamp〕的地盤）出沒，而且在牠們的深淵與魔法森林之間，住有許多生物，包括古革巨人（Gug）的恐怖王國。

毛髮濃密又高大的古革巨人，曾經在那座森林豎立起巨石圈，並對外神，與伏行混沌奈亞拉索特普進行怪異獻祭。直到某夜，牠們的褻瀆行徑傳進了夢境諸神耳中，使牠們被驅逐到地下洞穴。地球食屍鬼所居住的深淵，與魔法森林只靠一道上頭裝了鐵環的龐大活板石門相連，且由於某個詛咒，古革巨人不敢打開那道門。凡人夢行者不可能穿越古革巨人的洞穴國度，並從那道門離開，因為古革巨人過往以凡人夢行者為食，即使由於牠們遭到放逐，只能食用妖鬼（ghast），但依然流傳著這類夢行者的可口滋味。那些會死在光線之下的噁心妖鬼，住在辛（Zin）的墓穴中，用修長的後腿，如袋鼠般跳躍。

因此，曾身為皮克曼的食屍鬼，建議卡特從薩科曼德（Sarkomand）離開深淵，那是座位於冷之高原地下山谷的廢棄城市，以閃岩打造的有翼獅子像群，守護著城裡的黑色硝石台階，台階則由幻夢境一路往下導向下層深淵；或是從教堂墓園回到清醒世界，重新展開旅程，走下七十道淺眠台階抵達火焰洞窟，再走七百階到沉眠大門與魔法森林。不過，這些提案並不適合這位探險者，因為他不曉得該如何從冷之高原走到烏斯納蓋，也不太想醒來，以免自己遺忘在這場夢中所得知的一切。忘掉那些到瑟勒斐斯交易槁瑪瑙的北方水手莊嚴又神聖的臉孔，會對他的旅程造成災難性衝擊。那些人身為神明後裔，肯定能指出導向冰冷高原的道路，並讓他抵達夢境諸神居住的卡達斯。

費了一番功夫說服後，食屍鬼同意指引牠的訪客，穿越古革巨人王國的高牆。當吃飽喝足的巨人們在家中打鼾時，或許卡特有機會能在一個小時內，偷偷溜過那座滿是石砌圓塔的朦朧國度，並抵達上頭畫有寇斯（Koth）符號的中央高塔，塔裡有導向魔法森林那道石板門的階梯。皮克曼甚至同意借三隻食屍鬼幫忙他，牠們會帶塊墓碑，作為扳開石門的板手；古革巨人有些害怕食屍鬼，牠們在自己的巨大墳場中，看見食屍鬼在墓園裡大快朵頤時，都會拔腿就跑。

他也建議卡特假扮成食屍鬼。先刮掉他之前留長的鬍子（食屍鬼沒有鬍鬚），然後在泥土中裸體打滾，以便營造出正確的外觀，接著以佝僂身體的方式邁出大步，再把衣物捲成包裹，讓它宛如從墳墓中挖出的佳餚。牠們會從恰當的洞口抵達古革巨人的城市（城市與整座王國比鄰），再由離階梯所在的寇斯之塔（Tower of Koth）附近的墓園鑽出。不過，他們得注意墓園附近的一座大型洞穴，這正是辛墓穴的入口，而報復心旺盛的妖鬼總是在那虎視眈眈，等待會狩獵與捕食牠們的上層深淵居民。妖鬼們試圖在古革巨人入睡時出沒，也會對食屍鬼與古革巨人發動猛烈攻擊，牠們分不清兩者的差別。牠們非常原始，也會同類相食。古革巨人在辛的墓穴外的狹窄處安插了哨兵，但哨兵經常感到昏昏欲睡，有時還會被一群妖鬼嚇到。儘管妖鬼無法在真正的光線下生存，卻能忍受深淵中的灰色微光長達數小時。

最後，卡特與三隻助手食屍鬼，帶著來自撒冷的查特街墓地、卒於一七一九年的尼普彌亞·德比（Nepemiah Derby）中校墓碑，穿越了無數地洞。他們再度站在開闊空間的微光下時，就身處一處長滿青苔的巨石林中，石柱的高度延伸到他們視野的盡頭，並形成古革巨人規模龐大的墓碑。他們從洞口右側鑽出，透過成排的巨石往外看，看到一片廣闊無邊的高聳圓塔，聚集在地底的灰色穹頂下。這就是古革巨人的雄偉城市，大門有三十英呎高。食屍鬼經常來到這裡，墳墓裡的古革巨人，能提供一整個族群近一年的食物量。就算危機重重，比起人類墳墓，最好還是挖掘古革巨人的墓地。卡特現在明白了，在諾斯河谷時，偶爾會在腳下感覺到的骨骸來源是什麼了。

前方有座垂直懸崖位於墓地外頭，底部則有座令人不安的巨大洞窟。這就是食屍鬼要卡特盡量遠離的洞穴，因為它是辛不祥墓穴的入口，古革巨人則在黑暗中獵捕妖鬼。的確，警告很快就得到證實。當一隻食屍鬼開始爬向塔群，想看看是否算對了古革巨人的休息時間時，幽暗的巨大洞口中就露出了第一雙黃紅色的眼睛，另一雙也隨後出現，這意指古革巨人又少了一名哨兵，且妖鬼也確實擁有傑出的嗅覺。於是食屍鬼回到地洞，並示意同伴們保持安靜。最好不要打擾妖鬼的勾當，牠們也可能迅速撤退，在黑暗墓穴中對付古革巨人哨兵後，牠們肯定相當疲勞。過了一陣子，某個尺寸類似小馬的生物躍入灰色微光，卡特則對那骯髒醜惡的野獸感到噁心。牠的臉與人類怪異地相似，不過上頭少了鼻子、前額與其他重要器官。

另外三隻妖鬼立刻跳出來，加入牠們的同伴，一隻食屍鬼則對卡特發出輕柔的呼嚕聲，指出對方身上沒有傷疤，這並不是好跡象。這代表牠們並沒有跟古革巨人哨兵打鬥，只是趁他們睡著時偷溜出來，因此牠們的體力與凶狠度並未降低，得等到牠們尋獲並殺死受害者為止。看到這些骯髒且體態歪扭的動物，令人感到非常不快。牠們很快就增加到十五隻，四處挖掘翻攪，並在灰色微光中如袋鼠般躍起，高塔與巨石則矗立在微光下。但更讓人不適的，則是妖鬼彼此交談時，所發出咳嗽般的喉音。但儘管牠們十分可怕，卻不比措手不及地從洞穴中追出來的東西來得嚇人。

那是支獸掌，直徑有整整兩英呎半，上頭長有駭人利爪。另一支獸掌接續竄出，隨後出現一條長滿黑毛的粗大手臂，上頭長了對較短的前臂，分別連結了兩支獸掌。接著黑暗中亮起兩顆粉紅色的眼睛，甦醒的古革巨人哨兵大如木桶的頭顱，則搖搖晃晃地在眾人視野中出現。頭顱兩側的雙眼往外突出了兩英吋，長滿粗糙毛髮的骨質突起處護住了眼睛。但嘴巴才是那顆頭嚇人的原因。那張嘴裡有碩大的黃色獠牙，從頭頂一路延伸到下顎。那並不是張水平的嘴，而是以垂直方式張開。

但在那隻不幸的古革巨人爬出洞穴，伸展牠二十英呎的身高前，報復心旺盛的妖鬼就撲到牠身上。有那麼一瞬間，卡特害怕巨人會發出呼聲，叫醒牠的族人，不過一隻食屍鬼柔和地咕噥道，古革巨人沒有嗓音，只以臉部表情交談。隨即展開的戰鬥駭人無比。狠毒的妖鬼狂熱地從四面八方衝向爬行中的古革巨人，用鼻口部啃咬撕扯對方，還用堅硬的銳利腳蹄殺氣騰騰地襲擊巨人。牠們不斷興奮地咳嗽，有時古革巨人的垂直大嘴咬住其中一員時，牠們則高聲尖叫。要不是變弱的哨兵開始往洞窟深處撤退，戰鬥的噪音肯定會驚醒沉睡的城市。因此，騷動聲逐漸從視野中消失，飄入黑暗之中，只有三不五時傳出的陰森回音，說明了戰鬥仍在持續。

接著，最有警覺性的食屍鬼打出前進訊號，卡特則跟著邁出大步的三隻生物走出巨石林，踏上那座邪惡城市不祥的黑暗街道。城裡以雄偉巨石砌成的圓塔，則往上攀升到視野之外。他們無聲地蹣跚跨越粗糙的岩石走道，內心作嘔地聽到黑色巨門中傳出沉悶的鼾聲，鼾聲來自沉睡中的古革巨人。食屍鬼擔心休息時間即將結束，於是加快了腳步；就算如此，路程依然不短，巨人城市的幅員十分寬廣。不過，他們終於來到位於某座高塔前的空地，那座塔比其他圓塔都來得高；巨大的門口上有枚刻了恐怖符號的淺浮雕；儘管沒人知曉符號的意義，浮雕卻依然使人感到膽戰心驚。這就是擁有寇斯符號的中央高塔，微光下能勉強看到塔中的偌大石階，那正是導向上層幻夢境與魔法森林的大型台階起點。

他們隨即在黑暗中漫長攀爬，但由於台階龐大，幾乎使他們寸步難行。這些台階是為了古革巨人所打造，有近一碼的高度。卡特很快就筋疲力盡，無法估算台階的數量，不知疲勞又充滿活力的食屍鬼們則得幫助他。無盡的攀爬路程中，潛藏著被發現與追殺的危險。由於夢境諸神的詛咒，古革巨人不敢掀起通往森林的石門，但高塔與台階上沒有類似的限制，脫逃的妖鬼也經常被追趕到此，甚至被追上塔頂。古革巨人的聽力相當敏銳，城市居民甦醒時，或許會立刻聽到攀爬者赤裸的手腳發出的聲響，而這些大步向前的巨人，已習慣在無光的辛之墓穴中狩獵妖鬼，因此牠們不用花多少時間，就能追上在龐大階梯上緩緩奔走的小獵物。他們不會聽到古革巨人的沉默追兵發出的動靜，巨人們會突如其來地從黑暗中，抓住驚愕的攀爬者，一想到這點，就使卡特感到低落。他們也無法仰賴古革巨人對食屍鬼慣有的畏懼，畢竟古革巨人在這個特殊地點佔有優勢。鬼鬼祟祟又狠毒的妖鬼，也會造成危險，牠們經常在古革巨人睡眠時跳上高塔。如果古革巨人睡得很久，妖鬼也迅速解決洞裡勾當返回的話，那些不懷好意的噁心生物，便可能輕易嗅到攀爬者的氣味。這樣的話，還不如被古革巨人吃掉比較好。

經歷漫長的攀爬路程後，上頭的黑暗中傳來一陣咳嗽聲；事情立刻出現意料之外的嚴重逆轉。卡特和他的嚮導來臨前，顯然有一隻以上的妖鬼跑進塔內，危機也明顯近在咫尺。在屏息靜氣的一刻後，帶頭的食屍鬼將卡特推到牆邊，並盡可能地以最佳方式排列牠的族人，牠們舉起老舊的墓碑石板，準備在敵人出現時，給對方充滿破壞力的一擊。食屍鬼能在黑暗中視物，因此比起卡特，他們的狀況沒有這麼糟。喀噠作響的蹄聲在一瞬間傳來，顯示不只一頭野獸跳了下來，高舉墓碑的食屍鬼則握好武器，準備揮出絕望的一擊。兩顆黃紅色的眼睛，在他們的視線中出現，妖鬼的喘息聲，變得比腳蹄的喀噠聲還響亮。當牠跳到食屍鬼頭頂的台階時，牠們就用驚人怪力揮出古老墓碑，受害者只發出喘息與噝氣聲，就倒下變成一團噁心肉醬。似乎只有這隻動物出現，傾聽一會後，食屍鬼輕拍卡特的肩膀，示意他再度前進。和之前一樣，牠們有義務協助他，他也樂於離開那個殺戮地點，妖鬼不堪入目的遺骸，依然留在伸手不見五指的黑暗中。

最後，食屍鬼要同伴停下腳步；卡特往上摸索，發現自己終於抵達了龐大的活板石門。他從來沒料到，得把如此巨大的東西完全打開，但食屍鬼希望能將門抬高到足以將墓碑塞入，並讓卡特從裂隙中逃走。牠們自己則打算再次往下走，從古革巨人的城市回去，畢竟牠們擅長隱藏行蹤，且不曉得要如何從上層世界，走到鬼影幢幢的薩科曼德，由獅像守護的深淵大門就在該處。

那三隻食屍鬼使力將石門舉到頭頂，卡特則用盡全力幫忙推擠。牠們認為能從階梯旁的門板邊緣下手，於是牠們鼓起以惡名昭彰的方式養壯的肌肉，並往上出力。幾分鐘後，一道散發出光芒的縫隙就此出現；肩負任務的卡特，則將舊墓碑的末端塞入裂隙。接著眾人開始用力推，但過程非常緩慢，每當牠們無法繼續用墓碑撐開石門時，都得回到最初的位置重新來過。

底下階梯忽然傳來的聲響，使牠們備感焦慮。那只不過是被殺的妖鬼長有腳蹄的屍體滾入下層時，所發出的碰撞聲與沙沙聲，但能讓那具屍體移位翻滾的所有可能因素，都完全無法讓人放心。因此，清楚古革巨人行為的食屍鬼，開始瘋狂出力，在出奇簡短的時間內，牠們就將門舉高，讓卡特把墓碑塞入縫隙，留下寬闊的開口。食屍鬼幫助卡特鑽過裂縫，讓他踩著牠們橡皮般的肩膀往上爬，等到他抓住外頭上層幻夢境中美好的土壤時，牠們就扶住他的腳。下一秒，牠們也鑽出裂隙，並一腳踢開墓碑，關上龐大的活板門，同時地底則傳來明顯的喘息聲。由於夢境諸神的詛咒，古革巨人無法通過那道門，卡特放鬆下來，平靜地躺在魔法森林中，茂密的醜陋真菌上休息，他的嚮導則蹲在附近。那正是食屍鬼休息的方式。

儘管他很久以前穿越的那片魔法森林十分古怪，但比起他拋在腦後的深淵，這裡確實算是個避風港，也讓他開心不少。由於祖格族心存恐懼地遠離神祕的石門，附近沒有生物居住，卡特也立刻詢問食屍鬼接下來的動向。牠們不敢再回到高塔，且當牠們得知，自己得經過火焰洞窟中的納許特與卡曼剎時，就對清醒世界不感興趣了。最後，牠們決定從薩科曼德與城裡的深淵之門回去，不過牠們對路線一無所知。卡特記得它坐落於冷之高原底下的山谷，也想起自己曾在德萊斯連，看過一位長有歪斜雙眼的陰森老商人，據傳對方會到冷之高原做生意。因此他建議食屍鬼前往德萊斯連，穿過平原抵達尼爾與史蓋河，然後沿著河流抵達出海口。牠們立刻決定這麼做，也隨即邁出大步，漸深的暮色，代表牠們能好好花一整晚行進。卡特握緊了那些噁心野獸的獸掌，感謝牠們提供援助，並要牠們幫他向那位曾經是皮克曼的食屍鬼表達謝意，但牠們離開時，他依然不由自主地鬆了口氣。食屍鬼畢竟還是食屍鬼，不是適合人類的同伴。之後，卡特找了座森林中的池塘，洗掉身上的地底泥土，並重新穿上自己小心翼翼攜帶的衣物。

夜色已然籠罩著長滿怪異樹木的恐怖森林，但由於林中的螢光，使旅人能如白日般行走，因此卡特踏上自己相當熟悉的道路，前往位於塔納里安丘遠方，烏斯納蓋中的瑟勒斐斯。半路上，他想到許久之前，自己拴在遙遠的歐里亞伯島上，恩格倫涅克山中某棵梣樹旁的斑馬，他好奇是否有岩漿採集工，餵食並解放了斑馬。他也想知道，自己是否會回到巴哈納支付費用，賠償那頭夜裡在雅斯湖畔的古老遺跡中被殺的斑馬，以及酒館老店主還記不記得自己。重返上層幻夢境後，他便產生了這些念頭。

但某棵高大的空心樹幹裡忽然傳出聲音，使他停下腳步。他避開了巨石圈，因為他現在不太想跟祖格族交談，但從那棵大樹中的特殊顫動聲判斷，某處正在召開重要會議。靠近時，他聽到激烈緊湊的討論聲，沒過多久他便得知了狀況，並全神貫注。會議中的祖格族首領們正在討論是否要對貓族開戰。一切都肇因於跟著卡特前往烏撒那群族人的死亡，貓族公正地處分了牠們的不軌意圖。祖格族對此心懷憤恨多時，現在（或至少在一個月內），集結成群的祖格族準備對整批貓族進行一連串偷襲，出其不意地攻擊單獨貓隻或一整群貓，甚至不讓烏撒為數眾多的貓群有機會演練與集結。這正是祖格族的計畫，卡特也明白在踏上壯旅前，得先破壞這項陰謀。

於是，藍道夫．卡特靜悄悄潛行至樹林邊陲，往星光下的原野發出貓的叫聲。附近小屋中的一隻龐大老貓接下重任，並將訊息傳達到綿延數里格的草原外，給包括黑貓、灰貓、虎斑貓、白貓、黃貓，與混色貓在內的大小貓族戰士。訊息響徹尼爾與史蓋河對岸，甚至飄入烏撒，烏撒的貓群則同聲齊鳴，並集結成行軍隊伍。幸好月亮尚未高掛天空，所有貓隻都還待在地球。牠們迅速又無聲地躍動，從每戶人家的火爐旁與屋頂上竄出，宛如廣闊毛海般橫掃平原，一路延伸到森林邊陲。卡特在那等待牠們，在見識過深淵中的生物並與之同行後，身材勻稱的可愛貓群便使他感到開心。他很高興看到自己可敬的朋友與過去的救星，率領了烏撒軍團，纖細的頸子上，戴著代表軍階的項圈，鬍鬚則雄赳赳地豎立起來。更棒的是，那支軍隊，有隻擔任中尉的年輕貓咪，那正是許久前在烏撒的早晨，卡特曾在旅店中給牠一疊綿密奶油的小黑貓。現在牠是隻英挺俊拔的貓了，卡特與牠握手時，牠便發出呼嚕聲。牠的祖父說，牠在軍隊裡表現優異，再經歷一次任務後，就能官拜上尉。

卡特講述了貓族即將面臨的危機，貓隻們則從喉嚨發出感激的呼嚕聲。他與將領們共同討論，並規劃出閃電計畫，讓大軍立刻攻打祖格族議會，與其他已知要塞，阻止對方的奇襲，並在祖格族集結入侵前，先脅迫牠們屈服。因此，那批廣闊如海的貓軍團完全不浪費時間，湧進魔法森林，並圍繞議會樹幹與巨石圈。敵軍看到來者時，顫動聲變得慌亂高亢，鬼鬼祟祟又好奇的棕色祖格族幾乎毫無抵抗。牠們發現自己還沒開戰就已戰敗，復仇的念頭便轉為求生的慾望。

半數貓群將祖格族圍在中央，在周圍繞圈坐好，只留下一條通道，讓別的貓群在森林其他地帶抓到的俘虜走進圈內。牠們花了很長的時間討論投降條件，卡特則擔任口譯員，最後決定祖格族能保持自由部落的身分，條件則是得提供貓族大量貢品，包括來自森林較為正常地帶的松雞、鵪鶉與野雞。來自貴族家庭的十二名年輕祖格族成員，會被送到烏撒的貓族神殿（Temple of Cats）當作人質，戰勝的貓群也明說，只要有任何貓在祖格族地盤邊界失蹤，牠們就會遭遇災難性的後果。完事後，集結的貓群便散開，讓祖格族一個接一個溜回自己的家園，對方也急於逃跑，許多祖格族還鬱悶地往後看了一眼。

老貓將軍提議派一支部隊護送卡特通過森林，到他想去的任何邊界，認為祖格族很可能會對卡特破壞牠們軍事計畫一事懷恨在心。他感激地接受這項提議，不只是由於安全，也因為他喜歡優雅貓族的陪伴。於是他走在可愛又好動的軍團中央，貓群因成功完成任務而變得放鬆，藍道夫・卡特則在長滿雄偉樹木的螢光森林中，滿懷尊嚴地前進，和老將軍與牠的孫子談起自己的旅程，其餘貓群則嬉戲打鬧，或追逐微風從原始地面上的真菌間吹起的落葉。老貓說，牠聽說過許多與寒冷荒原中未知的卡達斯有關的事，但不曉得確切位置。牠對雄偉的夕陽之城則一無所知，不過牠願意將之後得知的資訊轉達給卡特。

牠將幻夢境貓族某些極度重要的暗語告訴冒險者，由於卡特準備前往瑟勒斐斯，老將軍特別向瑟勒斐斯的貓族老酋長大力讚揚卡特。那隻老貓是條氣宇不凡的馬爾他貓，卡特之前略為認識牠，牠在任何場合都能帶來莫大的影響力。他們抵達森林邊際時，已經日出了。卡特依依不捨地向朋友們道別。要不是老將軍禁止，還是小黑貓時就與卡特碰過面的年輕中尉，原本想與他同行，但嚴格的老將軍堅稱，牠對部落與軍隊有責任。於是卡特獨自穿越了沿著河流延伸的神祕金色原野，河流兩旁長滿了柳樹。貓群則回到林中。

旅行者確實熟知位於賽瑞納里安海與森林兩旁的林地，也愉悅地沿著水聲潺潺的歐克拉諾斯河前進，河流正流向他的目的地。太陽高升到長滿林木與青草的緩坡上，使每座小山與丘陵上數千朵鮮花的顏色變得更加艷麗。一股舒適的霧氣籠罩住這塊區域，這裡的陽光也比其他地區明亮點，多了些夏日的蟲鳴鳥叫。人們經過此地時，彷彿經過精靈仙境，也感到比日後回憶時，更強烈的愉悅與驚喜。

卡特於中午抵達基倫（Kiran）的碧玉臺地，臺地往下延伸到河邊，上頭建有一座美麗神殿，伊列克瓦德（Ilek-Vad）的國王每年都會搭著黃金轎子，從位於暮光之海上的遙遠國度，前來向歐克拉諾斯河的河神祈禱。他年輕時住在河畔小屋，河神曾對他歌唱。那座神殿完全以碧玉打造而成，城牆、庭院、七座尖塔，與內部聖壇共占地一英畝；河流從隱藏式隧道流入聖壇，神明則在夜裡輕柔地歌唱。月亮照耀庭院、臺地與尖柱時，經常聽到奇特的音樂，但那究竟是神明的歌聲，或神祕祭司的吟唱聲，就只有伊列克瓦德的國王曉得了，只有他踏入過神殿並見到祭司。在白日下昏昏欲睡的氛圍中，那座雕工精美的神殿寂靜無比，卡特在令人陶醉的陽光下往前行進時，只聽見大河的悄聲低語和蜂鳴鳥叫。

整個下午，這位旅人跨越了香氣撲鼻的草原，和往河流緩緩傾斜的山丘下風處，丘陵上有茅屋與和藹神明的神壇，神壇本身由翠玉或金綠寶石雕成。有時他會走近歐克拉諾斯河的河岸，對清澈水流中活力充沛又五光十色的魚群們吹口哨；有時會在沙沙作響的蘆葦中停下腳步，盯著對岸龐大又漆黑的森林，該處的樹木一路生長到水邊。在之前的夢境，他曾看過沉靜又笨拙的柏波斯獸害羞地走出那片樹林喝水，但現在他一隻都沒看見。他偶爾會停下來看肉食魚類獵捕水鳥；魚兒在太陽下刻意露出誘人的鱗片，翼獵手俯衝下來抓魚時，魚兒就用寬大的嘴咬住對方的嘴喙。

接近傍晚時，他走上一處低矮草丘，看見前方瑟朗的上千座鍍金尖塔，在夕陽下如火焰般閃爍。那座華美城市裡的白淨城牆，高得令人難以置信，牆面往內向頂端傾斜，並聚合為堅固的同一片牆面。由於城牆建於比人類記憶更古老的歲月，無人知曉這是如何建築而成的。但就算建有上百道城門與兩百座塔樓的城牆，已十分高聳，城內金色金塔下密集的白色塔身，高度更超越了城牆。因此平原上的人們，會看到豎立至高空的尖塔，有時天空萬里無雲，有時高塔受到雲霧環繞，有時雲朵飄到塔身下層，塔端尖頂則在雲霧上空閃爍。瑟朗在河上敞開的大門，是以大理石打造的龐大碼頭，用芬芳雪松與黑檀木建成的華麗大帆船，緩緩拋下船錨，蓄著特異鬍鬚的水手們坐在酒桶與捆包上，上頭寫了遙遠國度的象形文字。城牆外的陸地遠方則是一片田野，白色小茅屋在小山丘之間做著美夢，上頭建有許多石橋的狹窄道路，則優雅地蜿蜒在小溪與花園之間。

卡特在傍晚穿過這片綠意盎然的地區，望見河上的點點星光，射向瑟朗雄偉的金色尖塔。黃昏時他來到南門，身著紅袍的哨兵攔住了他，直到他說出三個超越想像的夢境，證明自己是有資格的夢行者，才能走上瑟朗陡峭的神祕街道，並在市集停留，那裡有來自華麗帆船的商品供人購買。他走入那座驚人城市，城牆厚實到使大門宛如隧道，之後則步入彎曲起伏的通道，矗立高塔間的狹窄道路延伸到市區深處。光線從裝設了鐵條與陽台的窗戶中透出，微弱的魯特琴聲與笛聲從內院中飄出，大理石噴泉則在院子裡發出潺潺水聲。卡特知道該怎麼走，他沿著黯淡街道走向河流，並在一間老舊的水手旅店中，找到他在諸多其餘夢境中認識的船長與水手們。他在那裡買下一艘綠色大帆船的船票，準備前往瑟勒斐斯，再和旅店中那隻可敬的貓鄭重談過話後，留在該處過夜。老貓在龐大的火爐前昏昏欲睡地眨眼，夢著古老戰事與被遺忘的眾神。

早上，卡特搭上前往瑟勒斐斯的帆船。船員解開繫船繩索，展開橫越賽瑞納里安海的航程時，卡特坐在船首。航行數里格後，兩旁的河岸依然與瑟朗上游相差不遠，右側遠方的山丘上偶爾會出現奇特神殿，岸上有寧靜的村落，村裡則有陡峭紅色屋頂，與曝曬在太陽下的漁網。掛念搜尋任務的卡特，仔細詢問了所有水手在瑟勒斐斯旅店中見過哪些人，打探對方的名字，以及長有窄長雙眼、耳垂細長的雙耳、纖細的鼻梁與尖下巴的古怪男人，他們搭乘由北方來的黑船，用縞瑪瑙交易瑟勒斐斯的玉雕、金線與紅色小鳴鳥。水手們對這些人所知甚少，只知道他們鮮少開口說話，身上也散發出令人敬畏的氛圍。

他們的遙遠國度叫做印奎諾克（Inquanok），沒有什麼人想去，因為那是個冰冷黯淡的國度，據說很靠近名聲不祥的冷之高原。不過，難以通過的高山，聳立在據傳為冷之高原所在地那側，沒人能確定這座邪惡高原、上頭的恐怖石砌村落，與無人敢提及的修道院，是否確實位在當地，或者只是高升明月下駭人高峰顯得無比漆黑時，膽小的人們在夜裡因恐懼而捏造的謠言。人們自然都是從不同海域抵達冷之高原，水手們並不清楚印奎諾克其他的邊界，也只隱約聽過和冰冷荒原與未知的卡達斯相關的傳聞。至於卡特企圖找尋的雄偉夕陽之城，他們則一無所知。於是旅行者沒有繼續詢問這些遙遠的傳聞，暫且等待時機，打算和來自冰冷黯淡的印奎諾克那些古怪男子談話。那些人正是將自身形象刻在恩格倫涅克山上的諸神，所生下的後裔。

當天稍晚，大帆船抵達河道彎道，該處位於克里德（Kled）芬芳的叢林。卡特希望能在此地下船，華美的象牙宮殿在那片熱帶叢林中沉睡，孤寂且完好無缺，裡頭曾居住了英挺的王族，來自某座名稱早已遭到遺忘的國度。舊神的咒語使那些地區永垂不朽，根據文獻記載，未來可能會有再度需要這些宮殿的一天。遠處的大象商隊能在月光下瞥見這些建築，不過沒人敢靠近它們；這些宮殿能維持完好，也是由於守衛的存在。但船隻繼續往前航行，黃昏平撫了白日的雜音，天上頭幾顆亮起的星星，則應對著河岸上提早出現的螢火蟲；叢林已被拋到腦後，只留下一縷宛如回憶般的清香。整個晚上，大帆船漂流經過無人得見且出乎預料的神祕事物。瞭望員一度報告說東側山丘上出現火光，但昏昏欲睡的船長說，最好不要一直盯著火光看，沒人確定究竟是誰或什麼東西燃起了火焰。

到了早上，河流變得十分寬闊，看到河岸邊的房屋後，卡特明白，他們相當接近賽瑞納里安海上龐大的貿易城市赫拉尼斯（Hlanith）了。這裡的城牆由粗糙不平的花崗岩打造而成，房屋奇妙的尖頂，裝設了梁柱與抹上灰泥的山形屋頂。比起幻夢境中其他居民，赫拉尼斯的人民更像是清醒世界中的人。不會有人為了貿易以外的事來到這座城市，但城中工匠的堅固作品則備受推崇。赫拉尼斯的港口以橡木築成，船長在酒館做買賣時，大帆船則栓在港中。卡特也上了岸，好奇地觀察裝有車轍的街道；木製馬車緩緩移動，商人們在市集中茫然地叫賣自己的貨物。水手酒館都坐落於靠近碼頭的鵝卵石巷弄，路上沾滿了高潮時濺出的鹹味水珠，低矮的黑色懸樑天花板與綠色的舷窗式窗框，看起來格外古老。酒館中的老水手們提到許多關於遙遠港口的事，也述說了不少來自黯淡的印奎諾克特異男子們的軼事，但他們提供的資訊沒比大帆船上的水手多。最後，在裝貨與卸貨不少次後，帆船再度往日落之海啟航，赫拉尼斯的高牆與山形屋頂逐漸變小，白日最後一絲金色光線，則使它們散發出人類無法營造出的崇高美感。

大帆船在賽瑞納里安海上航行了兩天兩夜，沒有看到任何陸地，也只和另一艘船打過照面。第二天接近日落時，亞倫（Aran）白雪皚皚的山峰就聳立在他們前方，接近山腳的斜坡上長滿了銀杏樹，這時卡特明白他們已經來到烏斯納蓋，與充滿驚奇的瑟勒斐斯城了。那座壯麗城市中閃爍著光芒的光塔、擺設了青銅雕像的白淨大理石城牆，與納拉薩河（Naraxa）出海口上的大石橋，則迅速在眾人視野中出現。城市後方隆起和緩的斜坡，坡上有樹林與水仙花園，以及小神壇和茅屋；遠方是塔納里安丘雄偉又神祕的紫色山脊，山丘後方則是導向清醒世界與其他夢境領域的禁忌道路。

港口中滿是五顏六色的大型帆船，有些來自以大理石建成的雲之城瑟拉尼安（Serannian），它位於海洋與天空交會的太虛空間；有些船隻則來自幻夢境中更為實體化的地區。舵手讓帆船在這些船隻間蜿蜒而行，航向飄散香料氣味的碼頭，水手們在暮色中將帆船栓在碼頭旁，城市中的數百萬盞燈火，則在水面上閃爍。由於時間無法玷汙或摧殘此地，這座不朽城市似乎永保嶄新面貌。它與納斯霍薩斯（Nath-Horthath）的綠松石同樣不朽，而城裡八十位身邊環繞蘭花的祭司，正是一萬年前興建本城的人。高大的青銅城門依舊閃閃發亮，縞瑪瑙道路也從未破損。城牆上的青銅巨像，往下俯瞰商人與駱駝牧人。這些人比傳說更為古老，但分叉的長鬍中，卻沒有一絲灰髮。

卡特並未立刻出發找尋神廟、宮殿或堡壘，反而待在面海的城牆邊，與商人和水手們共處。時間太晚，無法繼續打聽謠言與傳說時，他就找了間自己熟識的古老旅店休息，並夢著自己所追尋的諸神們，祂們仍住在未知的卡達斯。隔天，他在碼頭上搜尋來自印奎諾克的怪異水手，但人們告訴他，港口中目前沒有那種人，他們的帆船還得等上整整兩週，才會從北方抵達。不過，他找到一位曾去過印奎諾克的索拉伯尼（Thorabonian）水手，對方曾在那座黯淡國度的縞瑪瑙採石場工作。這位水手說，有人居住的地帶以北確實有片沙漠，似乎所有人都害怕並避開當地。索拉伯尼人認為，這座沙漠繞過了高不可攀的山峰邊緣，導向恐怖的冷之高原，因此畏懼該處。不過他也坦承，當地有其他關於邪惡事物與無名守衛的隱諱傳說。他不曉得這裡是否就是神祕卡達斯的所在地，但假若那些東西和守衛確實存在，就不可能平白無故在那出現。

隔天卡特前往巨柱街，到綠松石神殿與大祭司談話。雖然納斯霍薩斯主要在瑟勒斐斯祭拜，日間禱詞依然會提到所有夢境諸神，祭司也非常了解祂們的性格。和烏撒的阿泰爾一樣，他強烈建議卡特不要去見祂們。他宣稱諸神易怒又任性，也擁有來自外域且毫無心智的外神所施加的怪異保護，外神們的靈魂與信差，正是伏行混沌奈亞拉索特普。祂們藏匿雄偉的夕陽之城這種充滿妒意的行徑，清楚顯示諸神不希望卡特抵達該處，也沒人清楚祂們會如何看待企圖與自己見面並求情的對象。過去從未有人找到卡達斯過，未來最好也不要有人找到。與夢境諸神所居住的縞瑪瑙城堡有關的謠言，一點都不令人安心。

向頭戴蘭花頭冠的大祭司致謝後，卡特離開神廟，並前往找尋羊肉販子的市集，瑟勒斐斯貓群的老酋長心滿意足地住在該處。那條氣宇非凡的灰貓在縞瑪瑙道路曬太陽，並在訪客接近時，伸出一隻慵懶的貓掌。但當卡特重述烏撒的老貓將軍告訴自己的密語與指示後，毛茸茸的貓長老就變得和藹又健談。牠提到了許多，只有烏斯納蓋面海坡上的貓群才知道的祕密。最有幫助的是，牠提起不少關於印奎諾克男子的事，瑟勒斐斯水濱地區的膽怯貓咪低調地告訴牠這些事，也沒有貓敢上那些黑船。

這些人似乎有種異於俗世的氛圍，不過那並非貓群不願意上船航行的理由。原因是，沒有貓能忍受印奎諾克的陰影，因此在那座冰冷黯淡的國度中，從來沒有發出愉快的呼嚕聲或溫暖的喵喵聲。沒人知道是由於有東西從傳言中的冷之高原，飄越過無法通行的高峰，或是因為有東西從北方的冷冽沙漠飄散下來。但在遙遠的國度中，確實有某種天外空間的感覺，而貓族不喜歡這點，對此牠們比人類還敏感，所以不願登上前往印奎諾克玄武岩碼頭的黑船。

貓族老酋長也告訴他，該如何找到他的朋友庫倫涅斯王。在卡特後期的夢境中，庫倫涅斯交替統治著位於瑟勒斐斯、以玫瑰色水晶打造的七十喜宮（Palace of the Seventy Delights），與飄在空中的高聳雲堡瑟拉尼安。他似乎無法在那些地帶找到安慰，反而對他孩提時代的英格蘭高崖與低地抱持強烈懷念。在沉眠小村落中，晚間的格子窗後飄出英格蘭的古老歌謠，可愛的灰色教堂尖塔則從蒼綠的遙遠山谷中探出頭來。他的身體已經死去，使他再也無法回到清醒世界中的這些地方，但他得到了第二好的結果，在夢中的市區東方，創造了一小塊這樣的鄉間區域，該處草原優雅地蔓延到塔納里安丘的山腳下。他住在當地一座面海的哥德式石砌宅邸，試圖將宅邸想像為古老的崔佛塔（Trevor Towers）。那是他的出生地，十三代以來的祖先也都在那誕生。他在附近的海岸邊建造了一棟康瓦爾[9]式小漁村，裡頭有陡峭的鵝卵石通道，他讓臉孔最英格蘭的人們在此定居，並總是企圖教導他們自己回憶中可親的康瓦爾老漁民口音。他在不遠處的河谷，興建了

9　譯注：Cornwall，位於英國大不列顛島西南邊的半島。

一座雄偉的諾曼第修道院。他能從自己的房間窗口看到修道院的塔樓，並在教堂墓園中，擺放了雕刻他祖先姓名的墓碑，上頭的苔蘚有點像老英格蘭的品種。儘管庫倫涅斯在夢境中是位君王，能自由操縱想像出的雍容華貴、榮耀與美景、喜悅與快樂，和新奇又刺激的事物，但他寧可拿自己的權力、奢華生活與自由，來交換幸福的一天：在純淨安祥的英格蘭當個單純男孩，他深愛的古老英格蘭造就了他的人格，也使他成為當地不變的一部分。

於是，當卡特向老貓酋長道別時，他並沒有前往以玫瑰色水晶打造的高台宮殿，反而走出東門，穿過長滿雛菊的田野，走向一處尖頂山形屋頂。他曾在濱海懸崖下的公園橡木林中，窺見那座建築。隨後他碰上一處設有門口的龐大圍籬，裡頭有座磚砌小屋，他敲響門鈴時，前來迎接他的人，並非宮中穿戴長袍與塗抹聖油的僕從，而是位穿著罩袍的矮胖老人，對方盡可能用遙遠康瓦爾的平靜腔調說話。卡特踏上樹蔭間的走道，兩旁的樹近似英格蘭的樹木，再走上以安妮女王[10]時代風格設計的花園之間的高台。門口兩側以昔日方式擺設了石貓，他則在門前碰上一位穿著得宜制服、蓄著小鬍子的管家。他立刻被領向圖書室，而烏斯納蓋與瑟拉尼安的天空之王庫倫涅斯，正若有所思地坐在窗邊的椅子上，望向他的海岸村落，希冀他的老保母會來責罵他，因為他還沒準備好參加教區牧師家，那令人生厭的草坪宴會，馬車正在等待，他母親的耐心也幾乎要磨光了。

庫倫涅斯穿著他年輕時期倫敦裁縫偏愛的寬鬆晨袍，熱切地起身接見訪客。看到來自清醒世界的盎格魯薩克遜人，使他非常開心，即使對方並非來自康瓦爾，而是來自麻薩諸塞州波士頓的薩克遜人也無妨。他們促膝長談過往歲月，兩人都是老練的夢行者，非常了解特異地點的奇景。庫倫涅斯確實去過群星外的終極虛空，據說也是唯一從這種旅程中保持理智歸來的人。

最後卡特提起他的任務，並把自己曾問過許多人的問題告訴東道主。庫倫涅斯不清楚卡達斯，或雄偉夕陽之城的位置，但他知道夢境諸神是非常危險的生物，外神則透過古怪的方式，保護祂們不受傲慢的好奇旅客打擾。他從太空中的遙遠地帶，得知許多關於外神的事，特別是不存在物理型態的地區，彩色氣體在其中研究最深奧的祕密。紫羅蘭色的氣體思恩蓋克（S'ngac）曾告訴他關於伏行混沌奈亞拉索特普的諸多恐怖事蹟，也警告他，絕對不要靠近宇宙中央的虛空，惡魔之王阿撒托斯在此處的黑暗中飢餓地啃噬。總之，不該插手管夢境諸神的事，如果祂們堅持不讓任何人進入雄偉的夕陽之城，就最好別找尋那座城市。

庫倫涅斯進一步質疑，就算他的訪客抵達那座城市，又會得到什麼好處？他曾多年夢過並渴望美麗的瑟勒斐斯與烏斯納蓋，也渴求生命中的自由、色彩與崇高體驗，以及遠離生命中的枷鎖、傳統與愚行。但自從他來到那座城市與國度，並成為當地君王後，他發現自由與生命力迅速抹滅，也產生了對感覺和回憶連結的單調渴望。他是烏斯納蓋的國王，卻無法在這裡找到生命的

10　譯注：Queen Anne，十八世紀初英國女王。

意義，總是因思念塑造他年輕時代的英格蘭熟悉事物，而感到意志消沉。他願意用自己的王國，交換山丘後頭傳來的康瓦爾教堂鐘聲，或用瑟勒斐斯上千座光塔，換取他家附近村落的陡峭住家屋頂。於是他告訴訪客，未知的夕陽之城或許不會使對方感到滿足，也許它只該成為回憶中模稜兩可的美夢。在過往的清醒歲月，他經常造訪卡特，也相當熟悉卡特的出生地：美麗的新英格蘭。

到了最後，他確定這位冒險者只會渴求記憶中早期的片段。燈塔山在夜間發出的光芒，寧靜的金斯波特，女巫肆虐的古老阿卡漢中的陳舊山形屋頂，與宜人的綠地和山谷，和散落在鬱鬱蔥蔥樹林中的石牆與白色農舍屋頂。他把這些事告訴藍道夫．卡特，但冒險者依然堅持自己的目標。彼此各擁信念的兩人最後分道揚鑣，卡特穿過青銅城門，回到瑟勒斐斯，沿著巨柱街走到老舊海牆，並和更多來自遙遠港口的水手交談，等待來自冰冷黯淡的印奎諾克的黑船。船上長有奇特面孔的水手與縞瑪瑙販子，都擁有夢境諸神的血脈。

某個繁星點點的夜晚，明亮的燈塔照耀港灣時，那艘他等待已久的船隻航入港口，面孔奇特的水手與商人輪流在海牆旁的古老酒館中出現。再度看到這些臉孔近似恩格倫涅克山神明雕刻的人，讓卡特感到非常興奮，但他沒有急著過去和這些沉默水手攀談。他不曉得這些夢境諸神的子嗣有多自傲，行事有多神祕，又擁有多少異於常人的隱諱記憶。他也不確定把自己的任務告訴他們，或詢問太多與對方黯淡國度北方沙漠有關的事，是否是明智之舉。他們鮮少與古老水手酒館中的其他人談話，總是集體聚在偏遠的角落，一起唱著來自未知地帶的悠揚歌謠，或用異於幻夢境其餘地區的口音吟誦長篇故事。那些歌謠與故事罕見又動人，旁人能從聽眾臉上看出內容帶來的驚奇，就算對普通人而言，聽起來只像是古怪的節奏與晦澀的旋律。

奇特的水手們在酒館內待了一整週，並在瑟勒斐斯的市集內做買賣。啟航前，卡特登上了黑船，告訴他們自己是老練的縞瑪瑙礦工，很想去他們的採石場工作。那艘船非常漂亮，做工也很傑出，船身由柚木打造，上頭有黑檀零件與黃金雕飾，旅人居住的艙房則掛有絲綢與天鵝絨製成的掛飾。某天早上潮汐轉向時，船員們豎起風帆並拉起船錨，當卡特站在高聳的船尾上時，發現不朽的瑟勒斐斯被陽光照亮的城牆、青銅雕像，與金色光塔已消失在遠方，亞倫山覆蓋白雪的頂峰則越變越小。到了中午，視野中除了和緩碧藍的賽瑞納里安海外，只有遠方另一艘彩色大帆船正航向瑟拉尼安，也就是大海與天空交會的國度。

夜晚繁星點點，北斗七星與小熊座在天頂緩緩轉動時，黑船便往它們的方向航行。水手們唱起來自未知地區的奇特歌曲，並接二連三地偷溜到前甲板，若有所思的守望員，則悄聲念起古老頌詞，靠著欄杆，望向在海底船首錨旁玩耍的發光魚群。卡特於午夜就寢，並在清晨的陽光中起床，注意到太陽似乎比以往更偏向南方。他把整個第二天用來認識船上所有人，慢慢讓他們談起自己冰冷又黯淡的故鄉，細緻的縞瑪瑙城市，與他們對高不可攀的山峰所感到的恐懼，據說冷之高原就位在群山彼端。他們告訴他，自己對沒有貓願意待在印奎諾克感到相當遺憾，他們認為禍因就是位於附近的冷之高原。他們不願談起北方的礫石荒漠，那座荒漠有種令人不安的感覺，眾人覺得最好不要承認它的存在。

後續的日子，他們談起卡特自稱要前往工作的採石場。當地有許多採石場，整座印奎諾克城都以縞瑪瑙所打造，拋光過的巨石則是被送到里納（Rinar）、歐格洛珊（Ogrothan），和瑟勒斐斯販售，或是在本地賣給來自瑟拉、伊拉涅克與卡達斯隆的商人，以便換取來自那些壯觀海港的美麗貨物。在北方遠處，抵達印奎諾克的居民幾乎都不願承認的冰冷沙漠附近，有座比其他採石場都來得大的廢棄採石場。在被遺忘的時代，該地曾挖鑿出巨大的礦石與岩塊，一看到礦石上的雕琢痕跡，就讓人感到一陣恐懼。沒人曉得是誰挖出這些巨型岩塊，原本又計畫將岩塊運到何處，但最好不要打擾那座採石場，非人的回憶可能仍依附在這些地帶。因此它被棄置於幽光中，只有渡鴉與傳說中的山塔克鳥（Shantak-bird）會在龐大的採石場停留。卡特聽說這座採石場的事時，便陷入沉思，他曾經從古老故事中得知，夢境諸神所在地，未知卡達斯頂端的城堡，正是由縞瑪瑙建造而成。

太陽每天在天空中的位置不斷下降，高空的霧氣也越來越濃密。兩週後，天空便毫無日光。白天只有怪異的灰色微光，從永恆不變的雲幕中灑落，夜間杳無星辰的雲層底部，則透出冰冷的磷光。第二十天，遠處的海域出現了一塊崎嶇不平的岩石，自從亞倫山白雪皚皚的巔峰在船身後方消失後，這是船員們首度瞥見陸塊。卡特詢問船長那座礁岩的名稱，但船長說它沒有名字，也從來沒有任何船隻企圖靠近，因為夜晚上頭會發出怪聲。天黑後，一股低沉又持續不斷的嚎叫聲，就從那座崎嶇的花崗岩上飄來。旅人慶幸船隻沒有靠過去，也認為那座岩石不該有名稱。水手們不斷祈禱與吟誦，直到遠離怪聲的範圍，卡特也在深夜夢見可怕的夢中惡夢。

兩天後，前方遠處與東方出現一連串灰色高峰，山頂在微光世界一成不變的雲層中消失。一看到山脈，水手們就唱起了歡快的歌曲，有些人則跪在甲板上禱告，卡特因此得知他們抵達了印奎諾克，很快就會停泊在與國土同名的大城鎮旁那個玄武岩碼頭。接近中午時，出現了一道漆黑的海岸線，下午三點左右，北邊則冒出縞瑪瑙城市球根狀的建築圓頂，與獨特的尖塔。那座古老都市比城牆與碼頭還高，外型罕見又奇特，所有建物都呈現細緻的黑色，上頭有漩渦狀雕飾、凹槽與鑲嵌黃金的藤蔓式紋路。高聳的房屋上有許多窗口，每面也都雕刻了花朵紋路與特殊圖樣，圖樣漆黑的紋理散發出比淡色更炫目的美感。有些建築結合為龐大的圓頂，並沿著頂點形成圓錐，另外一些則聚合成數層樓高的金字塔，上頭的光塔群流露出無與倫比的特異感與想像力。低矮的城牆上有不少城門，每座城門上頭都建有龐大的拱形結構，高度超越了牆面，頂端則雕了一顆神明頭顱，雕工與遙遠的恩格倫涅克山上的可怖臉孔一模一樣。城市中央的山丘上，有座十六稜角高塔，比其餘建築都來得高，平坦的圓頂上，裝設了聳立的尖塔形鐘樓。水手們說，這便是舊神神殿（Temple of the Elder Ones），由一位因心懷祕密而感到悲傷的大祭司管理。

每隔一段期間，縞瑪瑙城市就會響起奇異鐘聲，每次都會有隆隆作響的神祕音樂回應鐘聲，其中聽得出號角、古提琴與吟誦聲。神殿的高聳圓頂周圍則有圈迴廊，上頭還有排三角架；會在特定時刻冒出火焰。那座城市的祭司與人民深諳原始時代的祕密，也虔誠地按照比《納克特抄本》更古老的捲軸指示，保存夢境諸神的韻律。船隻漂過巨大的玄武岩防波堤，開進港口時，城裡較為微弱的聲響就越趨高漲，卡特則在碼頭上看到奴隸、水手與商人。水手與商人們是擁有諸神特異臉孔的種族，奴隸則是眼睛歪斜的矮胖人種，相傳他們不知如何從冷之高原彼端的山谷，穿越或繞過了高不可攀的山峰。寬闊的碼頭延伸到城牆外，上頭擺滿來自港內帆船的各種商品，其中一端有一大堆雕飾過與未雕琢的縞瑪瑙，正等著被運到里納、歐格洛珊與瑟勒斐斯這些遙遠的市場。

黑船在傍晚前停泊在凸出的岩石碼頭後，所有水手與商人便走上岸，穿過拱門進入城市。那座城市的街道鋪滿縞瑪瑙，有些道路寬闊筆直，其他路徑則彎曲又狹窄。靠近水域的房屋比其他建築物低矮，奇特的拱門上也有特定的黃金標記，據說那是為了紀念喜愛每戶人家的低階神明。船長帶卡特到一間老舊的水手酒館，裡頭擠滿了來自平靜國度的水手。船長向他保證，隔天會帶他去看微光城市中的奇景，並領著他去北牆邊的縞瑪瑙礦工酒館。接著夜幕低垂，人們點亮了小型青銅提燈，酒館裡的水手們則唱起源自遙遠地區的歌謠。但當高塔中傳出響徹整座城的鐘聲，號角、古提琴與人聲的合奏則神祕地發出回應時，所有人便停止歌唱和說故事，沉默地低下頭，一直到回音淡去。印奎諾克這座微光城市散發出驚奇又古怪的氛圍，人們也不敢怠慢了儀式，以免使意料之外的危機與仇恨在身邊潛伏。

卡特在酒館裡遠邊陰影處，看到一個他並不喜歡的矮胖人影，那顯然是許久前他在德萊斯連碰上的斜眼老商人，據說對方和冷之高原上沒有正常人敢去的恐怖石砌村落交易，也有人在夜間從遠方看到該地升起不祥的火光。謠言還說，他甚至與那位避諱大祭司打過交道；祭司臉上配戴黃色絲質面具，獨自居住在史前石砌修道院中。卡特向德萊斯連的商人們詢問冰冷荒原與卡達斯時，此人似乎散發出怪異的狡黠感。不知他是怎麼來到漆黑陰森的印奎諾克，加上此地如此靠近北方異景，讓人不甚安心。卡特向他攀談前，他就溜出卡特的視線範圍；水手們後來說，他和某支出發地不明的犛牛商隊一同前來，攜帶傳說中山塔克鳥味道鮮美的巨大鳥蛋，用以交易商人們從伊拉涅克帶來的輕巧玉製高腳杯。

隔天早上，船長帶卡特穿過印奎諾克的縞瑪瑙街道，微光天空下的街頭十分黯淡。內嵌門板與華麗的房屋前端，雕刻而成的陽台與水晶凸窗，閃爍著美麗的深色拋光質感。有時路上會出現寬闊的廣場，其中有黑色高柱、柱廊與奇特雕像，雕像描繪了人類與奇形怪狀的物體。筆直漫長的街道上部分景色，或透過巷弄與球莖狀圓頂、尖塔與雕有蔓藤花紋的屋頂所看到的風景，都怪異又美麗得令人難以言喻。但沒有東西能媲美市區中央宏偉高聳的舊神神殿，它有十六座刻有雕飾的牆面，和平坦的圓頂，而高高在上的尖塔形鐘樓，則比前景中任何建物都來得富麗堂皇。位於城牆遠處，與數里格牧地彼端的東方，則矗立著荒涼的灰色山坡。這裡屬於那些頂端遭雲層遮蔽、且無法通行的山峰，據說醜惡的冷之高原就位於山脈後方。

船長帶卡特前往雄偉的神殿，它和由高牆圍繞的花園，坐落在一處圓形大廣場中，街道則從廣場旁如車輪輻條般往四周延伸。花園中的七座拱門頂端都有城門上的面容雕刻，也總是對外敞開，充滿敬意的人們隨意沿著鋪設磚瓦的通道行走，穿過兩旁擺滿古怪界標與低階神明神壇的小徑。花園中的噴泉、池子與水塘，倒映了高處陽台上三腳架中經常冒出的火光，所有水池都以縞瑪瑙打造而成，裡頭飼有發光小魚，潛水員從深海的水草叢中帶回這些魚。神殿鐘樓傳出的低沉聲響，傳遍花園與市區，交織著號角、古提琴與人聲的宏亮回應，從七座小屋中透過花園大門飄出時，神殿的七座門扉，便走出好幾列戴著兜帽的蒙面黑袍祭司，往前伸直的手臂拿著龐大金碗，碗中則冒出奇特蒸氣。七列隊伍特意以縱隊方式昂首闊步，雙腿以不彎曲膝蓋的姿勢大步向前，踏上導向七座小屋的走道，隨即消失在屋內，沒有再度現身。據說小屋從地底通道連結到神殿，祭司們的漫長隊伍則順著這類通道回去；傳言也提到，深邃的縞瑪瑙台階，一路延伸到地下無人知曉的神祕事物。但有少數人暗示，成排戴著兜帽的蒙面祭司並非人類。

卡特並未走進神殿，只有蒙面之王（Veiled King）才能入內。不過卡特離開花園前，鐘響時刻再度到來，他聽到頭頂傳來震耳欲聾的巨響，以及門邊小屋中發出的號角、古提琴與人聲回應。成列拿著碗的祭司踏著奇特步伐，走下七條寬闊走道，使旅人感到一股人類祭司不常觸發的恐懼。最後一名祭司消失後，卡特便離開花園，此時他注意到碗剛剛經過的路面上有個污點。就連船長都不喜歡那個污點，也催促他趕緊前往山丘，蒙面之王建有許多圓頂的華美宮殿，便矗立在山丘上。

導向縞瑪瑙宮殿的路途陡峭又狹窄，只有寬闊彎道除外。國王與他的隨扈會乘坐犛牛，或由犛牛拖行的牛車，在這類彎道上行走。卡特與嚮導爬上一道滿布台階的小巷，巷弄位於刻有黃金符號的內嵌牆壁之間，上頭的陽台與凸窗有時會飄出柔和樂曲或異國香氣。蒙面之王宮殿中知名的雄偉城牆與扶壁，以及大量球莖狀圓頂一直聳立在前方。最後他們通過一道黑色大拱門，並從君王喜愛的花園中走了出來。眼前的諸多美景，使卡特暈眩地停下腳步。縞瑪瑙高台與柱廊；亮麗的花圃、在金色格子上綻放花朵的纖細樹木；黃銅甕與三腳架上有巧妙的淺浮雕；帶有紋理的大理石，雕出基座上栩栩如生的雕像；以玄武岩為基底的潟湖中，有鋪設磚瓦的噴泉，裡頭養了發光魚群；色彩斑斕的小神廟頂端雕刻樑柱上，有鳥兒在鳴唱；青銅大門上有令人驚嘆的漩渦形花紋，拋光牆面上則有蔓延又開花的藤蔓。這一切融合為超越現實的美景，即使在幻夢境中也宛如仙境。它在泛著微光的灰色天空下，如幻象般閃爍。前方是建有圓頂、外型富麗堂皇的宮殿，右方則是遠處高不可攀的山峰奇異輪廓。小鳥與噴泉發出悅耳的歌聲，罕見花朵的香氣如面紗般，籠罩著這座不同凡響的花園。那裡杳無人跡，卡特也樂見如此。接著他們轉身走下縞瑪瑙階梯巷弄，訪客不可進入宮殿；最好也不要盯著中央圓頂看太久，據說裡頭住了傳說中山塔克鳥的太古祖先，會使好奇人士夢見怪異的夢境。

之後，船長帶卡特去城鎮北區靠近商隊大門（Gate of Caravans）的位置，犛牛商人與縞瑪瑙礦工常去的酒館就在那裡。他們在一處天花板低矮的採石工酒館前道別，船長得去處理生意，卡特則急於和礦工討論北方的事。那間酒館中有許多人，沒過多久，旅行者就開始跟其中一些人交談。他自稱是老練的縞瑪瑙礦工，很想打聽印奎諾克採石場的消息。但他取得的新資訊不比之前多，因為礦工們對北方的冰冷沙漠，與無人敢去的採石場感到膽怯，不願對此多說什麼。他們畏懼來自群山周圍地區的信使，據說冷之高原就在該處；他們也害怕北方岩塊間的邪惡事物與無名守衛。他們還低聲說，傳說中的山塔克鳥並非良善生物，還好從來沒人看過這種鳥類（國王宮殿圓頂中的山塔克鳥祖先，只在黑暗中進食。）

隔天，卡特說想親自觀察所有礦坑，並造訪印奎諾克零星的農場，與平靜的縞瑪瑙村落。於是他租了一頭犛牛，並為了隨後的旅程而塞滿皮革行囊。商隊大門外的道路位於田地之間，兩旁還有許多建有低矮圓頂的古怪農舍。探險者停在其中幾座屋舍前，問居民問題；他一度遇到肅穆寡言的對象，對方充滿難以敘述的威嚴，與恩格倫涅克山的巨大石雕相似。這使卡特覺得，自己終於碰上了夢境諸神之一，或至少是居住在凡人之間、擁有九成神明血脈的後裔。他對那位肅穆寡言的的佃農謹慎地提起諸神，並讚揚祂們施予自己的祝福。

當晚卡特露宿在路旁的草原，他將犛牛栓在一棵高大的萊格斯樹（lygath-tree）下，早上則動身往北，繼續他的朝聖旅程。約莫十點時，他抵達了擁有小型圓頂的村落烏爾格（Urg），商人與礦工們在此休息，並講述自己的故事，且在村內的酒館休息到中午。商隊大道在此往西轉向瑟拉恩（Selarn），但卡特沿著採石道路往北走。整個下午，他都走在那條緩緩爬升的道路上，這條路比大道窄了點，且穿過一塊岩石比田地更常見的區域。到了夜晚，他左側的低矮丘陵便升高為龐大的黑色懸崖，他因此明白自己抵達了採礦區。那些高不可攀的山脈上的荒涼岩壁，矗立在右方遠處，而他走得越遠，從沿路上零星的農民、商人與緩緩移動的犛牛車駕駛口中聽到的故事，便越趨陰森。

第二晚，他在一處黑色大岩壁下紮營，把犛牛繫在插在地面的木樁上。他觀察到北方雲層有較為明亮的磷光，也不止一次看到雲層中出現漆黑的物體輪廓。第三天早晨，他來到第一座縞瑪瑙採石場，跟當地用鶴嘴鋤與鑿子工作的人們打招呼。入夜前，他經過了十一座採石場；這裡的地形遍布著縞瑪瑙懸崖與大石，附近完全沒有植被，只有散落在黑色土壤上的大塊岩石碎片。高不可攀的灰色山峰則總是矗立在右方，景象荒涼又陰森。第三夜，他和一群採石工一同紮營，搖曳的火光在西方光亮的崖面上，映出了怪異的倒影。它們唱了許多歌曲，也講述了不少故事，展現了來自太古時代的奇特知識與諸神的習慣。卡特看得出來，他們潛藏著眾神祖先的回憶。礦工們問他要上哪去，並告誡他不要往北走得太遠；但他回答說，自己在尋找新的縞瑪瑙山崖，也不會冒著一般探勘者不願蒙受的風險。隔天早上，他跟礦工們道別，騎向逐漸變暗的北方。礦工們警告他，他會在那裡找到那座無人想前往的可怕採石場，比人類更古老的種族曾從該處挖出巨石。但當他最後一次轉身道別時，卻看見那名矮胖又鬼鬼祟祟的斜眼老商人走近營地，他並不喜歡這點。遙遠的德萊斯連，流傳著他會去冷之高原做生意的謠言。

又經過兩座採石場後，印奎諾克尚有人煙的地帶似乎就來到盡頭，道路逐漸變窄，成為在禁忌的漆黑懸崖上攀升的陡峭犛牛小徑。荒涼遙遠的山峰總是矗立在右方，且當卡特越來越深入這塊人煙罕至的地區時，他發現周圍變得更暗也更冷。他很快察覺到，腳下的黑色小徑沒有任何腳印或蹄印，並明白他確實踏入了遠古時期的怪異荒廢道路。有時高空中會飄來渡烏的叫聲，且三不五時某顆巨石後方還會傳出拍動聲，這使他不安地聯想到傳說中的山塔克鳥。但大多時刻，只有他與毛茸茸的坐騎緩緩前行，等到他察覺這頭英挺犛牛越來越不願往前走，還逐漸對一路上任何微小聲響發出畏懼的哼聲時，便感到擔憂。

兩側閃爍著反光的漆黑牆面，將道路擠在中間，坡度也比之前更明顯。路面並不好走，犛牛還經常因滿布地面的碎石而滑倒。兩小時後，卡特看到前方出現了顯眼的尖峰，山峰後頭只有黯淡的灰色天空，使他對之後的平路或下坡路感到慶幸。不過，要抵達那座山峰並非易事，道路陡峭得近乎垂直，鬆動的黑色礫石與小石子也使路況變得危險。最後卡特下牛，牽引著心懷疑惑的犛牛前行，犛牛猶豫或絆倒時，他就用力拉扯韁繩，並盡量注意自己的落腳點。忽然間，他來到山峰頂端，看到了彼端的景象，並倒抽了一口冷氣。

道路確實直接導向前方，並稍稍往下延伸，旁邊和之前一樣有高聳的天然岩壁；但左側開展出了偌大空間，範圍涵蓋數英畝，似乎有某種古老力量，大刀闊斧地劈開了天然的縞瑪瑙山崖，使它化為巨人的採石場。堅實懸崖後頭遠處，留有龐大的鑿孔，崖底深處的洞口則依然大張。這絕非人類打造的採石場，凹陷的岩壁上頭，布滿好幾碼寬的正方形裂口，代表無名生物的雙手與鑿子一度挖出的巨石大小。大型渡烏們在鋸齒狀的裂口邊緣鼓動翅膀，發出嘶啞鳴叫，陰暗深處傳來的微弱振動聲，則顯示出無盡黑暗中，潛伏著蝙蝠、烏海格獸（urhag）或其他無名生物。卡特站在微光下的狹窄通道，礫石走道則在他面前導向下坡；他右邊的縞瑪瑙高崖一路延伸到視野之外，左邊的高崖則在前方橫空斷裂，形成了那座可怖又怪異的採石場。

犛牛立刻發出一聲喊叫，掙脫控制並跳過他身旁，慌張地往前衝去，直到在北方的狹窄山坡上消失。牠奔馳的腳蹄踢開的石塊，從採石場的邊緣往下滾落，在黑暗中消失，完全沒有傳來石塊撞擊地面的聲響。但卡特無視狹小通道帶來的危機，上氣不接下氣地追趕逃跑的坐騎。剛被拋在腦後的懸崖再度出現，讓道路又成了狹窄小徑。旅人繼續追趕犛牛，牠間距寬大的腳印，彰顯出逃跑時的慌亂。

他一度以為自己聽見害怕的坐騎發出的蹄聲，因此加快了腳步。走了數英哩後，面前的道路逐漸變寬，他明白自己很快就會抵達北方的冰冷駭人沙漠。遠方高不可攀的巔峰上那荒涼的灰色山壁，再度於右手邊的峭壁上空出現，前方則有一片散落著岩塊與巨石的開闊空間，顯示他即將抵達無垠又漆黑的不毛平原。他耳中再度響起蹄聲，聲音比之前還明顯，但這次他感到的並非慶幸，而是恐懼；因為他發現那並非逃跑犛牛受驚時的蹄聲。腳步聲魯莽但目的明確，而且是從他身後傳來的。

原本追逐犛牛的卡特，改為逃離某個不可見的物體。儘管他不敢往後看，卻覺得身後的東西，絕對不是擁有尋常名稱的良善事物。他的犛牛肯定先聽見或察覺了那東西；他也不想自問，那東西是否從人類居所就跟著他，或是從那座漆黑的採石巨坑中掙扎爬出來的。此時懸崖已在身後，夜色籠罩了廣大的荒原，上頭只有砂礫與外型陰森的岩石，而且毫無道路的蹤跡。他沒看到自己那隻犛牛的蹄印，但身後不斷傳來可憎的噠噠聲，有時還混合了他認為是由龐大翅膀發出的拍打聲與呼嘯聲。他不快地察覺自己迷了路，也清楚自己已絕望地迷失在這座荒漠中，上頭滿布岩石與無人涉足的砂礫。只有右方高不可攀的遙遠山峰讓他產生方向感，而當灰色微光逐漸變弱，被雲層中的不祥磷光取而代之時，就連這些山脈也不再清晰可辨。

他在面前黑暗的北方，隱約瞥見某個可怕的東西。有陣子他以為那是一列黑色山脈，但現在他發現真相並非如此。陰鬱雲層中的磷光完整地將它凸顯而出，後頭的蒸氣反射光線時，甚至還能看出它的部分輪廓。他無法分辨那東西有多遠，但距離肯定很長。它有上千英呎高，沿著高不可攀的灰色山峰，形成一道凹陷弧形地帶，延伸到超越常人想像的西境空間，過往那裡確實曾是一座以高聳縞瑪瑙丘陵組成的山脊。由於某種比凡人更偉大的東西伸手觸碰了它們，使得丘陵景觀早已不復存在。它們沉默地蹲踞在世界頂端，宛如狼群或食屍鬼，頂端雲霧瀰漫，並永遠看守著北方的祕密。那些型態如犬的山脈，被雕成恐怖的監視雕像，呈蹲姿圍成半圓形，它們高舉右手，對人類展現敵意。

雲層中閃爍的光線，使它們戴著頭冠的雙頭彷彿正在移動，但當卡特跌跌撞撞地前進時，他看到陰暗山頂升起了龐大的形體，那些東西的動作也絕非幻覺。那些長有翅膀又呼嘯作響的形體不斷變大，旅人也清楚自己已經無法逃離了。牠們並非地球或幻夢境中已知的任何鳥類或蝙蝠，比大象更巨大，頭部則類似馬匹。卡特知道牠們肯定就是傳說中的山塔克鳥，也不再對使人害怕北方岩漠的邪惡守衛與無名哨兵感到困惑。當他灰心喪志地停下腳步時，才終於敢轉身往後看，後頭追來的，正是那名惡名昭彰的矮胖斜眼商人，他騎著一條瘦弱的犛牛，帶著一群眼神不懷好意的醜惡山塔克鳥，牠們的翅膀仍沾滿了地底坑洞中的結晶與硝石碎屑。

儘管這些惡夢般的有翼馬首怪物繞著大圈向他逼近，藍道夫・卡特並未失去意識。恐怖的巨大妖物在他上空盤旋，斜眼商人則從犛牛背上跳下，在俘虜面前咧嘴一笑。接著男子示意卡特登上其中一隻噁心的山塔克鳥，並在卡特心中的理智與作噁感相互衝突時，幫助他爬上鳥背。由於山塔克鳥身上長有鱗片，而非羽毛，鱗片也非常滑溜，使得攀登過程非常艱難。一等他坐好，斜眼男子就跳到他身後，讓另一隻大型怪鳥帶著孱弱的犛牛，前往北方那環經過雕琢的山脈。

接著展開了一場橫跨寒冷高空的恐怖飛行。他們不斷往上攀升，往東飛向高不可攀山脈的荒涼灰色岩壁，據說冷之高原就在山脈彼端。他們飛得比雲層還高，直到底下出現印奎諾克居民從未見過，那傳說中的高峰，這些山峰總是潛藏在閃爍迷霧的高層渦流之中。山峰在底下掠過時，卡特便清楚地看見它們，也發現最高峰上有著奇怪的洞穴，讓他想起恩格倫涅克山上的洞窟。但他並未詢問綁架者這些洞窟的來龍去脈，因為他注意到，那男子和馬頭山塔克鳥似乎對那些洞穴抱持著怪異的恐懼，還緊張地快速飛越該地。直到山脈被遠遠拋在腦後前，對方的情緒都相當緊繃。

山塔克鳥降低了飛行高度，顯露出雲層下的灰暗不毛平原，遠處還亮起了微弱的小型火光。他們降落時，平原上不時出現用花崗岩打造的孤獨小屋，和荒涼的石砌村落，村落中窄小的窗戶透出慘白的光線。屋舍與村莊中傳來尖銳的笛聲，與令人生厭的拍擊聲，這也立即證實了，印奎諾克人之間所流傳的當地謠言其真實性。旅人們之前聽過這種聲響，也知道這類聲音只會從常人不會涉足的冰冷荒原飄來。那片陰森邪惡、又深藏奧祕的地帶，正是冷之高原。

漆黑的身影在微弱的火光周圍舞動，卡特也對這些生物的底細感到好奇。沒人踏上冷之高原過，外人也只在遠處看過上頭的火光與石屋。那些身影緩慢又笨拙地躍動，身體瘋狂的扭曲彎折程度，看起來著實令人不安。於是卡特相信了隱晦傳言中述說的邪惡存在，以及幻夢境中所有居民對這座恐怖冰冷高原所感到的恐懼。山塔克鳥下降時，舞者們令人作噁的氣息，便混雜了某種陰險的熟悉感。囚犯仔細盯著他們，並絞盡腦汁，企圖回想自己在哪看過這種生物。

牠們跳耀的方式，看似彷彿長了蹄而非人腳，還似乎穿戴了某種假髮或頭飾，上頭長了小犄角。牠們未著寸縷，但大多成員都毛髮濃密。牠們身後有短小的尾巴，而當牠們往上看時，他看見對方極度寬闊的嘴巴。他這才明白牠們的身分，也清楚對方並未配戴任何假髮或頭飾。因為冷之高原的神祕民族，和搭乘黑船前往德萊斯連交易紅寶石的陰森商人，是同一個種族。那些與人類不太相似的商人，是醜惡的月球生物的奴隸！牠們確實就是許久前綁架卡特、並將他用臭氣沖天的大帆船載走的黝黑民族。卡特曾在那座可憎的月面城市，看過牠們成群的同胞在骯髒的碼頭上被當作奴隸驅使，纖瘦的成員做著苦工，肥胖的成員則被裝箱運走，用於滿足牠們宛如水蛆卻又型態不定的主人。現在他見識到那些神祕生物的故鄉了，而一想到那些來自月球的變形怪物肯定知道冷之高原的位置，就使他打起冷顫。

但山塔克鳥掠過了火光與石屋，和地面上的類人舞者，飛越由灰色花崗岩構成的不毛丘陵，以及滿布岩石與冰雪的黯淡荒原。白日到來時，北方世界的迷霧微光取代了低層雲朵中的磷光，而那隻醜惡怪鳥依舊帶有目的性地拍打雙翼，飛過冰冷又寂靜的空中。有時斜眼男子會用某種帶著喉音的噁心語言，對他的坐騎說話，山塔克鳥則以竊笑般的聲音回應，聽起來像是摳抓毛玻璃的尖銳噪音。此時地面變得更高，他們則終於來到一處強風肆虐的高原，看起來像是無人又荒涼的世界頂端。在寂靜又寒冷的暮色中，矗立著一座低矮又無窗的醜陋石屋，周圍則有座未經雕琢的巨石圈。這跡象毫無人性氛圍，卡特也透過古老的故事推測，自己確實來到傳說中最駭人聽聞的地點：避諱大祭司獨自住在這座偏遠的史前修道院中，臉上戴著一只黃色的絲質面具，並向外神，與祂們的伏行混沌奈亞拉索特普祈禱。

怪鳥降落到地面，斜眼男子跳了下來，再幫他的俘虜爬下坐騎。卡特非常確定對方抓住自己的理由；斜眼商人明顯是黑暗勢力的爪牙，急於將這名企圖找到未知的卡達斯、並向居住在縞瑪瑙城堡中的夢境諸神請願的凡人，送到他的主子手上。卡特先前在德萊斯連遭到月球怪物的奴隸綁架，很可能就是這商人搞的鬼，對方現在也打算完成遭到貓群救兵打斷的計畫：帶獵物前去和奈亞拉索特普進行恐怖會面，並把卡特找尋未知的卡達斯時犯下的大膽行為，告訴奈亞拉索特普。冷之高原，與印奎諾克北方的冰冷荒原，必然相當接近外神，當地通往卡達斯的道路也受到重重看守。

斜眼男子身材矮小，但龐大的馬首怪鳥則迫使卡特唯命是從。於是卡特順著他的引導，跨進巨石圈內，並踏入那座無窗石砌修道院的低矮拱門。裡頭沒有燈火，但邪惡的商人點亮了一盞小陶燈，上頭刻有樣式陰森的淺浮雕，然後推著他的囚犯，穿越以狹窄又蜿蜒的走廊組成的迷宮。走廊牆面上畫了恐怖的史前場景，地球的考古學家不可能認得出這種繪畫風格。經過了無盡的漫長歲月，畫上的顏料依舊鮮明，這是由於醜惡的冷之高原冰冷又乾燥，而將許多原始事物保存了下來。透過移動中的黯淡燈光，卡特瞥見了那些圖畫，並對上頭演示的故事感到毛骨悚然。

冷之高原的歷史貫穿了那些古老壁畫。長有犄角、腳上有蹄且嘴巴寬大的類人生物，在被遺忘的都市中，跳著邪惡舞蹈。畫中描繪了過往戰爭，冷之高原的類人生物，與鄰近河谷中的腫脹紫色蜘蛛作戰。有些壁畫詮釋了來自月球的黑色大帆船，冷之高原的人民則向從船上蹦跳扭動而出、宛如水螅卻又型態不定的生物投降。牠們將那些滑溜的灰白色怪物當作神明祭拜，黑船載走牠們之中體態最佳也最肥美的男性族人時，牠們也從未抱怨。醜惡的月獸在海上一座崎嶇小島紮營，卡特從壁畫上看出，這座島便是他在航向印奎諾克時看見的無名礁石。印奎諾克的水手們會躲避那塊灰色的不祥岩石，不堪入耳的嚎叫聲，整晚都在岩石上迴盪。

壁畫中出現了類人生物的龐大海港與首都。建有柱群的驕傲城市，位於懸崖與玄武岩碼頭之間，城中的高聳神廟與雕刻而成的建築，也令人感到驚奇。宏偉的花園和排滿巨柱的街道，從懸崖邊與六座頂端建有人面獅身像的大門，延伸到偌大的中央廣場，廣場內則有對有翼巨獅像，看守著一列地底台階的頂端。畫中一再描繪那兩隻有翼巨獅，它們雄壯的閃岩側翼，在日間的灰色微光，與夜間的雲層磷光下閃爍。等到卡特經過這些重複出現的圖像時，才終於明白畫中的物體是什麼，以及在黑船來臨前，類人生物在古代統治的究竟是哪座城市。他的猜測肯定沒錯，因為幻夢境中有大量又豐富的傳說。那座原始城市正是傳說中的薩科曼德。首批真正的人類降臨世間前，該地的遺跡就已荒廢了一百萬年，巨獅像也永恆地守衛著從幻夢境向下導向大深淵（Great Abyss）的階梯。

其餘壁畫描摹了區隔冷之高原與印奎諾克的不毛灰峰，以及在半山腰的山脊上築巢的可怕山塔克鳥。壁畫同樣畫出峰頂的奇特洞窟，就連最大膽的山塔克鳥，都會尖叫著飛離那些洞穴。卡特曾在飛越洞穴時看過它們，也注意到它們十分類似恩格倫涅克山上的洞口。他明白那並非巧合，因為壁畫描繪了洞穴中的可怕居民。那些擁有蝠翼、彎角、長有尖刺的尾巴、可抓物的腳掌，與橡皮般身軀的生物，對他而言並不陌生。他曾遇過那些沉默又善於抓握物體的飛行生物。就連夢境諸神都畏懼這些毫無心智的大深淵守衛，牠們並不擁戴奈亞拉索特普，反而將蒼老的諾登斯[11]奉為主上。牠們正是令人生畏的夜魔。牠們沒有臉孔，因此從不放聲大笑或面露笑容，並在諾斯河谷與導向外界的通道之間，永不停歇地飛行。

斜眼商人將卡特推入一處建有龐大圓頂的空間，牆面刻了駭人的淺浮雕，中心則有座圓形大坑，周圍環繞了六座沾有不祥污漬的岩石祭壇。這座瀰漫惡臭的大型墓穴中沒有亮光，而陰森商人手中小提燈的微弱光芒，使卡特只能勉強觀察周遭的些微細節。有個駝背的人影端坐在黃金王位上，身穿繡有紅色裝飾的黃色絲袍，臉上則戴了黃色絲質面具。斜眼男子對這生物擺出了特定手勢，潛藏在黑暗中的生物，則用以絲綢包覆的爪掌，舉起一根雕工醜惡的象牙長笛，從飄動的絲綢面具底下，吹出噁心的聲響。他們交談了一陣子，卡特則察覺到笛聲與廳室中的惡臭，有某種令人不安的熟悉感。這讓他想起一座亮著紅光的駭人城市，與城裡使人生厭的隊伍；除此之外，還有穿越月面原野的糟糕旅程，隨後來自地球的友善貓群，便前來營救他。他深知，高台上的生物肯定是避諱大祭司，傳言中提到過它殘忍又異常的能力，但他不敢想像這名可怕大祭司的真面目。

接著，穿著絲袍的身影，露出灰白色爪掌上的一小部分，卡特也立刻明白，可憎的大祭司究竟是什麼來頭。在那不祥的一瞬間，恐懼驅使他做出有理性時不敢嘗試的行為。因為在他驚駭不已的意識中，只剩下一個狂亂的念頭：逃離盤踞在黃金王位上的生物。他知道自己與外頭的冰冷高原之間，還有毫無希望的岩石迷宮，高原上甚至還有山塔克鳥守候；但儘管有這一切危險，他心中也只想立即逃離那蠕動著的絲袍怪物。

斜眼男子把奇特小提燈擺在大坑旁其中一座祭壇石座上，祭壇上還沾有陰森污痕。他走向前，用手語和大祭司溝通。至今表現順從的卡特，用盡因恐懼而生的狂野力氣，推了男子一把，讓對方一頭栽進敞開的井口，據說這座深坑直達恐怖的辛之墓穴，古格巨人則在黑暗的古墓中狩獵妖鬼。幾乎在同一瞬間，他從祭壇上抓起提燈，並往外衝進壁畫迷宮，四處橫衝直撞，試著不去思考在身後岩壁上無聲爬行，又型態不定的爪掌，或在後方無光走廊中，沉默地蠕動爬行的東西。

過了一陣子，他開始後悔自己情急之下的急躁行為，也但願自己早該試圖沿著先前經過的壁畫找路。壁畫確實令人困惑，重複性也高，無法提供他多少助益，但他依然希望自己曾跟著先前的壁畫走。他現在看見的壁畫，比之前看過的更駭人，也知道自己不在導向外界的走廊上。最後

11 譯注：Nodens，原為與治療和狩獵有關的凱爾特神明，也影響了英國作家托爾金筆下《魔戒》的諸多設定。

他確定自己並未遭到追蹤，於是稍微放慢了腳步；但他還來不及鬆一口氣，就碰上了新的危機。他的提燈光線正在變弱，很快就會陷入伸手不見五指的黑暗中，無法找到方向。

燈光完全熄滅後，他便在黑暗中緩緩摸索，並向夢境諸神祈禱，希望祂們盡量提供幫助。有時他感覺到岩石地面往上坡或下坡延伸，有次還因踩到一道原本不該存在的台階而絆倒。他走得越遠，環境似乎就越潮濕，而當他感覺到岔路或是小路的開口時，便總是選擇坡度較不往下延伸的途徑。不過他相信，自己選擇的方向大致上是下坡路。墓穴般的氣味、黏膩牆壁，和地面上的凝結物，讓他警覺到自己正深入不祥的冷之高原地底深處。但他不曉得最後會碰上什麼東西，只感受到恐懼與驚駭，和令人屏息靜氣的混亂。上一刻他還緩緩地摸索幾近平坦的滑膩地面，下一刻他便暈頭轉向地在黑暗中往下滑落，通過一道幾乎垂直的洞穴。

他無法確定自己滑行了多久，但似乎經過了令人暈眩又無比慌亂的數小時。接著他察覺自己已完全靜止，北方夜空散發磷光的雲層，則在他頭頂病態地閃爍。崩塌的牆壁與碎裂巨柱散落四周，他躺於其上的道路長滿零散雜草，四處叢生的灌木與樹根，則將路面扯得七零八落。他身旁有座高不見頂的垂直玄武岩崖壁；它漆黑的岩壁上，刻畫了令人作嘔的畫面，還雕出了一座拱形門口，導向他剛從中滑出的黑暗。前方有兩排高柱向外延伸，地上還有柱子的碎片與基座，顯示此處是寬闊的街道廢墟；而由沿路上的甕與水盆看來，他得知這裡曾是花園中的大道。柱群在道路盡頭，沿著一座寬廣的圓形廣場散開，而在蒼白的夜空雲層下，有兩座恐怖物體，矗立在那座開闊圓圈中。它們是由閃岩打造而成的有翼獅子像，雕像之間只有一片黑暗與陰影。它們毫無破損的醜陋頭部，有二十英呎高，並嘲弄般地對周遭的遺跡擺出咆嘯姿勢。卡特立刻明白了它們的身分，傳說中只提到過一對這樣的雕像。它們是大深淵的不朽守衛，而漆黑廢墟，也正是古老的薩科曼德。

卡特的第一個舉動，就是用四散的落石與怪異碎片，堵住岩壁上的拱門。他不希望有追兵從冷之高原可怖的修道院追來，前方的路途可能潛伏著其他危險。他完全不曉得該如何從薩科曼德，抵達幻夢境有人居住的地帶；就算他進入食屍鬼的洞窟，也無法得到什麼幫助，他很清楚，食屍鬼的認知並沒比自己多。幫助他穿越古革巨人的城市，並抵達外界的三名食屍鬼，不曉得該如何在回程到達薩科曼德，還計畫在德萊斯連詢問老商人們。他不想再度進入古革巨人的地下世界，踏入恐怖的寇斯高塔，再由塔中的龐大台階走入魔法森林，但他覺得如果其餘方式都失敗，他可能依然得嘗試這個方法。他不敢在沒有援軍的狀況下，穿越冷之高原與那座孤寂修道院；大祭司肯定擁有諸多使者，旅程的終點也必然有山塔克鳥或其他敵人得對付。如果他能搭船，可能會航經海中那座崎嶇又醜陋的岩石，再回到印奎諾克，根據修道院迷宮中的原始壁畫，這個可怕地點離薩科曼德的玄武岩碼頭並不遠。但他不可能在這座荒廢了數紀元的城市中找到船隻，也不可能自行打造一艘船。

藍道夫・卡特腦中瀰漫著這類思緒，此時他心中冒出了一股新念頭。在此同時，看似龐大屍首的著名城市薩科曼德，在他面前向外開展，城裡滿是破損的黑色高柱，與上頭裝有人面獅身像的崩塌大門，以及巨石群和怪獸般的有翼獅像，夜空中微亮雲層的病態光芒，則籠罩著這一切。他在前方遠處與右側，看見一道絕非來自雲朵的光芒，這才發現，自己並非孤身處在那座寂靜死城。光線忽明忽暗地閃爍，還閃動著一股綠色光澤，使卡特感到不安。當他沿著滿地碎屑的街道悄悄走近，並穿過某些崩塌牆壁上的狹窄裂隙時，便察覺到那是靠近碼頭的營火，模糊的漆黑形體擠在火堆周圍，四周也飄散著濃烈惡臭。港口中的海水發出油膩的拍擊聲，還有艘下了錨的大船停在港內。當卡特發現，那艘船正是來自月球的恐怖黑色大帆船時，便驚懼地停下腳步。

當他正準備遠離那股令人生厭的火光時，就看到模糊的漆黑形體之間起了騷動，也聽到一股不可能搞錯的獨特聲響。那是食屍鬼害怕的呼嚕聲，也瞬間轉為痛苦的大聲鳴叫。由於卡特正安全地身處恐怖廢墟的陰影中，他的好奇心便征服了恐懼。與其撤退，他反而再度悄悄前進。跨越一條開闊街道時，他像蠕蟲般趴在地上扭動爬行，到了另一個地點，他則得踮起腳尖，以免在大理石碎塊堆間發出聲響。但他成功避開注意，並在短時間內，於一處巨柱後頭找到位置，讓他能安然觀察綠光下的光景。醜陋的火堆中，燃燒著月球真菌難看的莖桿，蟾蜍般的月獸，與牠們的類人生物奴隸，則圍成一圈蹲踞在火堆旁，圈內臭味撲鼻。有些奴隸用躍動的火焰，加熱造型特異的鐵矛，還時不時用白熱的矛尖，刺向三名被緊緊綁住的囚犯，囚犯們則在月獸領袖前掙扎扭動。從觸手的動作判斷，卡特看出鼻口部粗短的月獸們，相當享受這副景象，且對方慌亂的呼嚕聲忽然使他明白，那些遭到凌虐的食屍鬼，正是指引他安全逃脫深淵的三名忠心食屍鬼，牠們後來從魔法森林離開，打算找尋薩科曼德，與導向地底故鄉的大門。

綠火邊臭氣沖天的月獸數目非常龐大，卡特也清楚自己現在無法營救先前的同伴。他猜不出食屍鬼是怎麼被抓到的，但認為灰色的蟾蜍怪物，曾聽聞牠們在德萊斯連打探前往薩科曼德的路徑，不希望牠們太靠近可憎的冷之高原，與避諱大祭司。他花了一陣子思考該怎麼做，也想起自己離食屍鬼的黑暗王國大門有多近。最明智的做法，顯然是悄悄溜到雙獅像廣場東方，並立刻潛入深淵，他肯定會在那裡碰上不亞於地面遇到的恐怖生物，但也能迅速找到急於拯救同胞的食屍鬼，或許還能一舉殲滅來自黑色帆船的月獸。他想到，和其他導向深淵的大門相同之處在於，那座門口可能也有大批夜魔看守；但他現在已經不畏懼這些無面生物了。他得知，夜魔與食屍鬼之間有嚴肅的契約，曾身為皮克曼的食屍鬼，也教過他如何念出對方能理解的暗語。

於是卡特再度開始無聲地爬過遺跡，緩緩走向中央大廣場與有翼獅像。過程相當困難，但月獸們忙於玩樂，並未聽到他在散落的石堆間，不小心發出的兩股微弱聲響。最後他抵達開闊空間，並在當地生長的矮樹叢與藤蔓之間找路。恐怖的巨獅像，型態可怖地聳立在他頭頂，籠罩在夜晚雲朵散發的病態磷光下，但他勇敢地往獅像前進，並悄悄繞過它們面前，他很清楚能在那一側，找到獅像守護的黑暗深淵。面帶諷刺的閃岩獅像，彼此分隔了十英呎，蹲踞在高大的基座上，基座側邊則刻滿樣式駭人的淺浮雕。獅像之間有片鋪瓦廣場，中央空間過去曾設有以縞瑪瑙打造的圍欄。這片廣場中央有座黑色井口，卡特也迅速發現自己已抵達深淵入口，沾滿沉積物與黴菌的石階，往下導入惡夢般的墓穴。

那段漆黑的下坡路，為他帶來可怕的回憶。卡特不斷摸黑繞圈，走下永無止盡、又陡峭滑溜的台階，這個過程不知道經歷了多少個小時。狹窄的階梯上，有不少磨損的痕跡，還因地底黏液而變得滑膩，使攀爬者不曉得何時會突然驚險摔落，直接落入無底深淵。如果這座原始通道中，確實駐紮有夜魔守衛的話，他也不確定牠們何時會忽然撲向自己。他周圍瀰漫著地底深淵令人窒息的臭味，也覺得人類不該涉足這種難以呼吸的深淵。最後他變得麻木又昏昏欲睡，與其仰賴理性心智，他只做得出機械化的動作。某個東西無聲地從後頭抓起他，使他完全停止動作，他也沒感覺到任何變化。等到卡特高速飛越空中，才因猛力的搔抓動作，讓他得知橡皮般的夜魔，履行了牠們看守的責任。

明白自己被無面飛行生物那冰冷濕黏的爪掌捉住時，卡特回想起食屍鬼的暗語，並在飛行時的強風與混亂中，將之大聲說出。儘管據說夜魔缺乏心智，暗語卻立即生效。搔抓動作立刻停止，那些生物也迅速將俘虜的姿勢，調整得較為舒適。此舉讓卡特冒險做出了一些解釋，他提起三名遭到月獸捕捉與凌虐的食屍鬼，說他需要組織一批援軍去拯救牠們。儘管夜魔無法言語，卻似乎明白他說的話，飛行動作也更為急迫且帶有目的性。深沉的黑暗忽然化為地底世界的灰色微光，前方也出現了一座不毛平原，食屍鬼喜歡在上頭蹲坐並啃咬食物。零散的墓碑與碎骨，顯示出當地居民的身分。卡特發出象徵緊急召喚的高聲尖鳴時，洞穴中就衝出一群外皮宛如皮革、身形如犬的居民。夜魔降低飛行高度，將乘客放到地上，接著後退了一小段距離，駝起身子在地上集結成半圓形的圈子。食屍鬼則向新來客打招呼。

卡特對醜惡生物們嘰哩咕嚕地迅速講述了自己的要務，有四隻食屍鬼便立刻鑽進不同的地洞，把消息傳達給其他同伴，並盡可能招募救兵。經過漫長的等待，一位地位顯著的食屍鬼走了出來，對夜魔們做出特殊手勢，使兩名夜魔飛入黑暗之中。之後平原上的屈身夜魔便不斷增加，直到黑壓壓的夜魔群擠滿了黏膩的地面。在此同時，新來的食屍鬼一個接一個爬出地洞，所有成員都發出激動的咕嚕聲，並組成粗略的戰鬥隊形，站在擁擠的夜魔們不遠處。後來，那名驕傲又深具影響力的食屍鬼走了出來，牠曾是波士頓藝術家理查．皮克曼，卡特則用呼嚕聲對牠講述先前發生的事。昔日曾為皮克曼的食屍鬼，很開心能再度見到老友，也對他提供的資訊感到滿意，隨即與其牠酋長，在離逐漸增長的食屍鬼群有一小段距離的位置開會。

最後，仔細掃視過軍隊後，酋長們一同發出尖鳴，並對食屍鬼與夜魔以呼嚕聲發號施令。一大群長角的飛行生物立刻消失，其餘夜魔則兩兩跪下，將前腿往前伸直，等待食屍鬼一個接一個靠近。食屍鬼走到自己被分配的那對夜魔旁時，夜魔就抓著牠飛入黑暗。除了卡特、皮克曼、其餘酋長，與幾對夜魔外，整批大軍已全數消失。皮克曼解釋道，夜魔擔任前鋒與食屍鬼的坐騎，大軍也將前往薩科曼德對付月獸。卡特與食屍鬼酋長們走近等待搬運他們的夜魔，濕滑的爪掌則抓起他們。過不了多久，所有人就飛入強風與黑暗之中，無止盡地飛升，直到抵達有翼獅像大門，與古老薩科曼德的特殊遺跡。

過了很長一段時間，卡特看到薩科曼德夜空中的病態光芒時，便發現中央大廣場擠滿了準備作戰的食屍鬼與夜魔。他確信白日即將到來，但這批軍隊規模龐大，完全不需要對敵人展開偷襲。碼頭邊依然閃爍著微弱綠光，但該處並未傳來食屍鬼的尖鳴，這代表敵人已暫時停止凌虐囚犯。食屍鬼輕聲對坐騎與前方沒有騎士的夜魔講述方向，接著大批食屍鬼騰空飛起，躍過荒涼的遺跡，逼近邪惡的火光。卡特待在皮克曼身旁，並位於食屍鬼的前鋒位置，也發現當牠們靠近醜惡營地時，月獸毫無防備。三名被五花大綁的囚犯，毫無知覺地倒在火邊，蟾蜍般的綁架者，則胡亂倒在一旁昏睡。類人奴隸都睡著了，連哨兵都在偷懶。在這座國度，把風對牠們而言只是敷衍之舉。

夜魔與身上的食屍鬼，做出突如其來的最終一撲。還沒發出一點聲響，一群夜魔，便擄走了所有灰色的蟾蜍怪物，與牠們的類人奴隸。月獸自然毫無聲響，奴隸們還來不及尖叫，橡皮般的爪掌便勒住牠們，使牠們安靜下來。灰色果凍般的怪物，扭動的光景駭人無比，神態諷刺的夜魔緊緊抓住牠們，也沒有什麼東西能抵抗那些靈活黑爪。當月獸扭動得太劇烈時，夜魔就會抓緊並拉扯對方顫動的粉紅色觸手；此舉似乎會造成劇烈疼痛，使獵物停止掙扎。卡特以為會目睹大規模殺戮，但反而發現食屍鬼的計畫更為巧妙。牠們對夜魔發出簡單指令，要夜魔抓緊俘虜，除此之外則由對方的本能處理。夜魔迅速將那些可憐的生物載入大深淵，把牠們一視同仁地扔給巨噬蠕蟲、古革巨人、妖鬼，與其他黑暗中的居民，牠們的進食方式會對獵物帶來極大痛苦。在此同時，打了勝仗的食屍鬼，則解放了三隻被綁住的族人，並安撫牠們，其餘隊群則搜索了鄰近地區，找尋殘存的月獸，也登上碼頭邊惡臭撲鼻的大帆船，確保沒有敗將逃脫。擄掠行動顯然相當成功，勝利者們無法找到其他生物跡象。卡特急於保留能帶他回到幻夢境其他地帶的交通工具，要求牠們不要弄沉下錨的帆船。由於他捎來三名俘虜的消息，對方便立刻感激地答應這項要求。船上有許多奇特物品和裝飾，卡特立刻將部分物件拋入海中。

食屍鬼與夜魔分別組成了小組，前者詢問了被拯救的同胞先前發生的事。當時三名食屍鬼照著卡特的指示走，從魔法森林沿著尼爾與史蓋河前往德萊斯連；牠們從一座孤寂農舍中竊取了人類衣物，並盡可能模擬人類的行走方式。牠們怪異的舉止與臉孔，在德萊斯連的酒館引發不少流言蜚語，且不斷詢問前往薩科曼德的路徑，後來某位老旅人將路線告訴牠們。牠們得知，只有前往勒拉革冷（Lelag-Leng）的船，才能載自己到當地，於是牠們耐心地等待這類船隻。

但邪惡的間諜肯定走漏了風聲。不久之後，黑色帆船便開進港，嘴巴寬闊的紅寶石商人，則邀請食屍鬼上酒館喝一杯。對方用以單顆紅寶石刻成的不祥酒瓶倒出葡萄酒，之後食屍鬼發現自己成了黑船的俘虜，和卡特先前的遭遇相同。不過，這次隱密的操槳手沒有把船航向月球，而是開往古老的薩科曼德，急於將俘虜交給避諱大祭司。牠們停靠在北海的崎嶇岩石邊，也就是印奎諾克水手們避之唯恐不及的那塊礁石，食屍鬼們也在該處首次見識到船隻真正的主人。儘管牠們對這種型態不定，又散發劇臭的怪物相當麻木，卻依然感到作噁。牠們也見識到，駐留當地的蟾蜍怪物，進行的無名娛樂；這種娛樂引發了使人們感到畏懼的夜半嚎叫聲。之後黑船停泊在薩科曼德的廢墟，並開始凌虐牠們，救兵剛好打斷了這些酷刑。

接下來牠們討論了未來計畫，三名被救出的食屍鬼建議攻打崎嶇岩石，並消滅當地的蟾蜍怪物駐軍。不過，夜魔表示反對，牠們並不喜歡飛越水面。大多食屍鬼都喜歡這個計畫，但少了有翼夜魔，牠們就不曉得該如何進行。發現牠們無法操控下錨的帆船後，卡特便自願教導牠們使用大型船槳，牠們也樂於接受他的提案。灰濛濛的白日已然到來，而在黯淡的北方天空下，有群食屍鬼登上醜陋的帆船，並坐上操槳手的長椅。卡特發現牠們相當擅長學習，夜色落下前，就在港邊嘗試了幾次航行試驗。不過一直到三天後，他才認為能安然展開征服航程。操槳手已經過訓練，夜魔也安全地待在船首之中，大軍才終於啟航。皮克曼與其他酋長聚集在甲板上，討論靠近目標的方式與過程。

第一晚，牠們聽見了岩石上傳來的嚎叫。音色宏亮到使整艘帆船的船員都為之顫抖，但三名被救出的食屍鬼抖得最劇烈，因為牠們十分清楚那些嚎叫聲代表的意義。牠們認為最好不要在夜晚進行突襲，於是帆船便停在冒著磷光的雲層下，等待灰暗黎明的到來。當光線充足、嚎叫聲也停歇時，操槳手就繼續划槳，帆船也逐漸靠近那座崎嶇岩石，上頭利爪般的花崗岩柱，彷彿正向暗沉的天空張牙舞爪。岩壁非常陡峭，但岩架上四處可見古怪無窗居所邊的外凸牆面，以及護住道路的低處欄杆。人類船隻從來不曾接近本地，或至少從未靠得這麼近再離開；但卡特與食屍鬼毫不畏懼，充滿毅力地繼續向前，繞過岩石東面並找尋碼頭。根據被救出的三名食屍鬼描述，碼頭位於南側一塊由陡峭岬角形成的港口。

這些岬角是島嶼的延長部位，彼此靠得非常近，因此一次只能供一艘船通過。外頭似乎沒有守衛，於是帆船便大膽地穿越小水溝般的峽灣，航進彼端惡臭撲鼻的港口。不過，港內充斥著忙碌光景。好幾艘船在險峻的岩石碼頭旁下錨，數十個類人奴隸與月獸，在碼頭上搬運板條箱與貨箱，或驅使拖著笨重貨車的無名恐怖怪物。碼頭高處的垂直懸崖上有座石砌小鎮，一條螺旋狀彎道，從鎮上往岩石上更高的岩架延伸而去，消失在視野之外。沒人清楚那座花崗岩高峰裡頭究竟有什麼東西，但它的外在景觀無法使人感到安心。

一看到進港的帆船，碼頭上的群眾便表現得相當熱切。有眼睛的生物專心地盯著船看，沒眼睛的生物則滿懷期待地扭動粉紅色觸手。由於食屍鬼看起來非常類似長了尖角與腳蹄的類人生物，甲板下的夜魔則不見蹤影，牠們自然沒發現黑船已經易手。此時，酋長們已經構思出了完整計畫。一等船隻停靠碼頭，夜魔就會一擁而上，帆船再直接撤離，讓那些毫無心智的生物靠本能解決一切。困在島上的有角飛行怪獸，首先會抓住島上所有生物，之後夜魔會感到相當無助，並只會以歸鄉本能思考，接著會忘卻牠們對水的恐懼，再迅速飛回深淵。牠們會將醜陋的獵物，帶到黑暗中恰當的目的地，沒有多少東西能從中生還。

曾身為皮克曼的食屍鬼走下甲板，對夜魘下達簡單的指示，此時帆船則逼近了陰森且惡臭撲鼻的碼頭。濱水地帶開始浮現騷動，卡特也發現帆船的行徑漸漸引發了疑慮。操舵手明顯沒有開向正確的停靠處，哨兵們可能也注意到，食屍鬼與牠們所假扮的類人生物之間的差異。肯定有人無聲地發動警示，因為有群臭氣沖天的月獸，開始從無窗房屋的黑暗小門中湧出，走下右方的彎路。同時當帆船船首撞上碼頭時，如雨般的特異標槍插上船身，殺死了兩隻食屍鬼，並讓一隻食屍鬼受到輕傷。但此時所有艙門大開，宛如黑雲的夜魘呼嘯而出，如同生有尖角的龐大蝙蝠群般橫掃城鎮。

果凍般的月獸取得了一根長桿，試圖推開入侵船隻，但當夜魘襲擊牠們時，牠們便完全放棄了這項舉動。這些皮膚宛如橡膠的無面怪物恣意玩樂的景象，是場恐怖的奇景。看到濃厚雲層般的夜魘飛過城鎮，再沿著彎路飆上頂端時，會使人留下強烈印象。有時這群黑色飛行生物，會不小心拋下一隻蟾蜍般的囚犯，因此爆裂開來的受害者，無論在視覺或嗅覺上，都令人作噁。最後一隻夜魘離開帆船時，食屍鬼酋長便以呼嚕聲下達撤退命令，操槳手則安靜地將船從灰色岬角間駛離港口，鎮上依然深陷於戰鬥，與征服者帶來的混亂。

皮克曼食屍鬼留了好幾小時給夜魘，讓牠們簡單的腦袋下定決心，壓抑自己對飛越海洋的恐懼。等待的同時，帆船滯留在崎嶇岩石外約一英哩處，他則幫忙包紮受傷士兵的傷口。夜色落下時，低矮雲層的病態磷光取代了灰色微光，此時，酋長們則盯著那座可憎岩島上的高峰，觀察夜魔飛行的跡象。接近凌晨時，有人看到一塊黑點怯懦地飄在最高峰上，不久後那塊黑點就變為一大片生物。到了黎明前夕，那一大群生物似乎分散開來，且不到一刻鐘，就全數在東北方遠處消失。有一兩次，似乎有東西從那團生物群中掉入海中，但卡特並不擔心，因為他從觀察中得知，蟾蜍般的月獸並不會游泳。最後，當所有夜魔帶著牠們厄運纏身的獵物，飛往薩科曼德與大深淵時，食屍鬼便感到心滿意足，帆船則回到灰色岬角間的港口中。醜陋的船員登上陸地，好奇地在光禿岩島上遊蕩。岩島上的高塔、高峰居所與要塞，都以堅硬的石材建成。

牠們在邪惡的無窗墓穴中，發現了駭人祕密。未完的消遣遊戲留下了許多殘餘物，與物體原本的狀態，有不同程度的差距。卡特使幾個勉強存活的東西得到解脫，並從其他無法確定生死的物體旁，一溜煙地逃跑。瀰漫臭氣的房屋，大多擺滿以月樹雕成的醜陋矮凳與長椅，內部則畫了無名的瘋狂圖樣。四處放有無數武器、配件與裝飾品，包括某種以堅硬紅寶石刻成的大型偶像，上頭描繪了不存在於地球上的特殊生物。儘管材質珍貴，卻沒人想佔有這些偶像，或長時間觀察它們，卡特還費事地把五尊雕像砸成細小碎片。他收集了四散的長毛與標槍，在皮克曼的同意下，把這些武器分給食屍鬼。這種工具對犬隻般的步行生物而言相當新穎，但就武器來說，使用起來相對簡單，牠們聽過幾個簡明指示後，就能輕易上手。

岩島上層地區的神殿數量比私用住家多，牠們在諸多石雕廳室中，找到可怕的雕刻祭壇，和沾有可疑污漬的洗禮盤與神龕，用於祭拜比卡達斯頂端神明更恐怖的事物。某座大神殿後方，有條低矮的黑暗通道，卡特帶著火炬，沿著這條路深入巨岩，直到抵達一座體積龐大的無光圓頂廳室，內部的拱頂佈滿駭人雕刻，地板中央則有座不祥的無底井口，就像是避諱大祭司在冷之高原中，獨自居住的醜惡修道院裡那口井。他在遠離可怖井口的遠處暗牆上，瞥見了以古怪方式打造的青銅小門，但由於某種理由，他對開門、甚至只是靠近門口，都感覺有股無從解釋的恐懼。接著他趕緊從洞穴撤退，回到他醜惡的同伴身旁。牠們輕鬆地搖晃步行，他卻難以感到放鬆。食屍鬼們觀察過月獸進行到一半的娛樂活動，並以自己的方式從中獲益。牠們還找到一只裝滿濃烈月酒的大木桶，並將木桶滾到碼頭邊運走，準備在日後的外交場合上使用。不過被救出的三名食屍鬼，牢記著這種酒在德萊斯連對牠們的影響，便警告族人們一滴也別喝。靠近水邊的地窖中，有一座存放了大量來自月面礦坑的紅寶石，其中包括原石，與打磨過的寶石，不過食屍鬼發現寶石無法食用後，就對它們失去了興趣。卡特一顆也不想拿，畢竟他非常了解，是誰挖出這些寶石的。

忽然間，碼頭上的哨兵發出激動尖鳴，所有醜陋採集者便中止了當下的任務，把目光轉向海面，並在水濱地區聚集。有艘全新的黑色帆船，迅速開過灰色岬角之間，只要一個瞬間，甲板上的類人生物就會察覺城鎮遭到入侵，並警告甲板下的怪物。幸好食屍鬼依然攜帶著卡特分配給牠們的長矛與標槍。得到曾是皮克曼的食屍鬼許可後，他一聲令下，讓食屍鬼組成戰鬥隊型，準備阻止船隻靠港。船上爆出的騷動聲，代表船員們發現事態改變；船隻的動作立即停止，也證明了對方注意到數目龐大的食屍鬼。猶豫一陣子後，新來客便沉默地再度駛出岬角，但食屍鬼並不認為已避免了衝突。黑船要不是找救兵，就是試圖在岩島別處登陸，因此牠們立刻派遣一批偵查兵到尖峰頂端，觀察敵人的去向。

短短幾分鐘，食屍鬼就氣喘吁吁地回來說，月獸與類人生物們，在粗糙灰色岬角的東岸外端登陸，並沿著隱密的通道與岩架往上爬，連山羊都難以在那種路徑上行走。帆船幾乎立刻重新出現在水溝般的峽灣間，但只有短短一瞬間。數分鐘後，第二名信差喘著氣從高處跑下，說又有一批人馬在另一座岬角上登陸，雙方數量似乎都比帆船所能容納的人數更多。帆船本身只靠一組船槳緩緩移動，很快就在懸崖之間出現，停靠在惡臭撲鼻的港口中，彷彿要觀察即將發生的動亂，並準備好投入其中。

此時卡特與皮克曼已將食屍鬼分為三組，兩組分別對抗兩批入侵者，一組則留在城鎮裡。頭兩組立刻就各自方向爬上岩石，第三組則再度細分為陸地組與海洋組。海洋組由卡特指揮，牠們登上下錨的帆船，航行出去對抗人手不足的外來帆船；後者則從海峽撤退，回到開闊海域。卡特沒有立刻追趕對方，他很清楚，城鎮附近更需要自己。

在此同時，令人畏懼的月獸與類人生物部隊，已笨拙地登上岬角頂端，牠們恐怖的輪廓，豎立在兩側閃爍微光的灰色天空下。入侵者微弱的陰森笛音開始響起，那群型態不定的混種生物散發出的氛圍，就和蟾蜍般月球妖物身上的臭味同樣令人作嘔。此時兩隊食屍鬼湧入視野，擠入只能窺見身影輪廓的全景。兩側互相投擲標槍，食屍鬼高漲的尖鳴，與類人生物充滿獸性的嚎叫，逐漸與陰森笛音交織，形成狂亂又難以形容的混亂，噪音則有如群魔亂舞。屍體三不五時會從岬角上的狹窄山脊落入外頭海域，或摔入港內；在後者的狀況下，某種潛伏在海底的生物，會迅速將屍首吸入水中，只能透過明顯的氣泡判斷那些生物的存在。

這場雙重作戰在高空熱戰了半小時，直到西崖上的入侵者全數遭到殲滅。不過，由於月獸的首領似乎位於東崖，使該處的食屍鬼陷入困境，牠們正緩緩撤退到尖峰上的緩坡。皮克曼迅速下令，由鎮上的駐軍為這條戰線增添援軍，這些食屍鬼大力輔助了戰鬥早期的局勢。西側戰鬥結束後，勝利的生還者便急忙趕去幫助陷入困境的同伴，因此扭轉了局勢，並強迫入侵者再度沿著岬角上的狹窄山脊撤退。此時類人生物已全數被殺，不過最後一批蟾蜍怪物仍在絕望地還擊，力大無窮的噁心獸掌中還握著長矛。投擲標槍的時機已經過去了，戰鬥轉為狹窄山脊上，少數長矛兵才能進行的近身戰。

隨著雙方越趨憤怒與無情，掉入海中的士兵數目逐漸爬升。掉到井裡的對象遭到吐出氣泡的無名生物抹殺，至於掉入開闊海域的士兵，有些游到山崖底部，並爬上退潮時露出的礁石，漂在一旁的敵軍帆船也救起了幾隻月獸。除了怪物登陸的位置外，懸崖沒有可供攀爬的地點，所以礁石上的食屍鬼都無法回到戰場。有些食屍鬼遭到敵方帆船，或上頭月獸的標槍射死，但有幾個倖存者則被救起。陸上成員似乎已經安全後，卡特的帆船便從岬角間開出，將敵船趕到海上遠處，中間還停下並救起待在礁岩上、或仍在海中游泳的食屍鬼。好幾隻被沖到岩石或礁石上的月獸，則被迅速扔到一旁。

最後，當月獸帆船安全逃到遠方，入侵的陸地軍隊也被逼到死角後，卡特便在敵人後頭的東側岬角上，放出大批軍力，後續的戰鬥便短暫許多。來自雙方面的攻擊，將噁心的扭動生物迅速切成碎片，或將牠們推入海中。直到晚上，食屍鬼酋長們才一致同意，已清空了島上的怪物。在此同時，敵方帆船也已消失。大伙決定，得在其餘月球怪物大軍集結前來對付勝利者前，先行撤離這座崎嶇岩島。

於是到了夜晚，皮克曼和卡特集結了所有食屍鬼，並仔細計算牠們的數目，發現白天的戰鬥中，有四分之一的成員戰死。皮克曼並不鼓勵殺害並食用受傷同族的古老食屍鬼傳統，所以傷者就安置在帆船的臥鋪，仍有力氣的士兵則被派去操槳或其他能幫忙的地方。帆船在夜空中發出磷光的低矮雲層下航行，對於離開那座充滿陰森祕密的島嶼，卡特並不感到遺憾。那座無光的圓頂廳室，裡頭深不見底的井，和可憎的青銅門扉，令人不安地停留在他的想像之中。黎明時，帆船的視野中，出現了薩科曼德毀損的玄武岩碼頭，還有幾隻夜魔哨兵在當地等待，像有角的黑色石像鬼般，蹲踞在毀損的高柱，與崩塌的人面獅身像上。這座恐怖城市早在人類出現前，就已歷經興衰。

食屍鬼在薩科曼德的碎石間紮營，並派出一名信差，去召喚數量足夠的夜魔，以作為牠們的坐騎。皮克曼與其餘酋長，對卡特的幫助非常感激。卡特開始覺得自己的計劃發展得不錯，他也能向這些令人生畏的盟友們求助，不只能使他脫離幻夢境中的這些地帶，還能讓他追求自己的最終目標：未知卡達斯頂端的諸神，以及行徑古怪的神明，不讓他在睡夢中見到的雄偉夕陽之城。於是，他把這些事告訴食屍鬼酋長們。他講述了自己所知的一切，包括卡達斯所在的冰冷荒原、駭人的山塔克鳥，以及被刻成雙頭雕像，守護著該地的山脈。他提到山塔克鳥對夜魔感到的恐懼，以及那些馬首巨鳥，是如何尖叫著飛離不毛灰峰高處的黑暗洞窟，這些山峰將印奎諾克，與可憎的冷之高原區隔開來。他也提起自己在避諱大祭司無窗修道院中的壁畫上，所得知關於夜魔的知識。就連夢境諸神都畏懼牠們，牠們的統治者並非伏行混沌奈亞拉索特普，而是大深淵之主（Lord of the Great Abyss）：源自太古的蒼老諾登斯。

卡特將這些事呼嚕作響地告訴集結成群的食屍鬼，並隨即提出他心中要求的大綱。考量到他最近為這些外皮宛如橡膠、又四處跳動的類犬生物所做的一切，這樣的要求並不過分。他說，自己非常希望有足夠的夜魔，能載他安全通過山塔克鳥的地盤與雕刻山脈，再飛入從未有任何凡人返回的古老荒原。他想飛到位於冰冷荒原、坐落於未知卡達斯頂端的縞瑪瑙城堡，向夢境諸神請願，讓他見到祂們禁止自己觀看的夕陽之城，也覺得夜魔能毫不費力地帶他前往該處。牠們會飛越危機四伏的平原，經過宛如哨兵的山脈上醜陋的雙頭雕刻，那列不朽山脈，則盤踞在灰暗的暮色中。地球上沒有任何東西，會對那些長角的無面生物造成危險，因為連夢境諸神也害怕牠們。即使外神導致意料之外的事件發生（祂們經常監督地球溫順神明的事務），夜魔也不須擔憂。沉默又滑溜的飛行生物，毫不在乎異空間中的地獄，牠們不擁戴奈亞拉索特普，而是降伏於強大又古老的諾登斯。

卡特用咕嚕聲說道，只需要十到十五隻夜魔，就足以將任何數量的山塔克鳥嚇阻到一段距離外，不過隊伍中最好有些食屍鬼負責操控夜魔，畢竟比起人類，食屍鬼盟友較為理解牠們的舉止。隊伍會將他送入那座奇特縞瑪瑙堡壘，讓他在城牆內任何方便的地點著陸；當他進入城堡，向地球諸神祈禱時，隊伍會躲在陰影中等待他的歸來或訊號。如果有任何食屍鬼自願護送他進入夢境諸神的王座室，他也會感到慶幸，有了牠們，會使他的請願增加說服力與重要性。不過，他不堅持這點，只希望對方能載他往來未知卡達斯頂端的城堡。如果諸神展現善意，最後的旅程便是前往雄偉的夕陽之城；如果請願無效，那麼他就會返回魔法森林的沉眠大門。

卡特發言時，所有食屍鬼都專心傾聽。隨著時間過去，天空逐漸變黑，擠滿了信差找來的夜魔。有翼坐騎在食屍鬼大軍周遭降落，隊型呈半圓形，滿懷敬意地等待。同時，外貌近似犬隻的酋長們，則考量著這位地球旅人的要求。曾是皮克曼的食屍鬼，嚴肅地與同伴們交談。最後，卡特得到了遠超過自身預期的幫助。由於他曾幫助食屍鬼征服月獸，牠們願意協助他大膽前往無人曾折返的領域；不只借他幾隻夜魔同伴，還會出借當前紮營在此的整支大軍，包括老練的食屍鬼戰士，與剛集結的夜魔，只留下一小批駐軍，用於操縱搶來的黑色帆船，與搬運從海中崎嶇岩島取得的戰利品。等到卡特想出發時，牠們就會飛上空中；一抵達卡達斯，當他向縞瑪瑙城堡中的地球眾神請願時，一批數量恰當的食屍鬼則會莊重地隨行。

卡特感到難以言喻的謝意與滿足，並與食屍鬼領袖們，就自己的大膽旅程進行規劃。牠們決定讓大軍飛到高處，飛越醜陋的冷之高原，與上頭的無名修道院和邪惡石砌村莊。只會停在灰色高峰上，和使山塔克鳥畏懼的夜魔們談判，山峰上佈滿了牠們蜂窩狀的巢穴。牠們會根據這些高空居民提供的資訊，選擇最終走向。不是透過位於印奎諾克北方、環繞雕刻山脈的沙漠，就是穿越可憎的冷之高原的北方邊界。外觀似犬又毫無靈魂的食屍鬼與夜魔，完全不畏懼那些杳無人跡的荒漠中，可能出現的事物。對於頂端建有神祕城堡的高聳卡達斯，牠們也不覺得有什麼好怕的。

大約中午左右，食屍鬼與夜魔已準備好出發，每隻食屍鬼都挑選了一對恰當的長角坐騎來背負自己。卡特坐在靠近隊群前端的位置，就在皮克曼身旁，隊群前方則有兩列沒有騎士的夜魔擔任前鋒。皮克曼發出簡短尖鳴後，整支駭人大軍，便宛如一片夢魘般的雲朵升起，飛到太古都市薩科曼德的破損高柱，與崩塌人面獅身像的上空。牠們飛升得越來越高，直到市區後頭的玄武岩巨崖完全消失，冰冷又不毛的冷之高原外圍區域，則在視野中出現。黑色軍團繼續上升，就連高原都在牠們底下逐漸變小。當牠們往北飛越颳著強風的高原時，卡特再度顫抖地看到未經雕琢的巨石圈，與那棟低矮的無窗建築。他深知，配戴絲綢面具的恐怖妖物依然待在屋內，之前他曾在千鈞一髮之際，逃離對方的魔爪。這次牠們並未下降，大軍如蝙蝠般掠過不毛之地，從高空越過不祥石砌村落的微弱火光，也沒有停下來觀察那些長了腳蹄與尖角的類人生物；牠們在當地永恆地舞動，並吹出笛聲。牠們曾看到一隻山塔克鳥低空飛過平原，不過牠看到牠們時，就發出難聽的尖叫，並慌張地往北飛去。

黃昏時，牠們抵達了構成印奎諾克邊界的崎嶇灰峰，並在靠近峰頂的古怪洞穴旁盤旋。卡特記得山塔克鳥相當畏懼這些山洞。隨著食屍鬼首領們堅定的尖鳴聲，每座高聳洞窟，都飛出一大群長了犄角的黑色飛行生物，隊伍中的食屍鬼與夜魔，則透過醜陋的手勢，與牠們進行漫長討論。很快牠們就得知，最佳路線是通過印奎諾克北方的冰冷荒原，因為冷之高原的北方邊界，充滿不可見的陷阱，就連夜魔都不喜歡這點。奇特土丘上的白色半圓形建築，凝聚了邪惡的影響力，民間傳說則以令人不安的方式，將這些建築連結到外神，和祂們的伏行混沌奈亞拉索特普。

山峰上的飛行生物幾乎不曉得卡達斯的事，只知道北方肯定有某種雄偉物體，山塔克鳥與雕刻山脈則守衛著該處。牠們暗示道，謠傳在毫無人跡的數里格外，有不少異常生物，還回想起關於某個永夜國度的模糊傳言；但牠們沒有任何確切資訊。於是卡特與軍隊由衷向牠們致謝，等到牠們跨越最高的花崗岩峰、進入印奎諾克的天空後，就降到散發磷光的夜空雲層底下的高度，並在遠方看到那排蹲踞著的可怕石像鬼。它們原本是天然山脈，直到某種龐大手掌將恐懼雕入原岩，才變成如此。

它們蹲踞在此，形成可怕的半圓形樣式，雙腿插在沙漠上，頭冠則穿過泛著微光的雲朵。陰森的雙頭石雕，有著野狼般的外表，臉孔充斥著怒氣，右手則舉了起來，沉悶又飽含惡意地望著人類世界的邊陲，並令人畏懼地守衛著寒冷北方世界的邊境，而這個世界並不屬於人類。體型龐大的邪惡山塔克鳥，從石雕醜惡的膝上飛起，但當牠們在迷濛的天空中，看見夜魔的前鋒時，便紛紛發出狂野的尖叫聲，隨後逃之夭夭。軍隊往北方飛去，越過石像鬼般的高山，再飛過長達數里格的黯淡沙漠，上頭沒有任何地標。雲層的光線變得越來越弱，最後卡特周遭，只能看到一片漆黑。但有翼坐騎從未退縮，牠們在地球最黑暗的洞穴中長大，也沒有眼睛，而是使用滑溜身軀的濕冷表面來視物。牠們不斷往前飛，掠過帶有詭異氣味的風，與來源不明的聲響。牠們處在最濃密的黑暗中，並跨越長度驚人的空間，使得卡特納悶，牠們是否還位於地球的幻夢境。

忽然間，雲層變得稀薄，上空的繁星也閃爍著鬼火般的光芒。底下依然陰暗無比，但天空中的蒼白星辰，似乎散發出某種之前從未出現過的意義與指向性。星辰架構並未出現變化，但此刻熟悉的輪廓，則顯露出某些含意，真意卻模糊難辨。一切都往北集中，閃爍天空中的每道曲線與星群，都成了龐大設計其中的一環，它們先吸引了目光，接著將觀察者拉向某種祕密又恐怖的聚合點，位置遠離冰凍荒原，坐落於往前無限延伸的距離之外。卡特望向東方，看著那條位於印奎諾克周邊的屏障山脈，它在星空下的鋸齒狀輪廓，持續凸顯出山脈的存在感。現在它看起來破碎得更為嚴重，上頭滿是裂開的懸崖，與排列不整的巔峰。卡特仔細研究那條醜陋輪廓上，可疑的彎曲處與傾角，那些特徵似乎與繁星一樣，有指向北方的微妙跡象。

牠們正以高速飛行，使得觀察者得聚精會神地看，才能找出細節。此時他在最高峰上頭，發現某個漆黑物體在星辰下移動，對方的航向與他的古怪團體走向完全平行。食屍鬼們也瞥見了那東西，他聽到了四周傳來牠們低沉的呼嚕聲。有那麼一瞬間，他以為那東西是巨大的山塔克鳥，尺寸比該物種平均體型大上許多。不過，他很快就發現這個理論大錯特錯，因為山頂上空那個東西的形狀，不像是馬首巨鳥。它籠罩在群星下的輪廓，儘管相當模糊，卻相當類似某種配戴頭冠的巨型頭顱，或是被無限放大的兩顆頭。它迅速上下擺動並飛越天際，看起來像個怪異的無翼物體。卡特看不出它位於山脈哪一面，但馬上就察覺到，那東西在他剛看到的部分底下，還有其他構造，每當它經過深邃的懸崖時，就會遮住後方繁星。

接著山脈中出現了一道寬闊裂隙，冷之高原位於群山彼端的醜惡邊界，透過一條低矮小徑，連接到這一側的寒冷荒原，群星則在這條小徑中微弱地閃爍。卡特仔細盯著這條裂隙，清楚自己能透過小徑，看到那龐然巨物的下層部分，它正上下起伏地飛過尖峰頂端。那東西現在往前飄移了一點，團體中所有目光也都盯著裂隙，因為它的完整輪廓即將出現。山峰上空的龐大物體逐漸靠近裂口，稍微放慢了速度，彷彿知道自己已遠離了食屍鬼大軍。隨後的一分鐘令人十分緊繃，接著那東西的完整輪廓，便在一瞬間出現。這使得食屍鬼從口中，發出訝異又震驚的尖鳴，叫聲中滿懷莫大恐懼，旅人的心中也浮現一股難以擺脫的寒意。那個跨越山脊並上下擺動的東西，只是頭顱——一對配戴頭冠的頭顱。底下則是腫脹的巨大身體；與山同高的怪物無聲地潛行，扭曲得如同土狼般的偌大人形身軀，擋住了天空，一雙戴著圓錐形頭冠的噁心頭顱，則往天頂伸去。

卡特並未失去知覺或尖叫出聲，他已是老練的夢行者；但仍恐懼地往身後一看，隨即打起冷顫。他發現山峰上空出現了其他駭人頭顱的輪廓，無聲地在第一個生物後方上下晃動。後方有三個宛如高山的形體，在南方繁星下出現，如同餓狼般躡手躡腳地緩慢移動，高聳的頭冠，在上千英呎的高空中前後搖晃。由此可見，雕刻山脈並未持續以半圓形陣勢，蹲踞在印奎諾克北方，右手也不再高舉。它們得履行責任，也毫不懈怠。但可怕的是，它們從未開口說話，甚至連走路都沒有聲響。

在此同時，曾是皮克曼的食屍鬼，用呼嚕聲對夜魔下達了一道命令，整批大軍則往高空飛去。醜陋的隊群飛向星際，直到天空中不再出現任何物體；灰色的花崗岩山脊，與行走中的戴冠雕刻山脈都不復出現。飛行大軍底下一片漆黑，牠們往北方飛去，身邊只有強風與太虛之中無形的笑聲，山塔克鳥，或更低等的生物，都沒有從可憎荒原飛來追趕牠們。牠們飛得越遠，速度就變得越快，直到令人暈眩的高速，似乎超越了步槍子彈的飛速，接近行星在軌道上的運行速度。卡特想知道，在這種高速下，地球怎麼還會處在牠們底下。但他明白，在幻夢境，空間擁有奇異的比例。他確定牠們處於永夜領域，也認為頭頂的星辰，已巧妙地強調了群星指向北方的趨勢。

繁星匯集起來，彷彿要將飛行大軍拋入北極的虛空之中，有如袋子上的皺褶全都擠在一起，擠出裡頭最後一丁點內容物。

接著他驚恐地發現，夜魔的翅膀已不再鼓動。長有犄角的無面坐騎收起了膜翼，在混亂的強風中被動地休息，狂風將牠們向前吹時，則在周圍旋轉並輕笑。一股不屬於地球的力量逮住了大軍，瘋狂又無情地將牠們拉向從未有凡人返回的北方，食屍鬼與夜魔們無力與這股狂潮抗衡。最後，前方天際線出現了一絲寂寥的蒼白光芒，並在牠們靠近時逐漸增強，底下則有塊遮蔽群星的黑暗物體。卡特認為那肯定是山上某座燈塔，在如此高處，只有高山看起來才會如此龐大。

光芒與底下的黑暗物體越升越高，直到不平整的錐形輪廓，完全遮蔽了北方的天空。儘管大軍在高空飛翔，那座蒼白且不祥的燈塔，卻升得比大軍還高，如巨獸般，超越了世上所有山峰與其他事物，觸及到虛無飄渺的乙太領域，神祕月球與瘋狂行星，則在其中旋轉。他們面前出現的，並非凡人已知的高山。底下的高空雲層，只在它山腳的邊緣飄移。高空令人暈眩的稀薄空氣，也只不過像它腰間的繫帶。那座介於地球與天空間的橋梁不斷爬升，散發出輕蔑的幽冥氛圍，在永夜中展現漆黑身影，宛如頭冠的未知星辰，在頂端發光，山頂雄偉駭人的輪廓逐漸變得清晰。食屍鬼看到它時，發出了驚奇的尖鳴，卡特則心驚膽顫地發抖，擔心飛馳中的大軍，會一頭撞上高崖上堅硬的縞瑪瑙，摔得粉身碎骨。

光芒不斷攀升，直到它與天頂最高處的星群混為一體，並往下用驚悚的蔑視盯著飛行者。現在底下的北方漆黑無比，恐怖的黑色岩壁，從無底深淵延伸到無盡高處，蒼白的閃爍燈塔，則盤踞在無法觸及的制高點。卡特仔細觀察那道光芒，並終於看見繁星下，黑色背景中的輪廓。那座雄偉山巔上有數座高塔，可怕的圓頂高塔上，有著令人不安的無數樓層，塔樓的數量也遠遠超出任何人類工藝所能及。充滿威脅感的壯麗城垛與高台，與在最高空閃爍惡毒光芒的群星相比，顯得漆黑遙遠又渺小。位於那座無垠高山頂端的，則是座超越凡人想像的城堡，裡頭閃爍著邪惡光芒。藍道夫．卡特知道自己的旅程已然結束，在他上頭的，正是一切禁忌通道，與大膽幻象的目的地——夢境諸神位於未知卡達斯頂端的驚人居所。

儘管卡特意識到這件事，他也注意到，遭到強風無助牽引的大軍目前的走向。牠們正迅速攀升，航程的焦點也明顯是閃爍蒼白光芒的縞瑪瑙城堡。而且牠們非常貼近黑色高山，使得牠們往上飛升時，得暈頭轉向地閃過山壁，也無法在黑暗中觀察到上頭的任何細節。頂端永夜城堡中的陰森高塔，變得越來越大，卡特也看得出來，它龐大的程度已近乎瀆神。由於石材龐大到使門檻上的人，感覺像是地球最高聳要塞階梯上的一隻螞蟻，無名工人們，或許是從印奎諾克北方的山丘岩礦那道駭人深淵中，挖出了用於此地的石材。圓頂塔樓上空的未知星辰，撒下了蠟黃色的病態光芒，因此滑溜的縞瑪瑙牆面，映出了某種微弱光澤。蒼白的燈塔，其實是之中數一數二高的塔樓，上頭有扇發光窗戶；無助的大軍飛近山頂時，卡特在散發微光的城牆上，察覺到詭異暗影。那是道外型古怪的拱型窗戶，設計與地球風格截然不同。

恐怖城堡的碩大地基，取代了堅硬的岩壁，大軍似乎也放慢了速度。高大的城牆往上升高，旅行者們則被吹入剛瞥見的一道大門。夜色籠罩了宏偉的庭院，等到一道巨大拱門吞噬了隊群後，內部更深邃的黑暗就這樣落了下來。濕冷的冰風渦，流竄過伸手不見五指的縞瑪瑙迷宮，在這段無盡的空中盤旋路線，卡特也看不出沿途哪裡有寂靜的龐大樓梯與走廊。黑暗中的恐怖航程持續往上空推進，也從未有聲響、觸感或景象，打破這道神祕的濃稠陰影。儘管食屍鬼與夜魔軍隊聲勢浩大，卻迷失在那座異域城堡的無垠虛空中。當他身邊終於浮現來自高塔房間（它高聳的窗戶宛如燈塔）的明亮光芒時，卡特花了很久，才分辨出遠方牆面與無比高聳的天花板，這才明白自己已經不在外頭無垠的空中了。

藍道夫・卡特曾希望能優雅與尊榮地踏進夢境諸神的王座室，身後夾雜跟隨著浩大又莊嚴的食屍鬼隊伍，並以自由且強大的夢行者大師身分獻上禱詞。他知道凡人確實能與夢境眾神周旋，也希望外神與祂們的伏行混沌奈亞拉索特普，不會在關鍵時刻前來幫助夢境神明。凡人前來地球諸神的家園或山脈尋找祂們時，外神經常會現身。如果有需要的話，他有點希望能靠醜惡的隨扈抵抗外神，因為他清楚食屍鬼沒有主人，夜魔也不聽命於奈亞拉索特普，只奉古老的諾登斯為主上。但現在他發現，冰冷荒原中至高的卡達斯，確實充滿黑暗奇景與無名守衛，外神則充滿警覺地守護溫順又脆弱的地球諸神。儘管外神並非食屍鬼與夜魔的統治者，在緊要關頭，這些無心又無形的外太空邪物依然能控制牠們。因此藍道夫・卡特與他的食屍鬼進入夢境諸神的王座室時，他已經不是自由又強大的夢行者大師了。當整支軍隊受到來自群星的夢魘暴風吹拂推擠，且後方尾隨著北方荒原的無形恐怖時，牠們便無助地在蒼白光芒中飄浮。待恐懼之風消散，某種無聲的指令，則使祂們麻木地癱在縞瑪瑙地板上。

藍道夫．卡特面前並沒有金色臺座，也沒有莊嚴地圍成一圈，頭頂光環、上有光圈的生靈。這些人長有狹窄雙眼、一對細長耳垂、纖細鼻樑與尖下巴；祂們與恩格倫涅克山上石雕面孔的相似程度，代表祂們是夢行者能夠與之祈禱的對象。除了高塔中的房間外，卡達斯頂端的縞瑪瑙城堡漆黑無比，城主們也不在該處。卡特已經抵達冰冷荒原中未知的卡達斯，但他並未找到神明。高塔中的房間依然閃耀著蒼白光線，且房裡的空間並不比外頭小，遙遠的牆面與屋頂，似乎也在飄渺的薄霧中消失。地球諸神確實不在這裡，但當地依然有更微妙且無形的事物存在。儘管溫和的神明缺席，外神卻依然在場。這座由縞瑪瑙打造的諸城之城，並非空無一人。卡特無法想像，恐怖事物會以哪種駭人型態現身；他覺得有東西等待著自己的到來，也想知道伏行混沌奈亞拉索特普究竟監視了自己多久。真菌般的月獸，服侍的對象正是奈亞拉索特普，那擁有無限型態的駭人妖物，是外神的恐怖靈魂與信使。卡特也想到，當海中崎嶇岩島上的蟾蜍怪物作戰失利時，那艘黑色帆船也就此消失。

一想到這些事，他就在手下夢魘軍團圍繞下跌撞地起身，此時瀰漫著蒼白光線的無垠廳室中，響起了邪門喇叭的醜惡尖響。那股刺耳尖鳴響了三次，當第三響的回音如輕笑般消散時，藍道夫・卡特發現自己孑然一身。他完全猜不出食屍鬼與夜魔為何憑空消失、又去了哪裡。他只知道自己突然變得孤身一人，而無論躲起來嘲諷他的無形力量究竟為何，都絕非來自地球的友善幻夢境。此時，廳室最遠處飄來一股新聲響。這也是陣帶有節奏的喇叭聲，但完全不像湮滅了他的善良同伴那三聲刺耳噪音。這股低聲吹奏，充滿了太虛夢境的奇景與旋律；異國風光中，那超越想像的美感，從每段古怪和弦，與微妙的外邦節奏中流瀉而出。與金色音符相襯的線香氣味飄散開來；頭頂灑落了一道強光，顏色以異於地球光譜的方式循環變化，遵循著喇叭樂音那怪異的和諧節奏。遠方亮起了火炬，鼓奏也逐漸逼近，情勢則越趨緊湊。

薄霧與怪異線香煙霧中，走出了兩列身穿七彩絲綢兜襠布的高大黑奴。他們頭上繫了以閃爍金屬製成的大型頭盔造型火炬，裡頭飄出罕見香膏的芬芳香味，以螺旋狀煙霧往上升。他們右手握著水晶手杖，頂端雕有睥睨四周的喀美拉，左手則抓住細長的銀製喇叭，並輪流吹奏。他們配戴了黃金臂環與腳環，每對腳環之間有條金鍊，逼迫配戴者踏出肅穆步伐。他們明顯是地球幻夢境中真正的黑人，但他們的儀式與服裝，則不屬於我們的地球。隊伍在離卡特十英呎處停下腳步，此時，每支喇叭立刻被持有者高舉至豐滿的雙唇邊。隨後的聲響狂野又帶著喜悅，黑人喉中緊接著發出的叫喊，則因某種古怪技巧而變得更為淒厲。

接著，兩列黑人之間的寬闊走道上，走出了一個人影。對方的身材高大纖瘦，年輕的臉龐宛如古代法老，身穿五光十色的彩袍，頭上戴了一頂金色頭冠，上頭散發出內顯的光芒。那名氣宇不凡的人物走近卡特，驕傲的步伐與聰慧的五官，使它看來像位黑暗神明，或是墮落大天使，雙眼間則潛藏著散發任性幽默的悠閒光芒。祂開口說話，溫和的語氣中，散發出遺忘河[12]水流的狂野水聲。

「藍道夫．卡特，」祂說，「你前來尋訪人們不得見識的夢境諸神。哨兵們提起此事，外神也咕噥出聲；沒有心智的祂們，正隨著黑暗終極虛空中的微弱笛聲翻滾扭動，無人敢稱其名諱的惡魔之王，則盤據於虛空之中。

當智者巴爾賽攀爬哈瑟格基亞，想見識在雲層上的月光下狂舞嚎叫的夢境諸神時，他從未返回人間。外神也在那裡，祂們也依理行事。阿佛拉特（Aphorat）的禪尼格（Zenig），企圖找尋冰冷荒原中未知的卡達斯，他的頭骨現在鑲在某位人物的小指戒上，我毋須提及對方名諱。

但你，藍道夫．卡特，勇闖地球幻夢境中的一切，且心中依舊燃燒著使命之火。你並非好奇之徒，而是為了找尋屬於自己的事物，也從未失去對地球溫和神明的敬意。但這些神明不讓你抵達夢中的雄偉夕陽之城，原因只是祂們渺小的一己之私。祂們確實渴求你在幻想中打造的怪異美景，也發誓只有該處能成為祂們的居所。

祂們已離開了未知卡達斯上的城堡，在你的雄偉城市中居住。白天，祂們在雕有蔓藤花紋的大理石宮殿中狂歡；日落時，祂們則進入芬芳花園，觀賞散發金色榮光的神殿與柱廊、拱橋、銀製噴泉，和擺滿成排閃爍花瓶與象牙雕像的寬闊街道。夜色落下時，祂們則攀上沾滿露水的高台，坐在以斑岩雕成的長椅上觀星，或靠在欄杆上，望向城中陡峭的北坡，古老尖頂山形牆上的小窗戶，接二連三飄散出家用蠟燭的柔和黃光。

諸神愛上了你的雄偉城市，行事也不再遵循神明之道。祂們忘卻了地球高處，以及見識過祂們年輕樣貌的山脈。地球不再擁有，有資格擔任神職的神明，只有來自外太空的外神，統治著無人記得的卡達斯。藍道夫．卡特，心不在焉的夢境諸神，在你童年中的遙遠山谷內玩耍。你的夢太美好了，睿智的大夢行者；你將夢境諸神從全人類的想像中，拉入全然屬於你的夢境。你用孩提時代的渺小幻想，打造出比過往任何幻影都來得美妙的城市。

地球眾神不該將王座留給蜘蛛結網，祂們統治的異靈國度，也受到異靈的黑暗行為影響。外域勢力樂於為你帶來混亂與恐懼，藍道夫．卡特，因為你就是顛倒秩序的元兇；但祂們也曉得，只有你能將諸神送回自己的世界。沒有任何永夜勢力，能踏入屬於你的那座迷濛幻夢境中；只有你能將自私的夢境諸神，溫和地送出華美的夕陽之城，讓祂們透過北方暮光，回到冰冷荒原中，未知卡達斯頂端的老居所。

因此，藍道夫．卡特，我以外神之名饒恕你，並命你找尋那座屬於你的夕陽之城，將昏昏欲睡又貪玩的眾神，送回等待祂們的夢境世界。不難找到諸神那股瑰麗狂熱、超凡喇叭的鳴響，與

12　譯注：Lethe，希臘神話中的河流，喝下此水的亡者會忘卻凡間回憶。

不朽銅鈸的敲擊，以及在清醒之廳與夢境之淵不斷糾纏著你的神祕地點與意義，並以消失的記憶，和失去重要事物的痛苦折磨你。不難找到你輝煌歲月中的象徵與遺留物，它正是穩定的永恆珍寶，用水晶般的火花照亮你的夜途。看啊！你的任務並非橫跨未知海域，反而得回到熟悉的年代；返回孩提時期那明亮又奇特的事物，以及驚鴻一瞥的神奇景象，這些舊日場景，會讓孩子睜大年輕的雙眼。

你得知道，你那雄偉的金色大理石城市，只是你在年輕時見過並喜愛的事物集大成。那正是被夕陽照亮的波士頓山間屋頂與西側窗口，瀰漫花香的波士頓公園（Boston Common），山丘上的大圓頂，以及紫羅蘭色山谷中，層層疊疊的山形牆與煙囪，上頭建有諸多橋梁的查爾斯河（Charles），則緩緩流過該處。藍道夫．卡特，當你的保母在春天第一次把你用推車推到外頭時，你見識了這些事物，它們也將是你以回憶與愛戀之眼最後看到的事物。古雅的撒冷充滿陰鬱歲月，鬼影幢幢的馬爾伯黑德（Marblehead），其險峻的岩石峭壁，數世紀以來都矗立於此！從馬爾伯黑德的牧場望去，能看到遠方撒冷輝煌的塔樓與尖塔，就位於夕陽下的對岸。

寧靜又尊貴的普羅維登斯（Providence），坐落在藍港邊的七座山丘上，翠綠的臺地延伸到古色古香的尖塔與城池，新港（Newport）則宛如死靈般，爬上沉眠作夢的防波堤。阿卡漢位在當地，城後則是長滿青苔的山形屋頂，和滿布岩塊的綿延草原。古老的金斯波特充斥成堆煙囪與荒廢碼頭，與向外突出的山形牆，以及壯麗高崖和瀰漫牛奶色霧氣的海洋，遠方則有響起鳴聲的浮標。

康科特（Concord）清涼的河谷、樸茨茅斯（Portsmouth）的礫石地、新罕布夏（New Hampshire）鄉間道路上的黯淡彎道，高大的榆樹半遮住白色的農舍牆面，與嘎吱作響的提水裝置。格洛斯特（Gloucester）的儲鹽碼頭，與特魯羅（Truro）風力強勁的柳樹林。北岸（North Shore）沿岸的遙遠尖塔城鎮，與綿延的丘陵；羅德島（Rhode Island）鄉間的寂靜石坡，與位於巨石下風處、長滿藤蔓的茅屋。海水的氣味與田野芳香、漆黑森林的魔力，以及黎明時果園和花園中的愉悅。藍道夫・卡特，這些都屬於你的城市；因為它們就是你自己。新英格蘭造就了你，她在你的靈魂中，倒入純淨的不朽美感。這股美感由多年來的回憶與夢境塑造、結晶成形並打亮，再化為模糊夕陽下的高台美景；要找到那個造型奇特的甕，與附有雕刻欄杆的大理石高台，你只需轉身，返回自己留戀的童年時代中，那些思緒與幻想。

看呀！那扇窗外，群星正在永夜中閃爍。即使是當下，它們也在你所熟識且珍惜的景色上空發光，汲取萬物的精華，使群星在夢境花園中閃耀地更亮麗。心宿二[13]在那，此時它正對特萊蒙街的屋頂閃爍，你也能從燈塔山上的自家窗口看到它。我毫無心智的主人們，將我從群星之外的深淵派遣而來。某天你可能也會前往該處，但如果你夠睿智，就會小心不要犯下這種愚行；因為在往返過深淵的凡人之中，只有一人的心智，並未受到在虛空中振動並張牙舞爪的怪物摧殘。魔

13 譯注：Antares，紅巨星，是天空中第十四亮的星。

物與異種為了爭奪空間彼此啃咬，弱小種族反而比強大種族擁有更高的邪惡天性。

你很清楚那些想將你送到我手上的人曾做出的行徑，而我並不想粉碎你，要不是我在別處忙碌，可能還會幫助你抵達本地，我也確定你會靠自己找出路徑。遠離外域的地獄，留在你青春歲月中平靜的可愛事物旁。找出你的雄偉城市，再把叛逆的夢境諸神遣送回來，溫和地將祂們送回自身年輕時代的國度，這國度也正焦慮地等候祂們。

比模糊回憶更輕鬆的是，我會協助你準備。看呀！來了一頭山塔克怪鳥，有個奴隸將牠牽引過來，不過為了使你的心靈維持平靜，奴隸最好維持隱形。騎上去準備好吧——好了！黑尤加許[14]會幫你攀上那隻長滿鱗片的怪物。飛往天頂南方最明亮的星，也就是織女星（Vega），兩小時內你就會抵達夕陽之城的高台上空。對準它飛去，直到你在乙太高空聽見從遠方傳來的歌聲。那裡比潛藏瘋狂物體的空間還要高，因此聽到第一聲音符時，就抓緊你的山塔克鳥。接著往地球看，你就會從某座神殿的神聖屋頂上，看到不朽的艾列德納（Ired-Naa）祭壇火光。那座神殿位於你渴求已久的夕陽之城，所以在你聽到歌聲並迷途前，就得往該處前進。

靠近市區時，對準你過往觀看城市外顯榮光的高台，用力戳山塔克鳥，讓牠大聲尖叫。夢境諸神坐在芬芳高台上時，就會聽到那股熟悉的叫聲，也會感受到強烈的思鄉情懷，使你城市中的所有奇景都無法撫慰祂們，因為祂們缺少了卡達斯的陰鬱城堡與上空群星。

接著你得駕著山塔克鳥在祂們之間降落，讓祂們觀看和碰觸那隻馬首怪鳥。同時向諸神提起未知的卡達斯，說你不久前才離開當地，再告訴諸位神明，卡達斯無垠的廳堂寂寥又黑暗，過去祂們經常會在超凡聖光中躍動狂歡。山塔克鳥，會以山塔克鳥的方式跟祂們說話，但除了使諸神想起過往時光外，牠完全無法說服對方。

你得不斷向迷途的夢境諸神提起祂們的家園與年輕歲月，直到祂們哭泣，並要求你指出自己已遺忘的歸鄉之路。此時你可以釋放山塔克鳥，讓牠飛向天空，發出牠種族的指向鳴叫。聽到這股叫聲，夢境諸神便會帶著古老的喜悅蹦跳起來，並以神族的方式踏步跟上怪鳥，穿越天空中的深淵，抵達卡達斯熟悉的高塔與穹頂。

如此，那座雄偉的夕陽之城就會永遠屬於你，供你珍惜與居住，地球眾神也會再度於往昔王座上統治人類夢境。去吧——窗口已經打開了，群星則在外頭守候。你的山塔克鳥已開始不耐煩地喘息與竊笑了。在夜空中往織女星前進，但切記在歌聲出現時轉向。別忘記這項警告，以免超越想像的恐怖魔物，將你吸入瀰漫尖叫與狂吠聲的瘋狂深淵。記好外神的存在，偉大的祂們駭人又缺乏心智，並潛伏在外域虛空中。最好躲開這種神明。

14　譯注：Yogash the Black，又稱「食屍鬼尤加許」，是阿撒托斯、猶格·索陀斯與克蘇魯的直系後裔，可能是食屍鬼的祖先。

Hei、Aa-shanta 'nygh。你出發吧！將地球諸神送回未知卡達斯上的居所，並向宇宙祈禱自己不會碰上我的上千化身。再會了，藍道夫．卡特，當心點，**因為我是奈亞拉索特普，伏行混沌！**」

就此，藍道夫．卡特氣喘吁吁又暈眩地登上醜陋的山塔克鳥，尖叫著衝進空中，往北方織女星的冰冷藍光飛去；他只望過身後一次，看向縞瑪瑙惡夢堡壘中，簇擁成群的混亂塔樓，窗口中那道孤寂的蒼白光芒，依然在高空與地球幻夢境的雲層頂端閃耀。水螅般的恐怖生物陰森地飄過，無形的蝠翼在他周圍鼓動，但他依然緊抓那隻長滿鱗片的馬首怪鳥身上的噁心鬃毛。群星嘲諷般地舞動，有時幾乎化為蒼白的末日符號，使他懷疑自己之前是否看過這種跡象，又是否曾心生恐懼。在超越宇宙的模糊黑暗與寂寥時，乙太之風總是呼嘯作響。

穿過前方的閃爍天頂時，一片不祥的寂靜就此灑落，當夜晚妖物在晨曦下退散時，強風與駭人魔物也同時消失。一絲金色星雲因發出波紋般的顫動，而出奇地在視野中出現，此時遠方微微響起了一股旋律，我們自己的星際宇宙並沒有這種微弱的嗡鳴。當那股音樂變大時，山塔克鳥便豎起耳朵，往前衝去，卡特也彎腰仔細聆聽每一絲美麗的音符。那是首歌，但鳴唱的並非人聲。夜晚與星群唱出這段歌曲，當太空、奈亞拉索特普與外神誕生時，這首歌早已相當古老。

山塔克鳥飛得更快，騎士也彎得越低，醉心於怪異深淵的奇景，並在外域魔法裡的水晶迴圈中盤旋。那名惡魔使節，曾語帶諷刺地要求探險者當心那首歌帶來的瘋狂，但邪神的警告來得太遲。奈亞拉索特普指出能安全通往雄偉夕陽之城的安全路途時，只是為了嘲弄對方；那名黑暗信使揭露逃家眾神的祕密時，只是為了譏諷對方，因為祂能輕易領回諸神。奈亞拉索特普對放肆份子唯一的禮物，只有瘋狂，與來自虛空的狂野復仇。儘管騎士慌張地企圖讓坐騎轉向，那隻眼神不懷好意又竊笑著的山塔克鳥，卻急躁又無情地繼續飛行，帶著惡毒的喜悅拍打滑溜巨翼，前往沒有夢境可觸及的邪惡深淵。那股身形不定的深邃混沌，坐落在無垠宇宙中心冒泡瀆神的魔物，正是缺乏心智的惡魔之王阿撒托斯，沒人敢大聲直言祂的名諱。

那隻可怖巨鳥堅定地遵守邪惡信使的命令，衝過黑暗中的大批無形潛伏者與躍動生物，以及四處飄蕩的虛無形體。對方正伸出魔爪恣意摸索，牠們是外神的無名幼崽，和外神一樣盲目且缺乏心智，也異常飢渴。

詭異的有鱗生物載著無助的騎士，堅定且無情地往前飛去，發出喜悅的竊笑，看著由那首夜晚與群星唱出的魅惑歌曲，所引發出的輕笑與歇斯底里。牠全力飛翔，穿越最遙遠的邊界，也飛過最外圍的深淵。牠拋下身後的繁星與物質領域，如隕石般劃過無形空間，飛向超越時間與想像的漆黑廳堂，無形又飢渴的邪惡阿撒托斯在其中啃噬，周圍環繞著汙穢巨鼓奏出的鼓樂，音色低沉又使人慌亂，還有薄弱又單調的可憎笛音。

向前——向前——穿越滿布尖叫與輕笑、還充滿大量陰森妖物的深淵——隨後，某個畫面與想法，從某種遙遠又充滿至福的地點，傳到瀕臨消亡的藍道夫．卡特心中。奈亞拉索特普把譏諷與誘餌安排得太好，祂提起了任何冰冷恐懼都無法徹底瓦解的事物。家園——新英格蘭——燈塔山——清醒世界。

「你得知道，你雄偉的金色大理石城市，只是你在年輕時見過並喜愛的事物所集大成……那正是被夕陽照亮的波士頓山間屋頂與西側窗口，瀰漫花香的波士頓公園，山丘上的大圓頂，以及紫羅蘭色山谷中，層層疊疊的山形牆與煙囪，上頭建有諸多橋梁的查爾斯河，則緩緩流過該處……這股美感由多年來的回憶與夢境塑造、結晶成形並打亮這股美感，並化為模糊夕陽下的高台美景。要找到那個造型奇特的甕，與附有雕刻欄杆的大理石高台，你只需轉身，返回自己留戀的童年時代中，那些思緒與幻想。」

向前——向前——暈眩地飛向最終毀滅，穿越黑暗；盲目的觸鬚四處摸索，黏膩的鼻口部推擠扭動，無名妖物則一再發出竊笑。但那股畫面與想法已然抵達，藍道夫．卡特也清楚地意識到自己在作夢，一切只是夢境，清醒世界與他孩提時代的城市，依然坐落於背景中某處。那句話再度浮現：「你只需轉身，返回自己留戀的童年時代中，那些思緒與幻想。」轉身——轉身——儘管黑暗籠罩四周，但藍道夫．卡特依然能夠轉身。

雖然飛馳的夢魘生物宰制了他的感官，藍道夫．卡特仍然能轉身移動。他能夠移動，而如果他想，就能從邪惡的山塔克鳥身上一躍而下：對方遵從奈亞拉索特普的命令，要將他送入厄運之中。他能一躍而下，大膽深入往下無盡延伸的黑夜深淵；這些駭人深淵中的驚悚妖物，都比不上在混沌核心守候的無名厄兆。他能夠轉身移動，再一躍而下——他能——他會——他會——山窮水盡的絕望夢行者，跳下龐大的馬首怪鳥，墜入懷有意識的無垠黑暗虛空。紀元飛逝，宇宙死而復生，繁星化為星雲，星雲又成為繁星，藍道夫・卡特，則繼續摔落懷有意識的無垠黑暗虛空。

緩慢推進的永恆中，宇宙最終極的循環，再度旋入另一場毫無意義的完結，一切回歸到無盡數劫前的狀態。物質與光，以太空中的原態重生；彗星、恆星與世界再度復甦，不過沒有任何東西倖存，無法說明萬物一再終而復始，永恆輪迴，從未回歸到太初起點。

事物再度穩定下來，一陣風吹入墜落的夢行者雙眼，也映入了一道紫色光芒。世上有諸神、靈體與意志，美與惡，以及錯失獵物的可憎黑夜發出的尖叫。在未知的終極循環中，曾出現過某位夢行者童年的想法與幻象，這時，清醒世界，與一座備受珍愛的古老城市重新出現，以便體現並證明他的思緒。思恩蓋克這個紫羅蘭色的氣體，從虛空中指出正道，古老的諾登斯，則從無窮深淵中，喊出指示之語。

繁星脹為黎明，黎明則化為散發金色、胭脂紅與紫色色澤的噴泉，同時，夢行者繼續下墜。光芒紐帶擊敗外域妖魔時，尖叫聲便撕裂了乙太。奈亞拉索特普正逼近獵物，但當一道光線將祂手下無形的狩獵妖物燒成灰燼時，祂便吃驚地停止動作，蒼老的諾登斯則發出勝利的嚎叫。藍道夫・卡特終於走下大理石台階，抵達他的雄偉城市，他再度返回了造就自己的美麗新英格蘭。

清晨時分，諸多汽笛發出風琴般的合音，黎明的強光，穿過山丘上州議會大廈（State Building）龐大金色圓頂的紫色窗框時，藍道夫．卡特一面大叫，一面從自己位於波士頓的房間中甦醒。鳥兒在隱匿的花園中歌唱，蔓藤格架的懷舊香味，從他祖父搭建的棚架上飄來。典雅壁爐、花雕框架，與刻有古怪花紋的牆面，散發出美感與光芒，一隻毛皮亮麗的黑貓打了個呵欠，從火爐旁的睡眠中甦醒，主人的驚叫聲吵醒了牠。而在廣大無垠的距離之外，穿越沉眠大門與魔法森林，跨過花園綠地與賽瑞納里安海，再越過印奎諾克的黯淡邊界，伏行混沌奈亞拉索特普，陰沉地走回未知卡達斯頂端的縞瑪瑙城堡，傲慢地挑釁溫順的地球眾神。突然間，祂將浸淫在雄偉夕陽之城中芬芳宴會的神明，抓了回來。

九、銀鑰

The Silver Key

藍道夫．卡特三十歲時，失去了進入夢境大門的鑰匙。在那之前，為了彌補生命中的平淡，他曾於夜晚，前往超越時空的奇異古老城市，以及乙太之海彼端，那美麗得令人難以置信的花園國度。不過到了中年，壓力逐漸高漲後，他感到這些自由逐漸從身邊消失，最終完全失去了這種能力。他的大帆船再也不會航行在歐克拉諾斯河上，並經過瑟朗的鑲金尖塔；他的大象商隊，也無法穿越克里德芬芳的叢林，當地被遺忘的宮殿，建有刻了藤蔓花紋的象牙高柱，姿態優美又不朽地在月光下沉睡。

他讀了許多資料，也和不少人談過。好心的哲學家們教導他研究萬物的邏輯關聯，再對塑造出自身思想與想像的過程進行分析。驚奇感早已消逝，他也忘了，所有生命只不過是大腦中的一組圖片，真實物體與夢中產物之間毫無差距，也不需要偏好其中之一。習慣鑽入他腦中，使他對有形的具體事物，產生迷信般的敬意，也讓他暗地裡對沉迷幻想感到羞愧。智者們說，他的想像空洞且幼稚，他也相信了這些話語，因為他覺得事實確實如此。他忘了，現實中的行為也同樣空洞幼稚，甚至可能更加荒謬，畢竟有些人堅信，現實充滿意義與目的，而盲目的宇宙，則毫無目標地從虛無轉為實體，再由實體化為虛無，全然不在意或不知曉，稍縱即逝的心智中所抱持的願望或存在。

人們用現實束縛他，再解釋萬物的運作原理，直到世界失去神祕感為止。他發出怨言，渴望逃入朦朧領域之中；魔法將他心中所有鮮明細節，與珍惜的事物，塑造成令人期待，又難以抹滅的愉悅光景。此時，人們反而將他轉向新發現的科學奇觀，要他在原子渦流與天際奧祕中尋找奇景。當他無法在眾所皆知又可測量的事物中找到樂趣時，人們就說他缺乏想像力，還說他生性幼稚，因為比起實體事物中的幻覺，他反而偏好夢境幻象。

於是卡特嘗試遵循他人的做法，假裝認為尋常事件與凡人心智，比罕見的纖細靈魂所產生的幻想還重要。當別人告訴他，和擁有上百座雕飾城門，與玉髓圓頂的納拉斯（Narath）中舉世無雙的美景相比，真實生活中某隻遭屠宰的豬、或易怒農夫所感到的肉體痛苦更為偉大時，他也沒有與對方爭論；他隱約記得在夢中看過那座城。在他人的引導下，他努力培養出了憐憫與悲劇心態。

不過，他偶爾會不自禁地注意到，人心抱負有多麼空虛善變、又毫無意義，我們真正的衝動，與自稱具備的浮誇理念相比，又有多麼空洞。他得仰賴人們教他的禮貌笑聲，來對抗夢境中的誇張光景與做作感；在他眼中，我們世界的日常生活，也同樣誇張又做作，同時更不值得尊敬，因為它嚴重缺乏美感，還愚蠢地不願承認自己缺少理智與目的。透過這種方式，他成了某種幽默人物；他沒看出，在一致性或矛盾性上缺乏真正標準、且杳無心智的宇宙中，就連幽默也空洞無義。

受限初期，他曾重拾單純先祖們託付給自己的溫和教會信仰，信仰中的神祕之道似乎能使他逃離生活。但靠近觀察後，他才發現其中貧瘠的幻想與美感、晦澀又無趣的陳腐思想、自作聰明的嚴肅感，以及用醜惡角度解釋的真相；大多神職人員全心抱持著這類無趣思想。他也難堪地感受到，原始物種面對未知事物時，會感到恐懼並進行臆測，信仰則企圖將之化為現實。卡特疲憊地注意到，人們嚴肅地試圖從古老神話中找出具體事實，他們驕傲的科學進展，則不斷駁斥這類傳說；而這股錯誤的肅穆，則扼殺了他對古老教條抱持的依賴。如果神職人員滿足於用響亮儀式與情感宣洩，來表達太虛幻想的真實面貌，卡特還可能繼續仰賴宗教。

但當他開始研究拋棄古老神話的人們時，卻發現對方比沒有捨棄神話的人還醜陋。他們不曉得美存在於和諧之中，也不明白在毫無目的的宇宙中，生命之美沒有既定標準；它只與已逝夢境和感受之間，保有和諧關係，也曾從混沌之中，盲目地塑造出我們渺小的星球。這些人不明白，善惡美醜只是觀點上的裝飾品；它們唯一的價值，只在於曾驅使我們的先祖思考並感覺，每個種族與文化，對它們也有不同的細節詮釋。反之，他們要不全盤否認這些事，要不就將之歸類為，與野獸相同的模糊原始本能。因此他們的生活在痛苦、醜陋與扭曲中緩緩拉長，但心中卻充斥著一股荒唐的驕傲，認為自己逃離了不祥枷鎖，卻受到同樣惡質的因素所束縛。他們用帶來恐懼與盲目崇拜的偽神，換取了放縱又混亂的神明。

卡特並未深入感受這類現代自由。它們的俗氣與困境，使熱愛美好的靈魂感到作噁，他的理智則反抗了對方的單薄邏輯，而這類價值觀的擁護者，則試圖用某種神聖性質，來美化粗野衝動，且神聖感原本來自於他們捨棄的偶像。他發現，這些人之中，大多數都與他們拋下的神職人員一樣，無法從一種錯覺中逃脫：除了夢境中的景象外，生命具有實質意義。就算大自然在他們的科學發現前，發出無意識又毫無人性的無道德感尖叫，他們也不願放下與美感無關的陳腐道德，與義務成見。他們執著於對正義、自由與秩序的先入為主偏見，並拋棄傳統知識、古老行徑與舊日信仰。他們還從未停下來思考，那些知識與行徑，恰好催生了他們當前的思想與判斷，也成為在缺乏固定目標、或穩固參考觀點的無意義宇宙中，唯一能仰賴的指引與準則。失去這些人為法則後，他們的生活便少了方向感，與戲劇化的興趣。到頭來，他們得用忙碌與虛偽的效益，噪音與刺激，以及蠻橫行為和禽獸般的感受，來打壓自己的倦意。當這些事物喪失吸引力，也令人掃興，或因劇變而使人反感時，人們心中便萌生了諷刺與苦楚，覺得社會秩序充滿問題。他們從未明白，自己野蠻的性格基礎，和他們祖先信奉的神明一樣，變化無常又自我矛盾。前一秒滿意的東西，下一秒就成了自己的剋星。平靜又持續的美只來自夢中，而當世人膜拜現實時，就拋棄了這股慰藉，也捨棄了童年的祕密與純真。

卡特在這股空虛又不平靜的混亂中，試圖過著擁有清晰思緒與良好家世的人該有的生活。隨著他的夢境因年歲增長而淡去，他無法再相信任何事物，只有對和諧的愛意，使他堅守自身民族與地位應有的舉止。他無感地走過人類都市，並嘆了口氣，因為一切都缺乏真實感。高聳屋頂上的每道陽光，與夜晚第一道路燈下，那欄杆環繞的廣場，都只讓他想起自己一度印象深刻的夢境，使他渴求自己再也不曉得該去哪尋找的空靈世界。旅行只帶來諷刺，就連第一次世界大戰都無法讓他改變心境，儘管他在第一次世界大戰剛開始，就加入了法國外籍兵團（Foreign Legion of France），但即使是戰爭，也無法影響他的想法。有一陣子他會拜訪朋友，但很快就對他們粗鄙的情緒，以及想法中的相似與庸俗感到疲憊。他對所有親戚都與自己相當疏離一事，則感到有些高興，這些人不可能理解他的心理生活。嚴格來說，只有他的祖父與舅公克里斯多福懂他，但他們早已不在人世。

他再度開始寫書。當夢境開始遠離他時，他曾放棄過寫作。但他同樣無法藉此得到滿足或成就感，他的內心依然受到世俗影響，無法想到自己過往曾做過的美好行為。嘲諷般的幽默感，壓垮了他興建的每座閃爍光塔；對不可能發生的事，所抱持的世俗恐懼，摧毀了他奇妙花園中每株典雅鮮花。佯裝憐憫的世俗傳統，使他感受到無謂的憂愁，關於重要的現實，與人類偉大事蹟與情緒的神話，則將他心中的崇高幻想，矮化為意義明顯的寓言，和廉價的社會諷刺作品。他的新小說比先前的作品更成功，也因為他明白這些書肯定相當空洞，才能取悅性格空虛的讀者群，於是他把書全燒了，並停止寫作。這些小說文字優美，他也在書中溫文儒雅地嘲笑了自己輕描淡寫的夢境。但他發現，複雜的文字，吸乾了夢境的生命力。

後來，他營造出精巧的幻術，也學習用怪異又奇詭的想法，作為取代常理的解藥。不過，這些念頭大多快速顯示出自身的貧瘠與荒廢，他也發現，神祕學的普遍理論，和科學法則一樣無趣又古板，同時還缺乏能作為佐證的一絲真相。愚蠢虛偽又混亂的想法，算不上夢境；就算是受過訓練的心智，也無法逃離凡俗生活。於是卡特購買了怪異書本，並找尋擁有奇特學識的可怕人物。他深入鮮少有人涉足的意識奧祕，並得知有關生命、傳說與太古事物的深邃祕密，此後卻總因此感到不安。他決定在更罕見的空間中生活，於是改裝了自己波士頓的住家，使其配合他多變的情緒。每座房間都掛上了顏色恰當的裝飾，房內擺設了合適的書本與物品，也配置了適宜的光線、溫度、聲響、味覺，與氣味。

卡特曾聽說某個南方人，因讀過從印度與阿拉伯走私來的史前書籍與泥板，使得眾人相當畏懼他，並與他保持距離。他拜訪了這個人，跟對方住在一起，並和他共同研究了七年，直到某個午夜，在一座不明的古代墓園中，恐懼襲上這兩人，最後只有一人生還。隨後他回到阿卡漢，那裡是他祖先在新英格蘭的住所，長年遭到駭人女巫的糾纏。他在黑暗中、蒼老的柳樹林裡，和搖搖欲墜的復折式屋頂下，經歷了怪誕體驗，使他永久封起了某位瘋狂祖先日記的特定頁數。但這些恐怖事物只帶他抵達現實的邊界，而非他在年輕時曾經歷過的真正夢境。於是在五十歲時，對於這個過於忙碌而不在意美、也精明到不理會夢境的世界，他已不覺得能從中得到平靜或滿足。

察覺到現實中的空洞與虛無後，卡特便過著退休生活，在雜亂無章的回憶裡度日，懷念著充滿夢境的年輕歲月。他認為自己實在沒道理繼續活下去，於是從某位南美洲友人手上，得到了一種奇特液體，能讓他在毫無痛苦的情況下離世。不過，惰性與習慣使他無法下手，他也遲疑不決地思念著過往時光，從牆上取下古怪吊飾，並將房屋重新裝修為孩提時期的模樣：紫色窗框，與維多利亞式家具等等。

隨著時間過去，他幾乎對自己選擇活下去而感到高興，因為他年輕時留下的物品、以及自己和世界的切割，讓生活與世故俗事看來遙遠又虛假，這使得一絲魔法與期待，緩緩回到他的夜晚睡夢中。多年來，睡眠中只會出現，尋常做夢者也會看到的扭曲日常事物，但某種更為奇異狂野的東西，正顯露出些許跡象。有股模糊又強大的東西，以他清晰的孩提時代畫面作為形體，使他想起自己遺忘多時的渺小事物。他經常在甦醒時呼喚母親與祖父，不過這兩人已在墳裡躺了二十五年。

有一晚，他的祖父向他提起一把鑰匙。這位灰髮老學者和生前一樣鮮活，熱切地就他們的古老家族說起長篇大論，以及心思細膩敏感的家族成員，所見到的奇異幻象。他提到眼神宛如熊熊火光的十字軍戰士，曾從擄獲自己的撒拉森人身上，學到狂野的祕密；還有第一位藍道夫・卡特爵士，他在伊莉莎白一世仍為女王時學習魔法[1]。他也提到了，在撒冷獵巫行動時，躲過絞刑的愛德蒙・卡特（Edmund Carter），此人在某只古老箱子中，放了一把祖先流傳下來的鑰匙。卡特甦醒前，溫和的訪客告訴他鑰匙的下落。兩世紀以來，沒有人打開過那只雕工古雅的橡木盒，其怪誕的蓋子。

他在瀰漫灰塵與陰影的閣樓中找到了盒子，它被忘在一座高聳箱子中的抽屜深處。它約有一英呎高，上頭的哥德式雕刻相當嚇人。對於自從愛德蒙・卡特後，就沒人打開過這座箱子，他並不感到驚訝。搖晃盒子時，裡頭並未傳出聲響，但其中飄散出不明香料的氣味。內部藏有鑰匙一事，只是似有若無的傳說，連藍道夫・卡特的父親，都從不曉得有這只盒子的存在。上頭包覆著生鏽鐵條，也沒人有辦法解開那塊堅固的鎖。卡特隱約明白，自己會在盒內找到某個能解開夢境失落大門的鑰匙，但他祖父沒有說該在哪使用鑰匙，也沒有提及使用方法。

某位老僕人用力撬開了雕飾盒蓋，他這樣做時，從漆黑的木板中向外窺視的醜陋臉孔木雕，使他打起了冷顫；有些臉孔還帶有某種難以辨識的熟悉感。裡頭有支失去光澤的銀製鑰匙，上頭刻滿神祕的蔓藤紋路，並以褪色的羊皮紙包裹；但上頭沒有任何合理解釋。羊皮紙的體積很大，上頭只寫了以古蘆葦草寫下的怪異象形文字，還使用某種不明語言。卡特認出了這些文字，他曾在某份紙莎草紙捲軸上看過這種文字，捲軸屬於那位可怕的南方學者，對方於午夜時分消失在某座無名墓園中。那人閱讀這份捲軸時總會發抖，卡特現在也感到毛骨悚然。

但他把鑰匙清理乾淨，夜晚時，則將鑰匙放入充滿香氣的橡木盒，並置於自己身邊。同時，他的夢境逐漸變得鮮明，儘管他沒有見到過往的奇異城市與雄偉花園，但夢境本身浮現了明確的特性，目的也相當明顯。它們從過往的歲月中呼喚自己，伴隨著他所有祖先的意志，將他拉向某種隱匿的祖傳源頭。接著他明白，自己必須踏入過去，並與舊日事物合而為一。他日復一日地想到北方丘陵，鬼影幢幢的阿卡漢，與洶湧的米斯卡托尼克河（Miskatonic），他家族的孤寂鄉間住宅，就坐落於該處。

1　譯注：伊莉莎白一世在位於一五五八年至一六〇三年。

卡特在秋日憂鬱的火紅色澤中，踏上了記憶中的舊路，穿越優雅的綿延丘陵，與上頭建有石牆的草原，遙遠的河谷和山坡上的林地，彎路與舒適的農舍，還有米斯卡托尼克河清澈的曲流，上頭三不五時會出現鄉間木橋或石橋。他在一處彎道，看見一片廣大的榆樹林。一世紀半前，有位祖先曾在此怪異地消失。林間吹過陰森微風時，他顫抖了起來。當地還有老女巫古蒂・富勒（Goody Fowler）崩塌的農舍，上頭不祥的小窗戶與龐大的屋頂，幾乎要觸及北側的地面了。當他經過這座農舍時，便讓車子加速，速度完全沒有放慢，直到抵達他母親與娘家祖先們的丘陵出生地，老舊白屋依然驕傲地矗立在路邊，面對岩坡與翠綠山谷組成的美麗風光。金斯波特的遙遠尖塔位於地平線上，更遙遠的背景中，則能隱約瞥見飽含幻夢的古老海洋。

位於陡坡上的，是他超過四十年沒來過的卡特家族舊宅。抵達山腳時，下午已經接近尾聲，在彎道上的半途中，他停下來掃視因西沉太陽撒下的魔力，而被染成金色的華麗鄉間。他近日夢中的特異與期待，似乎在這塊平靜脫俗的景色中化為現實。天鵝絨般的荒廢草原，在崩塌牆面下閃爍並波動起伏，在遠方綿延的紫色山丘上，長有充滿魔幻氛圍的樹林，幽影般滿布樹木的峽谷，則垂入陰影之中，連接到潮濕的洞穴，潺潺流水在盤根錯節的腫脹樹根之間，發出低吟般的咕嚕聲。目睹這份光景時，就想到其他星球上，那無人知曉的孤寂。

他有種感覺，覺得汽車不屬於自己正在尋找的國度，於是他把車停在森林邊緣，將偌大的鑰匙放入大衣口袋，再走上山丘。森林將他完全包覆，不過他知道，房子位於一座高聳土丘上。除了北側以外，土丘附近沒有樹木。他對房子的外觀感到好奇，自從他古怪的舅公克里斯多福，於三十年前過世後，這棟空房就因遭他忽視，而無人照料。孩提時代，他曾陶醉於長期待在該處，也曾在果園外的林子中，見識到怪異的驚人光景。

黑夜正在逼近，使得他身邊的陰影逐漸變濃。樹林右側有道間隙，於是他望向綿延數里格的黯淡草原外，看到位於金斯波特中央丘（Central Hill）上的公理會（Congregational Church）老教堂尖塔。尖塔因落日餘暉而染上粉紅，窗口的圓形小窗框，則因倒映的光線而閃閃發亮。再度走入暗影中時，他忽然想起，那驚鴻一瞥只可能出自童年回憶，因為那座白色老教堂早已遭到拆除，改建為公理會醫院。他曾滿懷興趣地閱讀這篇新聞，報紙提到，有人在教堂底下的岩丘，發現古怪地洞和通道。

正當他感到困惑時，一股尖銳的嗓音響了起來。在多年後聽到這股熟悉嗓音，使他呆站在原地。老班尼嘉·柯瑞（Benijah Corey），曾是他克里斯多福舅公的雇工，童年時他來訪此地時，班尼嘉就已相當年邁。現在他肯定超過一百歲了，但那股尖銳嗓音不可能出自其他人。他聽不出詳細字眼，但語氣令他難忘，他也不可能搞錯。「老班尼嘉」居然還活著！

「藍迪先生[2]！藍迪先生！你跑哪去啦？你想嚇死你的瑪莎舅媽（Aunt Martha）嗎？她不是告

2　譯注：Randy，藍道夫的簡稱。

訴過你，下午待在附近，天黑後就回來嗎？藍迪！藍……迪！他是我看過最愛跑到森林裡的男孩了。有大半時間，他都在上頭那座蛇窩附近遊蕩！嘿，喂，藍……迪啊！」

藍道夫．卡特在黑暗中停下腳步，用手揉了揉雙眼。有點不太對勁。他身處某個自己不該來的地方；他遊蕩到某個遙遠地點，自己並不屬於那裡，現在也太遲了。他沒注意到金斯波特尖塔上時鐘顯示的時間，不過他能輕易用口袋望遠鏡辨到這件事，但他知道自己的遲到非常奇怪，也前所未見。他不太確定自己是否帶了小望遠鏡，於是把手伸進上衣口袋檢查。不，望遠鏡不在裡頭，但裡面放了他在某處的盒子中，找到的銀製大鑰匙。克里斯舅公曾告訴他某件怪事，關於一個裡頭放了鑰匙、也從未打開過的古老盒子，但瑪莎姑媽忽然打斷故事，說不該把這種故事，告訴腦袋裡早已塞滿古怪奇想的孩子。他試圖回想自己是在哪找到鑰匙的，但記憶似乎有些混亂。他猜盒子位在波士頓家中，也依稀記得，用當週一半的零用錢賄賂了帕克斯（Parks），要對方幫他打開盒子並保密。但當他想起這件事時，印象中帕克斯的臉變得十分怪異，彷彿多年來的皺紋，瞬間落在那位活潑矮小的倫敦佬身上。

「藍……迪！藍……迪！嗨！嗨！藍迪！」

黑色彎道邊出現了搖晃的提燈，老班尼嘉則在沉默又訝異的旅人面前現身。

「該死，小子，你在這呀！你沒長舌頭，不能回話嗎？我叫了你半小時，你之前一定聽到我叫你了！你不知道天黑後出去的話，你的瑪莎舅媽會緊張嗎？等克里斯舅公回家，我就要告訴他這件事！你早該知道，這時候不該去這些樹林！我的祖父告訴過我，林子裡有不好的東西。來吧，藍迪先生，不然漢娜（Hannah）就會把晚餐收拾掉了！」

於是藍道夫．卡特走上那條道路，奇異繁星從高聳的秋日枝梢間透出亮光。遠處轉角的小窗口發出黃光時，狗群就吠叫起來，昂宿星團[3]在開闊的土丘上閃爍，黯淡的西方，則矗立著一座高大的復折式屋頂。瑪莎舅媽站在門口，當班尼嘉把亂跑的男孩推進屋時，她也沒有過度責罵這孩子。她熟知克里斯舅公，也明白卡特家血統的天性。藍道夫並未拿出他的鑰匙，而是沉默地吃完晚餐，也只在上床時間時才抱怨。有時他在清醒時，能夢到更棒的事物，他也想使用那把鑰匙。

藍道夫一大清早就起了床，要不是克里斯舅公逮住他，並逼他在早餐桌旁坐下，他早就跑到上坡樹林去了。他不耐煩地環視低矮的房間，裡頭鋪了破爛的地毯，還有暴露出來的梁柱與角柱。只有當果園裡的樹枝，摩擦到後窗的鉛製窗框時，才露出微笑。樹林與丘陵對他而言相當親切，也構成了那座不朽國度的大門，那裡正是他真正的故鄉。

當他能自由活動時，便在上衣口袋摸索鑰匙。一感到安心，就立刻跑過果園，衝到遠方的山坡，長滿樹林的丘陵再度爬升到高處，甚至比沒有樹木的土丘還高。森林神祕的地面長滿青

3 譯注：Pleiades，位於金牛座的明亮星團，是最接近地球的星雲之一。

苔，微光下滿布地衣的巨石，宛如德魯伊石碑，凌亂地豎立在某座神聖林子中，腫脹扭曲的樹幹之間。攀登上坡時，藍道夫曾跨越一道潺潺溪流，一小段距離外的瀑布水聲，宛如對潛伏中的牧神、埃茲潘[4]與樹精，唱出符文般的咒語。

接著他抵達森林斜坡上的古怪森林，也就是鄉下人避之唯恐不及的「蛇窩」（Snake Den），班尼嘉一再告誡他不要靠近該處。裡頭非常深邃，比藍道夫之外所有人預期的更深，這男孩在最遠處的黑暗角落中，找到一處裂隙，能通往彼端更高聳的洞穴：那是處宛如墓穴的詭異地點，花崗岩牆面上，形成特殊的幻象，看起來彷彿是特意製作的騙局。儘管如此，他依然爬進裂隙，點亮了從客廳火柴盒中取來的火柴，以便照亮通路，並擠過最後一道裂口，心中滿懷自己甚至無法解釋的熱切。他說不上為何自己會充滿自信地靠近遠方牆面，或此時自己為何本能地取出了銀製大鑰匙，但他繼續往前進。當晚他手舞足蹈地回家時，沒有解釋自己為何遲到，也不在乎自己因忽視晚餐呼喚聲，而遭受的責罵。

藍道夫·卡特所有的遠房親戚都同意，他十歲那年發生了某件事，增強了他的想像力。住在芝加哥的表親厄尼斯特·B·亞斯平沃爾（Ernest B. Aspinwall）比他大十歲，也隱約記得那男孩在一八八三年秋季後發生的轉變。藍道夫看見了一連串罕有人見的奇幻景象，更奇怪的是，就連在世俗事務中，他也流露出不尋常的特質。總之，他似乎得到某種古怪的預言能力，他對當下沒有意義的事，經常做出奇異的反應，事後人們則發現他的特殊行為得到證實。接下來數十年，當新發明、新名字，和新事件接二連三地在史書上出現時，人們有時會好奇地想起，卡特多年前曾心不在焉地說出某種話語，那些話肯定與遙遠未來會發生的事有關。他自己並不明白這些話語的意義，也不清楚為何有些事，會使自己感受到特殊的情緒，但他認為某些自己記不得的夢境，必然與此有關。早在一八九七年，當某位旅行者提到法國城鎮貝盧瓦昂桑泰爾（Belloy-en-Santerre）時，他的臉色就變得蒼白。友人們記得，一九一六年他在當地受了致死重傷，當時他參加了法國外籍兵團，並投入第一次世界大戰。

卡特的親戚們大肆談論這些事的原因，是由於他最近失蹤了。多年來，忍受他怪異行徑的矮小老僕人帕克斯，最後一次看到他時，是在他獨自開車離開那天，當時他身上帶著最近找到的某把鑰匙。帕克斯幫他把鑰匙從盒中取出，也對盒子上的醜惡雕飾、與其餘他無法明說的事物感覺到一股怪異情感。卡特離開時，他說自己要去造訪阿卡漢周邊的古老祖先家園。

人們在榆木山（Elm Mountain）半山腰，位於通往卡特家舊宅道路旁的位置，找到他小心停在路邊的汽車。車裡擺有一只芬芳木盒，上頭的雕飾嚇壞了發現車子的鄉下人。盒子裡只有張奇怪的羊皮紙，但沒有語言學家，或古文字學家，能解開或辨識紙上的文字。雨水洗刷了所有足跡，不過波士頓的調查人員，在卡特住宅附近倒塌的木頭間，發現了騷動的痕跡。他們主張，最

4 譯注：aegipan，希臘神話中與牧神相仿的半人半羊生物。

近有人在廢墟中摸索過。遠處山丘旁的森林岩塊上，有張普通的白色手帕，但無法確認，手帕是否屬於那位失蹤人士。

藍道夫・卡特的繼承人討論起分配他資產的事，但我將堅決反對此事，因為我不相信他死了。世上存在著只有夢行者能猜出的時空扭曲、與幻覺和現實之間的變化。根據我對卡特的了解，我想他只是找到了穿越這些迷宮的方式。我不曉得他究竟會不會回來。他想要自己失去的幻夢境，也渴求童年歲月。隨後他找到了一把鑰匙，我也相信他用這把鑰匙達到了奇異目的。

等我見到他時，肯定會就此詢問他。我認為，能在我們倆過往經常出沒的某座夢境都市中見到他。史蓋河遠處的烏撒傳言四起，據說有位新王者坐上了伊列克瓦德的蛋白石王座。那座遍布高塔的華美城鎮，坐落於空心的玻璃懸崖上，俯視微光下的海洋，長有鬍鬚和鰭的格諾里族（Gnorri），則在海中建造了牠們的獨特迷宮。我相信自己知道該如何解讀這項傳言。我焦急地期待看到那只龐大銀鑰，它神祕的蔓藤花紋中，或許象徵了盲目又杳無人性的宇宙中，所包含的一切目的與奧祕。

十、穿越銀鑰之門

Through the Gates of the Silver Key

第一章[1]

在掛滿繡有奇異花紋的掛毯、地上還鋪著歷史悠久，且做工精細的邦卡塔（Bonkhata）地毯的大型房間中，有四位男子坐在擺滿文件的桌邊。遠處角落飄來催眠般的乳香煙霧，一位年事已高、身穿肅穆制服的黑人，則不時補充奇特鑄鐵三腳架中的香料；房間一側的深龕中，有台特殊的棺材型時鐘滴答作響，鐘面上畫有令人費解的象形文字，四根時針，也不遵循地球上已知任何時間系統的運作方式。這是個令人不安的特殊房間，但相當適合當前的要事。他們在北美洲最偉大的神祕學學者、數學家，與東方學家的紐奧良住家中，終於要處理一位四年前在世上消失、偉大程度與屋主不相上下的偉大神祕學專家、學者、作家，與夢行者的資產問題了。

藍道夫・卡特終其一生，都企圖逃離清醒現實中的單調與限制，希冀前往誘人的夢境，與其他空間中的知名通道。五十四歲的他，於一九二八年十月七日從人世間消失。他的事業生涯怪異又孤獨，也有人從他古怪的小說中，推斷出許多比和他有關的文字紀錄更怪誕的事件。他與哈利・華倫的關係相當緊密，華倫是卡羅萊納州的神祕學學者，他對喜馬拉雅山祭司使用的原始那卡[2]語所進行的研究，提出了頗具爭議性的結論。卡特確實曾在某個霧氣迷濛的可怕夜晚中，在一處古代墓園，見證華倫走下潮濕又腐臭的墓穴，事後華倫再也沒有歸來。卡特住在波士頓，但他的祖先，來自遭女巫詛咒的古老阿卡漢後方、鬼影幢幢的荒野丘陵地帶。最後他也在這些陰鬱的遠古山區中消失。

他的老僕人帕克斯（於一九三〇年早期過世），提到他在閣樓發現的一只散發奇特香味的醜陋雕飾木盒，以及盒中收納的那份無人能讀的羊皮紙，和雕有怪異紋路的銀鑰。卡特也曾在寫給別人的信件中提及此事。他說卡特告訴他，這把鑰匙由他的祖先傳承下來，能幫助他解開失落的童年大門，也能導向奇異次元和神奇國度，之前他只在模糊短暫，又難以捉摸的夢境中對此略窺一二。有一天，卡特帶著盒子和內容物開車離開，再也沒有回來。

之後，人們在崩塌毀損的阿卡漢後頭丘陵中，尋獲了他停在雜草叢生老舊道路旁的車。卡特的祖先曾在這些山區中居住，卡特家大宅的地窖遺跡，也依然對天空大張。一七八一年，曾有另一位卡特家族成員，在附近的高聳榆樹林裡失蹤，不遠處有座半腐朽的小屋，生活年代更早的女巫古蒂．富勒，曾在此熬煮她陰森的魔藥。逃離撒冷獵巫審判的難民，於一六九二年在這塊地區住下，即使是如今，當地也存在著鮮少有人願意正視的神祕不祥事物。愛德蒙．卡特曾及時逃離

---

1 譯注：本篇故事由洛夫克拉夫特與E．霍夫曼．普萊斯（E. Hoffman Price）共同著作。相當喜歡《銀鑰》的普萊斯，在說服洛夫克拉夫特與自己一起撰寫續集後，便先寫下初稿。事後洛夫克拉夫特則進行大幅改寫與加長，並成為以下的版本。

2 譯注：Naacal，據傳一度存在世上的古文明。

絞架丘的陰影，也有許多關於他所施巫術的故事。而現在，他孤獨的後代似乎也前往某處，步上了他的後塵！

人們在車上找到雕工醜陋的芬芳木盒，以及那張無人能解讀的羊皮紙。銀鑰不見蹤影，應該是在卡特身邊。沒人清楚之後發生了什麼事。波士頓的偵探說，卡特家舊宅附近倒塌的木柴，似乎有古怪的移動痕跡，也有人在遺跡後滿布岩石、又長滿陰森樹林的山坡上，找到一張手帕，該處靠近人稱蛇窩的恐怖洞穴。

因此，關於蛇窩的鄉野傳說，有了全新的話題性。農夫們低聲相傳，老巫師愛德蒙・卡特用那座恐怖洞窟進行的瀆神行為，之後則補充說，孩提時期的藍道夫・卡特，也喜歡躲在那座洞穴中。卡特童年時，那座建有復折式屋頂的雄偉宅邸，依然由他的舅公克里斯多福掌管。他經常造訪該處，也曾說出關於蛇窩的特異言論。人們記得，他提過一道裂隙深邃，且彼端不明的山洞；他九歲時，曾在那座洞穴中待了整整一天，事後他身上出現的變化，也使人們起了諸多揣測。那件事也發生在十月。此後，他似乎就有了能預知未來事件的奇特能力。

卡特消失那天深夜下了場雨，因此沒人能從他的車邊找出腳印。由於大量積水，蛇窩中只有型態不定的泥漿。一些鄉野蠢夫們，悄聲提起自己在道路旁的大榆樹林、與蛇窩附近的陰森山坡上發現的足跡，手帕正是在山坡附近尋獲。謠言提到尺寸短小的足跡，就像仍是小男孩時的藍道夫・卡特穿的方頭鞋留下的鞋印，但有誰會相信這種傳言？這和另一股傳言一樣無稽：老班尼嘉．柯瑞獨特的無跟靴印，在路上碰見了短小足跡。藍道夫還小時，老班尼嘉曾是卡特家的雇工，但他三十年前就辭世了。

除了這些謠言，卡特還曾對帕克斯等人說過，雕有古怪蔓藤花紋的銀鑰，能幫助他打開失落的童年大門。這導致不少神祕學研究者宣稱，這位失蹤人士其實回到了過去，穿越四十五年的歲月，回朔到一八八三年十月那天，當天還是小男孩的他，曾待在蛇穴中。他們辯稱，他那晚出洞時，就已經往返了一九二八年，之後他不是知道了未來會發生的事嗎？但他從未向任何人提過一九二八年後發生的事。

有名研究者（他是位居住在羅德島普羅維登斯的年老怪人，曾與卡特進行過漫長的密集通信）想出了更誇張的理論：他相信卡特不只回到童年，還達成了進一步的解脫，能自由穿梭童年夢境中的七彩光景。見過一場奇異幻象後，這人發表了一篇關於卡特失蹤的故事，並在其中暗示，這位失蹤人物，現在已成了伊列克瓦德蛋白石王座上的國王，那座遍布高塔的華美城鎮，坐落於空心的玻璃懸崖上，俯視微光下的海洋，而長有鬍鬚和鰭的格諾里族（Gnorri），則在海中建造牠們獨特的迷宮。

沃德．菲利浦斯[3]這名老人，極力反對將卡特的資產分配給繼承人（所有遠房表親），因為

---

3 譯注：Ward Phillips，此為洛夫克拉夫特於一九二一年發表散文詩《出自遺忘》（*Ex Oblivione*）時使用的筆名，本篇故事的共同作者普萊斯使用此角色來暗喻洛夫克拉夫特。

他主張卡特還活在另一個時空中，某天可能會回來。其中一名身為法界人士的表親反對此意見，他是來自芝加哥的厄尼斯特．K．亞斯平沃爾[4]，比卡特大十歲，但在法庭論辯中如年輕人般敏銳。這場爭議持續了四年，但分配資產的時間已經到了，紐奧良這座龐大的古怪房間，正是舉行會議的場所。

這裡是卡特的遺囑保管人與執行人艾蒂安－羅倫特．迪馬里尼（Etienne-Laurent de Marigny）的家，他是知名的克里奧爾語[5]研究者，熟知神祕學與東方古物學。卡特在戰爭時碰上迪馬里尼，當時兩人都加入了法國外籍兵團，也立刻因彼此相似的品味與願景，受到對方吸引。在某次令人印象深刻的假期中，年輕又博學的克里奧爾語學者，帶憂愁的夢行者前往位於法國南部的貝雲（Bayonne），並讓對方見識，坐落於那座陰沉古老的城市下方，深藏漆黑又不朽的墓穴中的可怕祕密，隨後兩人便建立了穩固的友誼。卡特在遺囑中任命迪馬里尼為執行人，現在這位幹勁十足的學者，卻不情願地主持了資產分配會議。這對他而言是份悲傷的工作，因為他和那位羅德島老人一樣，不相信卡特已死。但神祕學學者的夢境，又怎麼能抵抗現實的嚴峻智慧呢？

自稱對會議有興趣的男子們，在位於舊法國區古怪房間內的桌邊坐下。卡特繼承人可能居住地區當地的報紙，都刊登了常見的法律公告，但現在只有四人坐在此處，傾聽棺材型時鐘根據異於地球的時間，而發出的異常滴答聲響，以及半掩的扇形窗戶外，傳來的庭院噴泉咕嚕聲。隨著時間過去，四人的臉龐，逐漸被三腳架飄來的裊裊煙霧所籠罩。上頭鋪滿燃料的三腳架，似乎越來越不需要走動無聲、且逐漸變得緊張的老黑人照料。

這裡有艾蒂安—羅倫特．迪馬里尼，他纖瘦黝黑，蓄鬍的外表十分英俊，也依然年輕。代表繼承人們的亞斯平沃爾，則滿頭白髮，表情怒目衝冠，臉頰蓄著落腮鬍，身材也相當肥胖。來自普羅維登斯的神祕學學者菲利普斯，外型瘦弱、頭頂灰髮、有著修長的鼻梁，鬍子修剪得乾淨，還有駝背身形。難以判斷第四人的年紀，他身材瘦削，蓄著長鬍，毫無表情的特異黑臉，擁有非常整齊的輪廓，頭上戴著高階婆羅門的頭巾，如黑夜般漆黑的雙眼炯炯有神，幾乎沒有虹膜的眼球，似乎是從五官後方非常遙遠的距離往外看。他自稱強德拉普特拉大師（Swami Chandraputra），是位來自貝那拉斯[6]的專家，並帶來重要資訊。迪馬里尼與菲利普斯都曾與他通過信，也迅速認出他神祕主張中的某種真實性質。他的腔調有股怪異的強調感，聽起來相當空洞，有如金屬發出的聲響，就好像使用英語會對他的發音器官造成負擔。但他的用詞，和任何盎格魯薩克遜人一樣溫和正確，且充滿道地用語。以整體服裝而言，他像個正常的歐洲人，但他身上鬆垮的衣物看起來十分奇怪，而他濃密的黑鬍鬚、東方頭巾，與龐大的白色連指手套，則使他

4　譯注：此處與《銀鑰》中的厄尼斯特．B．亞斯平沃爾為同一人，作者在此應有筆誤。
5　譯注：Creole，由兩種以上的語言詞彙組出的混和語系。
6　譯注：Benares，現稱瓦拉納西（Vanarasi），印度聖城之一。

流露出某種怪異的異國氛圍。

迪馬里尼撥弄著在卡特車裡找到的羊皮紙，並開始說話。

「不，我看不懂這張羊皮紙。在場的菲利浦斯先生也放棄了。卻爾奇華德中校（Colonel Churchward）說，這不是那卡語，看起來也不像復活節島戰棍上的象形文字。不過，那只盒子上的雕刻，確實和復活節島圖案有古怪的相似之處。我覺得和羊皮紙上的文字最相似的東西，就是可憐的哈利・華倫一度擁有的某本書中的文字。注意看，所有字母似乎都由橫向文字條上往下垂。卡特和我於一九一九年造訪他時，那本書是從印度送過來的，他也從不告訴我們關於那本書的事。他說我們最好不要知道，並暗示它原本可能來自地球之外。當他於十二月走下那座老墓園中的墓穴時，身上就帶著這本書，但他和書再也沒有回到地面。前段時間，我寄了些憑記憶抄下的那類文字、和一份卡特羊皮紙的影本，給我們在場的朋友強德拉普特拉大師。進行了某些研究與諮詢後，他相信自己或許能解釋這些東西的真相。

但說到那把鑰匙，卡特曾寄了張它的照片給我。它奇特的蔓藤紋路並非文字，但似乎屬於和羊皮紙相同的文化傳統，卡特總是說他快解開謎團了，不過他從未解釋過細節。他一度對整件事抱持著充滿詩意的態度。他說，那把古老銀鑰，能解開阻擋我們前往時空巨廊的重重門扉，讓我們抵達終極邊界。自從沙達德[7]透過驚人天分，打造出千柱之城埃冷（Irem）的華麗圓頂與無數光塔、並將之隱藏在佩特拉阿拉伯（Arabia Pettraea）的沙漠之下後，就沒有人跨越過那條邊界了。卡特寫道，幾乎餓死的托缽僧，與因乾渴而發狂的遊牧民族，曾從沙漠返回，並講述那道巨門，以及雕刻在拱門楔石上的手，但沒人曾往返巨門，並說自己在門內散布石榴石的沙地上留下腳印，以證明自己曾造訪當地。他推測，那隻巨手雕像試圖握住的東西，就是那把鑰匙。

我們不清楚卡特為何沒把羊皮紙和鑰匙一起帶走。或許他忘了羊皮紙，或是他想起曾有人帶著寫有相似文字的書進入墓穴，且再也沒有回來，而決定不帶走羊皮紙。也有可能是，那張紙對他的目的而言，已經不重要了。」

迪馬里尼說完後，菲利浦斯便以刺耳的尖銳嗓音說：

「我們只能透過自己的夢境，得知藍道夫．卡特的漫遊歷程。我去過夢中許多奇怪地點，也在史蓋河彼端的烏撒，聽過諸多奇異事物。那張羊皮紙應該不具必要性，因為卡特肯定重新踏入了童年夢境，現在則成為伊列克瓦德的國王。」

亞斯平沃爾先生破口大罵時，露出了加倍暴怒的神情：「誰來讓這老笨蛋閉嘴好嗎？我們受夠這些瘋話了。當前問題是分配財產，我們也該開始了。」

強德拉普特拉大師首度以他怪異的異國腔調開口：

「各位先生，這件事比你們想像得還更複雜。亞斯平沃爾先生不該嘲諷夢境證據。菲利浦斯

7　譯注：Shaddad，阿拉伯傳說中柱之城埃冷的國王，《可蘭經》與《一千零一夜》中都對他有所紀載。

先生的觀點並不完整，或許是因為他做的夢不夠多。我本人做過相當多夢。我們印度人一直以來都會這樣做，卡特家族似乎也是如此。亞斯平沃爾先生，身為母系表親，你自然不是卡特家的一份子。我自己的夢境，以及其他資訊來源，讓我得知許多你們會覺得晦澀難懂的事。比方說，藍道夫．卡特遺忘了他無法破譯的那份羊皮紙，但如果他記得帶走那張紙的話，狀況就會好得多。是這樣的，我得知了很多關於卡特在四年前的十月七日，帶著銀鑰在夕陽下離開車子後發生的事情。」

亞斯平沃爾高聲冷笑，但其他人則饒富興味地挺胸坐好。三腳架中的煙霧逐漸增加，棺材型時鐘的瘋狂滴答聲，似乎也出現了怪異的律動，像是外太空傳來的異星電報中的點與線般，令人無法解讀。印度人往後靠，眼睛半閉，並繼續用那股出奇用力卻道地的口音說話，而他的聽眾腦中，則開始浮現出藍道夫．卡特的經歷始末。

第二章

阿卡漢遠方的山丘充滿奇異魔法，或許，當老巫師愛德蒙・卡特於一六九二年從撒冷逃到此地時，曾從群星與地底墓穴中，召喚出某種東西。藍道夫・卡特一回到山區，他就明白自己相當靠近其中一座大門，少數大膽又令人害怕、且抱持異樣靈魂的人們，曾透過這些門扉，打破世界與絕對外域之間的高牆。好幾個月前，他曾破譯極度古老的褪色銀鑰上，那蔓藤紋路中的訊息。而在那年當天的此時此地，他覺得自己會成功。他知道該如何旋轉鑰匙，也曉得該如何將它舉向落日，以及在轉動第九下與最後一下時，該對虛空說出哪種儀典咒文。在如此靠近黑暗極點與潛藏大門的地點，它的主要功能不可能失誤。當晚，他肯定能在自己從未停止思念的失落童年中休憩。

他走出車外，口袋裡裝著鑰匙，往上坡走上那條陰森的鄉野彎道，經過長滿藤蔓的石牆，跨越漆黑林地，行經盤根錯節又遭遺棄的果園，走過窗口大開的荒廢農舍，以及無名廢墟，逐漸深入陰影中的核心。日落時分，當金斯波特那遙遠的尖塔，在火紅的日光下閃爍時，他拿出鑰匙，做出必要的轉動並唸出咒語。後來他才發現，儀式生效的速度有多快。

他在逐漸變淡的暮光中，聽見了來自過去的叫聲：是他舅公的雇工老班尼嘉・柯瑞。班尼嘉不是已死了三十年嗎？何時的三十年前？時間是什麼？他之前去哪了？班尼嘉在一八八三年十月七日叫他，有什麼奇怪的呢？他出外的時間不是比瑪莎舅媽規定的時間晚了嗎？他上衣口袋中這只鑰匙是什麼？他的小望遠鏡原本應該在這，那是他爸爸在兩個月前、他九歲生日時給他的禮物。他是在家中閣樓找到鑰匙的嗎？它能打開山丘上的蛇窩，那座洞穴後頭的神祕大門嗎？他銳利的目光，曾在崎嶇的岩石間瞥見那座巨門。人們總是把那個地點和老巫師愛德蒙·卡特扯在一起。人們不願去那裡，也只有他曾注意，或鑽過那處樹根蔓生的裂隙，抵達大門所在的龐大內部廳室。是誰的手在岩石上雕下巨門輪廓？是老巫師愛德蒙，還是他召喚出來控制的東西？那天晚上，小藍道夫與克里斯舅公和瑪莎舅媽，在建有古老復折式屋頂的農舍中吃晚餐。

隔天早上他提早起床，衝過盤根錯節的蘋果園，跑到上坡樹林。在生長得過度旺盛的醜惡橡木林中，蛇窩後頭的漆黑洞口令人望之卻步。他感到一股無名的期待，而當他摸索上衣口袋，檢查銀鑰是否安全時，也沒注意到自己掉了手帕。他滿懷緊張又充滿冒險心態的自信，爬過漆黑的孔道，並用從客廳拿來的火柴照亮途徑。下一秒，他就鑽過彼端長滿樹根的裂口，踏入無人知曉的龐大地底洞窟，後頭的石牆，看起來有點像刻意打造而成的恐怖巨門。他沉默又敬畏地站在那面濕冷的牆前，注視的同時，點燃一根又一根的火柴。想像中的拱門楔石，頂端的岩石突起，確實是手掌雕刻嗎？接著他抽出銀鑰，做出必要動作，並唸出咒語，也只隱約記得這些行為的來源。他忘了什麼嗎？他只知道自己想跨越邊界，前往他夢中那無人涉及過的國度，以及使所有次元在其中瓦解的絕對深淵。

第三章

文字很難解釋隨後發生的狀況。它充滿了現實生活中無法存在的矛盾、反差與異常現象，但我們奇異的夢境中充斥著這類光景，直到我們回到思想狹隘古板又客觀、只具有有限因果，和三維邏輯的世界前，都會認為那些異狀相當正常。那位印度人往下描述時，比起穿越歲月回到童年的男子故事，他的口吻難以避免散發出一股瑣碎幼稚的浮誇氛圍。作噁的亞斯平沃爾先生怒氣衝天地一哼，立刻停止了傾聽。

藍道夫．卡特在那座鬼氣沉沉的黑暗洞穴中執行的銀鑰儀式，並沒有失效。從他做出第一個動作，與發出第一個音節開始，一股奇特又驚人的變異氛圍就此出現。時空中出現了某種無法估算的動盪與混亂，但與我們所知的動作或時間完全不同。在難以察覺的狀況下，年齡或地點等事物，失去了具體意義。前一天，藍道夫．卡特奇蹟般地跨越了數年的時間鴻溝。現在，男孩與男人之間，已經沒有區別。只有名叫藍道夫．卡特的個體存在，還有許多影像，現在都已失去了與地球光景和相關情境的連結。一瞬之前，周圍有一座洞穴，裡頭則有巨門模糊的跡象，和遠方牆面上龐大的手型雕刻。現在山洞已然消失，卻也沒有消失；牆壁化為虛無，卻沒有不見。周圍只剩下一連串不屬於視覺或腦部感受的印象，名為藍道夫．卡特的個體，則在其中體驗到自身心智所環繞的感知或思緒，但當他接收這些體驗時，則全然缺乏清晰意識。

儀式結束後，卡特知道，自己不處於地球地理學家所知的任何地點，當時也並非歷史所能定義的任何時期。因為發生在他身上的事，並非全然陌生。《納克特抄本》的神祕斷簡殘篇中，暗示過此事，而當他破譯了銀鑰上雕刻的圖樣時，阿拉伯狂人阿布杜·阿爾哈茲瑞德（Abdul Alhazred）禁忌的《死靈之書》（*Necronomicon*），裡頭其中一章也反映出全新的意義。有道門開啟了——這並非終極大門（Ultimate Gate），但它會從地球與時間，通向地球在時間之外的延伸領域。透過這個途徑，終極大門會導向充滿危機的恐怖路途，抵達位於所有世界、宇宙，與物質外的最後虛空（Last Void）。

那裡會出現一名非常令人敬畏的指引者（Guide）。這名指引者在數百萬年前曾是某個地球個體，人類完全無法想像那段太古歲月，當時被遺忘的身影，在蒸氣裊裊的星球上移動，打造出奇異的城市，而世上第一批哺乳類，會在這些城市崩塌毀損的遺跡中玩耍。卡特記得恐怖的《死靈之書》，曾隱晦又令人不安地暗示過那名指引者的存在。

「儘管世上，」阿拉伯狂人曾寫道，「有膽敢窺探帷幕（Veil）之後景象的人，也會接受**他**的指引，這些人最好保持謹慎，不要與**他**進行交易；《托特之書》[8]中記載，只要看上一眼，就得付出高昂代價。沒有許多跨越帷幕的人曾成功歸返，因為在超越俗世的廣大領域中，存在著會進行狩獵與束縛的黑暗形體。在夜裡蹣跚步行的『事物』（Affair），藐視古老印記的邪惡物體，在每座墳墓旁邊的祕密門口站崗的『牧群[9]』，則仰賴墓穴遺體長出的東西維生；這一切黑暗邪物，遠比守護**大門**的**他**更為低等：**他**會指引莽撞之人穿越所有世界彼端，進入無可名狀吞噬者的**深淵**。因為**他**是太古者（Most Ancient One）**烏姆爾・亞特・塔維爾**（'Umr at-Tawil），書吏則將此名寫為**長生者**（The Prolonged of Life）。」

在翻騰的混沌中，回憶與想像，塑造出具有飄渺輪廓的模糊畫面，但卡特深知，那只是回憶與想像。但他覺得這些影像不可能在自己的意識中隨機出現，而是出自某種難以言喻，且無邊無際的龐大現實。這股環境包圍住他，試圖以他唯一能夠理解的符號詮釋自身。沒有任何來自地球的心靈，能夠了解這股，與我們已知時空外的隱晦深淵，交織融合的延伸形體。

卡特面前飄浮著雲霧般的形體與景象，這光景則不知怎麼地，使他聯想到地球上，那早已被遺忘的太古歲月。恐怖的生物，特意穿過從未在任何理智夢境出現過的奇異景色，地形上則滿布驚人的植被、高崖與山脈，以及毫無人類風格的石材建物。海底有城市與其中的居民；廣大沙漠中矗立著高塔，而圓球、圓柱體，與長有翅膀的無名個體，則從高塔上迅速飛入太空，或從太空

8 譯注：*Book of Thoth*，許多據說為埃及的寫作與知識之神托特所撰寫的文本，都被稱為《托特之書》。

9 譯注：Herd，後世英國作家拉姆西・坎貝爾（Ramsey Campbell）在短篇故事《古墓牧群》中將之描寫為「古墓牧群」（Tomb Herds）。

俯衝而下。卡特能理解這些景象，不過對他而言，這些畫面彼此沒有確切關聯。他缺乏穩定的形體或位置，只有不斷旋轉的思緒，勉強暗示出的型態與方位。

他想找到自己童年夢境中的神奇領域：在那裡，大帆船由歐克拉諾斯河順流而上，渡過瑟朗的鍍金尖塔，穿越芬芳克里德叢林的大象商隊，以及遠處被遺忘的宮殿，與其中刻有雕飾的象牙高柱，在月下優美且不朽地沉睡。因更廣闊的幻象而著迷的他，幾乎不知道自己該找尋什麼。他心中浮現不淨的無限勇氣，也清楚自己將無所畏懼地面對指引者，並詢問對方驚悚駭人的事。

雲霧般的畫面立刻形成某種模糊的穩定狀態。裡頭有一大片巨石林，雕工樣式特異又令人費解，似乎遵循著某種未知的扭曲幾何法則。光線以令人困惑的矛盾方向，從沒有明確色彩的天空落下，彷彿擁有知覺似地照在一列彎曲的龐大台座上，上頭刻有象形文字，形狀也接近六邊形，上方則站了許多身穿斗篷、且難以分辨輪廓的形體。

還有另一個沒站在台座上的形體，反而像是在宛如雲朵或地面的底層上滑行或飄浮。它的輪廓不定，但短暫地化為某種比人類更早期、或近似人類的型態，不過比一般人類大上半倍。它似乎披掛著厚重的斗篷，像是高台上的那些東西，服裝布料則呈灰色；卡特看不出布料上有任何能讓它往外看的窺視孔。它可能不需要觀看行為，似乎屬於另一類種族，完全超脫物理世界的結構與官能。

轉瞬之間，卡特就曉得事情肯定如此，因為那個形體，不靠聲音或語言，直接與他的心靈溝通。儘管它報出了恐怖駭人的名號，藍道夫・卡特卻並未畏懼地退縮。他反而回應了對方，同樣不仰賴聲音或語言，並做出醜惡的《死靈之書》中教導的頂禮方式。因為自從洛瑪從海中升起，以及火霧之子們[10]來到地球，將古老知識（Elder Lore）傳授給人類前，全世界就已對這個形體抱持著莫大恐懼。它確實就是指引者與守門者（Guardian of the Gate）：太古者**烏姆爾・亞特・塔維爾**，書吏則將此名寫為**長生者**。

指引者知曉一切，因此他清楚卡特的任務和對方的到來，也明白這位夢境與祕密的探尋者，毫無畏懼地站在自己面前。他並未散發出恐怖或惡意，有那麼一瞬間，卡特也懷疑阿拉伯狂人那可怕又瀆神的暗示，可能出自對羨慕，或對現在即將發生的事，所抱持的困惑願望。又或許指引者只對畏懼自己的人顯露出恐怖和敵意。隨著訊息繼續傳遞，卡特終於能將訊息化為語言。

「我確實是太古者，」指引者說。「你清楚這點。古者（Ancient Ones）們和我——我們一直在等你。歡迎你的到來，儘管你遲了很久。你握有鑰匙，也解開了第一門（First Gate）。現在終極大門已經準備好讓你進行試煉了。如果你害怕，就不須往前走。你依然能沿著來途毫髮無傷地回去。但如果你選擇前進……」

10 譯注：Children of the Fire Mist，本篇共同作者普萊斯發明的不明角色，有些印刷版本中將火霧改為「有翼者」（Winged Ones），但不清楚是洛夫克拉夫特、普萊斯或出版社做出的更動。

那段停頓令人感到不祥，但訊息依然相當友善。由於受到炙熱的好奇心驅使，卡特便毫不猶豫地回答。

「我要前進，」他將訊息傳送回去。「我也接受你成為我的指引者。」得到這項回應後，指引者似乎透過長袍的特定動作做出某種手勢，可能是舉起了手臂，或某種類似的器官。隨即出現了第二個手勢，而根據卡特熟讀的學識，他知道自己非常靠近終極大門。光線變成另一種無可名狀的顏色，而類六邊形台座上形體們的輪廓，則變得更為明顯。當它們坐挺時，輪廓就變得更像人形，不過卡特清楚它們不可能是人類。它們用斗篷罩住的頭部上，似乎有著高大且顏色不明的頭冠，怪異地類似某位被遺忘的雕刻師刻出的無名人像，這些雕像位於韃靼利亞（Tartary）禁忌高山的崖壁上，它們在厚重的布巾皺褶中，握住長柄權杖，權杖上的雕製頂端，散發出怪誕又古老的神祕感。

卡特猜測著它們的本質以及來源，還有它們所服侍的**對象**，也猜到它們為了侍奉對方所付出的代價。但他依然感到滿意，因為自己能在一趟偉大冒險中得知一切。他思忖道，天譴只不過是盲目之人口中的一個字眼，導致他們咒罵所有看得見東西的人，即使是獨眼人亦然。他想知道那些提及**邪惡**古者的人，心裡究竟抱持著哪種幻想，彷彿古者們，能暫停自己的永恆夢境，對人類發洩怒火。他認為，那就像長毛象對蠕蟲進行瘋狂復仇一樣荒唐。所有集結於類六邊形巨柱上的形體，都用雕工古怪的權杖對他示意並迎接他，也發出他能夠領會的訊息：

「我們向你致敬，太古者，也對你致敬，藍道夫．卡特；你的壯舉使你成為我們的一員。」

卡特發現，其中一塊台座上空無一物，太古者的手勢則讓他理解，那是留給他的位子。他也看到另一塊比其餘台座更高的台座，位於所有台座組成的怪異曲線中心；那條線並非半圓或橢圓，也不呈拋物線或雙曲線。他猜，那就是指引者的王座。卡特用難以定義的方式移動並上升，隨後就座。當他坐下時，發現指引者已經坐好了。

朦朧中，太古者明顯正逐漸拿起某個東西。他用長袍外翻的皺褶，抓住某個東西，彷彿是為了讓穿戴斗篷的同伴們看──或是某種替代視覺的機能。那是顆大型圓球，或明顯呈球體狀的東西，而當指引者將它往前移時，一股幻覺般的低音逐漸蔓延開來，隨著間隔起伏，還似乎帶有節奏感，即使那並非地球上的節奏。感覺有些類似吟唱，或是某種人類耳朵詮釋為吟唱的感受。那顆類球體發出微光，而當它化為泛著不明色澤的振動冷冽光線時，卡特注意到閃光的頻率，呼應著吟唱中的異星節奏。接著台座上所有配戴頭冠、手持權杖的形體，開始依著那不可名狀的旋律，以奇特姿勢微微搖晃起來，而和類球體發出的光芒一樣顏色不明的光環，則在它們被罩住的頭部周圍浮現。

印度人打住故事，並好奇地望向高聳的棺材型時鐘，以及上頭的四根時針，與畫有象形文字的鐘面；時鐘瘋狂的滴答聲，則不遵循任何地球上的節奏。

「你，迪馬里尼先生，」他突然對飽學的屋主說，「不需我提醒你，六邊形高柱上那些穿戴斗篷的形體，是順著哪種特異節奏吟唱並點頭吧。你是美國境內唯一見過延伸外域（Outer Extension）的人。我想那座鐘，是可憐的哈利．華倫，經常談起的那位可憐瑜珈士寄給你的。那位先知說，世上的活人，只有他去過古老的冷之高原那個隱匿遺跡奕安荷（Yian-Ho），也曾從那座恐怖的禁忌之城帶走某些東西。我很好奇，你知道多少關於它的巧妙能力？如果我的夢境與判斷正確，這座鐘是由那些深知第一門的生物所建造的。但讓我繼續把故事說完。」

大師繼續說。最後，搖晃動作與吟唱停了下來，靜止的低垂頭部頂端的閃爍光輪逐漸淡去，披戴斗篷的形體們，則怪異地癱倒在台座上。但類球體卻繼續閃動著無可名狀的光芒。卡特覺得古者們睡著了，就和他首度見到它們時一樣，他也想知道，自己的到來，在它們身上催生出哪種太虛夢境。真相緩緩滲入他心中：這個怪異的吟唱儀式是場指示，太古者透過吟唱，將伴者送入全新的特殊睡眠狀態，以便讓它們的夢境開啟最終大門，銀鑰則是通過大門的通行證。他明白，它們在深層睡眠中，凝視著深不可測的終極外域，且如果要成功，他就必須參與。

指引者並未一同入睡，但似乎依然以某種巧妙無聲的方式進行指示。他明顯正將自己要伴者們夢到的事物影像，植入對方的思緒：卡特也清楚，當每位古者得到那些思緒時，就會出現連他的凡俗雙眼，都能看見的實體化核心。所有形體的夢境合而為一時，透過專注，核心便會化為實體，他所需的一切也都將成為實物。他在地球上看過這種事。在印度，圍成一圈的大師所凝聚的意志，能使思緒成為有型物質；他也在古老的亞特拉納特（Atlaanat）見識過這種狀況，鮮少有人敢提起它的名稱。

卡特不確定終極大門究竟是什麼，也不曉得該如何通過它；但他心中湧起一股緊湊的期待。他察覺自己擁有某種軀體，手中則拿著那把重要銀鑰。他對面的高聳巨石林，似乎如牆壁般平坦，他的目光，則難以抗拒地被中心吸引。突然間，他感覺到太古者的精神思緒停止流動。

卡特首度發現，心智與軀體徹底的沉默，有多麼嚇人。先前的場合，總是有某種可察覺的節奏，儘管那只是地球的次元延伸處散發出的微弱神祕振動，但深淵的靜默現在似乎籠罩了一切。儘管他有模擬出的軀體，卻沒有呼吸聲，而烏姆爾・亞特・塔維爾的類球體中的光芒，則逐漸穩定下來，不再振動。一圈明亮光圈，在指引者被蒙住的恐怖頭顱上，放出明亮光線，比之前在形體頭上舞動的光圈更加明亮。

卡特感到一陣暈眩，失去方向感的感覺也放大了上千倍。怪異光線籠罩古者周圍時，似乎保持了無盡黑暗的濃烈性質，而在靠近它們六邊形王座的位置，則飄散著某種令人昏沉的僻靜。接著他覺得自己飄入深不可測的地洞中，一波波帶著香味的溫熱，則拂上他的臉。他彷彿漂浮在炙熱，又泛著玫瑰色光澤的海水上；那座海洋由藥酒構成，浪花則擊打在烈火形成的海岸上。當他朦朧地看到，那座拍打遠方海岸的龐大海洋時，便感到無比恐懼。但沉默時刻遭到打破——浪潮並非對他以物理聲響，或語句清晰的語言開口。

「真實之人超越善惡。」不是嗓音的嗓音說道。「真實之人抵達了萬物歸一者（All-Is-One）。

真實之人理解，幻覺是唯一的現實，物質則為狡猾騙徒。」

此時，不斷吸引他目光的高聳石柱上，出現了一座雄偉拱門的輪廓，相當類似他許久之前，在洞窟中的洞窟所見到的巨門，那座門位於三度空間的地球表面，遙遠又不真實。他發現自己使用了銀鑰；透過直覺般的儀式動作移動，方法非常類似打開內門（Inner Gate）的儀式。他發現，拍打他臉頰的玫瑰色海浪，正是那座堅不可摧的堅硬牆面，牆面在他的咒語下瓦解，古者們的思緒漩渦，則輔助了他的咒語。他依然受到直覺與盲目的決心驅使，並往前飄去——就此穿過了終極大門。

第四章

藍道夫．卡特穿越龐大石門的過程，宛如高速飛過群星間，那無法估量的深淵。他從遠處感到神明般的強烈勝利感，這種感覺致命又甜美，隨後則聽到巨大翅膀的拍擊聲，以及不屬於地球或太陽系的尖鳴或低語聲。他往後一看，發現不只一道門，而是有諸多大門。某些門口前，有物體發出喧囂，他則努力想忘記那些東西的模樣。

突然間，他感到一股更強烈的恐怖感，遠超過那些形體帶來的驚駭程度，也因為與恐懼感相連結，讓他無法逃離這種感受。就連第一門，都奪走了他身上的某種穩定性，使他無法確認自己的肉體與周圍朦朧事物之間的關係，但那並未干擾他的統一性。他依然是藍道夫．卡特，是翻騰的次元渦流中穩固的一點。現在，抵達終極大門之外後，他在一瞬間撕心裂肺的恐懼中，察覺自己並非單一個體，而是許多不同的人。

他同時身處不同地點。一八八三年十月七日，地球上有位名叫藍道夫．卡特的小男孩，在寧靜的星光中離開蛇窩，跑下崎嶇山坡，穿越盤根錯節的果園，抵達克里斯多福舅公位於阿卡漢遠方山區的房屋；但在同一時間，地球紀年一九二八年，一個約莫身為藍道夫．卡特的模糊陰影，則與古者們，坐在地球的次元外延伸處。還有第三位藍道夫．卡特，身處終極大門外，神祕又無形的太空深淵。混沌景象的無限多重性，與怪誕的多樣性，將他逼近到發狂邊緣，別處則有難以估算的混雜物體，他清楚那全都是穿越終極大門後，實體化的自己。

地球歷史上每段已知與傳說時代，都有卡特們的存在，甚至出現在地球生物超脫知識、疑惑與可信度的遙遠年代。卡特們型態各異，有人型與非人型，脊椎動物與無脊椎動物，有意識與毫無心智的生物，以及動物和植物。再來，還有與地球生態完全無關的卡特們，它們在其他星球、星系、銀河系，與宇宙連續體的背景中，以驚人方式移動。它們是飄散到不同世界和不同宇宙的永生孢子，但全都是他本人。某些驚鴻一瞥，讓他想起，自從首度開始做夢後，無論是模糊或鮮明、單一或持續，多年來所經歷的夢境。有些景象，還具有某種揮之不去，又驚人的恐怖熟悉感，無法以地球邏輯對其做出解釋。

面對這種現實時，藍道夫．卡特在無上恐懼中翻滾扭曲。即使是那醜惡的夜晚高潮，也沒帶來這種程度的恐怖；當時殘月下的兩人，步入古老駭人的墳場，最後只有一人活著歸來。沒有死亡、厄運或痛苦，能激起比失去**身分感**更強的絕望感。與虛無合而為一，是平靜的終點；擁有了存在感，卻曉得自己再也不是與其他事物有差異的絕對個體；他再也沒有**自我**了——那就是痛苦與恐懼的無名巔峰。

他深知，世上曾有位來自波士頓的藍道夫．卡特，但不確定身為終極大門外某種個體的碎片或層面的自己，是否曾是這位卡特或其他人。他的自我已遭到抹滅，但他（如果在徹底消滅個體存在感的狀況下，還能稱得上「他」的話）依然清楚，自己以某種超越想像的方式，身為諸多自我。他的身體彷彿突然轉變為印度神廟中，長滿手臂、頭顱眾多的雕像。他思索著這種聚合，困惑地企圖分辨哪裡是原初自我，哪些則是額外部分。但前提是，確實有（這是多麼可怕的想法呀！）與其他化身不同的原初自我可言。

接著，在這些絕望反思之中，卡特位於大門外的碎片，從恐懼的谷底，被拋向更深邃的漆黑驚懼深淵。這次大致上是外來反應。一股人格動力立刻面對、圍繞並滲透他，除了它當下的存在感外，似乎也成為了他的一部分，與所有時間共存，也和所有空間相連。周圍沒有任何視覺畫面，但個體感與融合的獨特性、身分與無限感，造就了超越卡特碎片，至今為止不認為存在的懾人恐懼。

面對那陣可畏的奇景時，那類似卡特的東西，遺忘了摧毀個體性的恐怖感。無限的個體與自我合為一體，一體又分裂為群體；不只是存在於單一時空連續體的事物，同時也與無垠存在中的終極生命本質相連結。那座最終領域無邊無際，也超脫了想像與數學法則。地球上某些祕密教團，或許曾悄聲將它稱為**猶格・索陀斯**（Yog-Sothoth），這位神祇擁有其他名諱；幽果斯[11]的甲

11　譯注：Yuggoth，位於太陽系邊陲的黑暗星球，是擁有甲殼類生物外型的真菌米・格（Mi-Go）的發源地（參見《暗夜低語者》），閃爍偏方面體也來自幽果斯（參見《暗黑祟魔》）。

殼類生物以「超越一體者」（Beyond-One）之名祭拜它，螺旋星雲中的氣體大腦，也以某種無法轉譯的符號稱呼它。但在一瞬間，卡特碎片明白了，這些概念有多微不足道。

這個存在體，用強烈的思緒波，對卡特碎片發出訊息，彷彿發出了擊打、燃燒與雷擊。一股集中的能量，以幾近無法忍受的暴力，擊中接受者，非常類似第一門之外的古怪區域中，古者們隨之搖晃的異星節奏，以及閃爍的可怖光線。彷彿恆星、世界和宇宙全數聚集成一點，而它們企圖用無人能擋的怒火衝擊，將太空中的這一點徹底殲滅。但在更廣大的恐懼之下，相對微小的畏懼感就減弱了；因為燒灼般的波浪，似乎將大門外的卡特，從無限分身中孤立出來，使其恢復某種程度的身分幻覺。一段時間後，傾聽者開始將衝擊波，轉譯為自己了解的語言模式，他的恐懼和壓抑也隨之減退。害怕轉為純粹的驚嘆，先前看似不淨又異常的東西，現在看來則雄偉無比。

「藍道夫．卡特，」它似乎說道，「我在你星球的界外延伸處上的化身，也就是古者們，將你派來，因為近來你想回到自己失去的小夢境，但取得更大的自由後，則得到更崇高偉大的願望與好奇心。你希望從金色的歐克拉諾斯河順流而上，在遍布蘭花的克里德中，搜索被遺忘的象牙都市，並坐上伊列克瓦德的蛋白石王座，城內華美的高塔與無數圓頂，往天空中某顆紅星矗立，紅星則位於不屬於你的地球，與所有物質的異域天空中。現在，穿越了兩座大門後，你希望達到更崇高的目的。你不願像個孩子，從討厭的場景逃到深愛的夢中，寧可像個男子漢，躍入潛藏於一切光景與夢境後頭，那最深處的奧祕。

我覺得你的願望很好，也準備好達成你的願望。我只對你星球上的生物允諾過十一次願望。其中五次是為了你稱為人類的動物，或是類似他們的生物。我準備好讓你見識終極奧祕（Ultimate Mystery）；只要望上一眼，就能摧毀脆弱的靈魂。但在你望向那最終與最初的祕密前，你依然能自由選擇，並由兩座大門返回，帷幕也不會在你眼前揭開。」

第五章

思緒潮流突然停止，使卡特陷入一片冷冽又充滿荒涼感的死寂。無比廣闊的虛空在他周圍環繞，但追尋者明白，那個存在體依然在原處。過了一會，他便想出字句，並將之拋入深淵：「我接受。我不會撤退。」

思緒波再度湧來，卡特也明白存在體聽見了。那股莫大心靈，傳來一陣知識與解釋，為追尋者打開了全新眼界，也讓他準備好理解那些自己從未想過會擁有的宇宙知識。他得知三度空間世界的想法，有多幼稚又充滿侷限，以及除了已知的上下前後左右等方向外，還有無限的不同方向。對方向他展現了微小地球神明的渺小，與華而不實的空虛習性，還有祂們瑣碎又如同人類般的興趣與關係：包括祂們的仇恨、憤怒、愛，與虛榮。小神們對讚美和犧牲的渴望，以及祂們對信仰的需求，與理性和自然完全相反。

儘管大多資訊都為了卡特而轉譯為文字，有些資訊則仰賴其他感官進行詮釋。或許是透過眼睛，也可能是透過想像，使他察覺自己處於超越人眼與大腦能理解的次元領域內。那東西原先是一團強力漩渦，但隨即化為無垠虛空，而在虛空的濃密陰影中，他發現了使自身感官感到一陣暈眩的廣闊事物。他從某種難以想像的制高點，望向龐大的形體；儘管他花了一輩子研究神祕學識，但那些形體上的諸多延長器官，已超出他的心智目前為止，對生物、尺寸與邊界的概念。他開始隱約理解，為何一八八三年位在阿卡漢農舍的小男孩藍道夫．卡特；第一門彼端，類六邊形高柱上的霧狀形體；當下在無盡深淵中面對那存在體的碎片；與他想像中或感知到的其他卡特，會在同一時間存在。

接著思緒浪潮逐漸增強，企圖強化他的理解力，並讓他適應多型態的存在，而他目前的碎片，只是其中渺小的一部分。它們告訴他，空間中的每個形體，都只是某個空間中相對應的形體，與一個以上的維度交叉後，所產生的結果。就如同立方體中切下的正方形，或是球體中挖出的圓圈。立方體與球體屬於三度空間，因此是由四種次元中的相對型態，所分離出來的形象，人類只能透過猜測與夢境得知這些空間。這些形體又是從五種次元中的形體分割而出，然後不斷延伸到令人暈頭轉向，又無法觸及的無限原型。人類世界與人類諸神，只是渺小事物中的微小層面；能透過第一門抵達的小整體，也就是烏姆爾．亞特．塔維爾控制古者夢境的領域，只不過是三度空間的層面而已。儘管人類認為那是現實，也將多維原型的概念貶為幻想，事實卻恰好相反。我們稱為物質與現實的東西，只算是陰影與幻覺；而我們稱為陰影與幻覺的事物，才是真正的物質與現實。

思緒浪潮繼續解釋：時間毫無動靜，沒有開始，也沒有盡頭。認為它有活動，也是造就改變的原因這點，正是一種幻覺。它本身確實是種幻覺，除了受限於次元中生物的狹窄觀點外，世上並沒有過去、現在與未來。人類只會因為他們所稱的改變，而想到時間，但那也是幻覺。過去、現在與未來都同時存在。

這些真相散發出神聖的肅穆，使卡特無從質疑。即使這些事超出他的理解，他也覺得這在最終的宇宙現實中必然屬實，也掩蓋了所有獨立觀點，與狹窄的局部觀點；也能夠熟悉深奧推測，不受獨立與局部概念所影響。他這整個任務，不正是由於他相信獨立與局部概念的虛假性嗎？

經過了漫長的停頓，思緒浪潮繼續解釋：低維空間的居民聲稱，改變只是他們意識中的功能，他們也透過意識，由不同的宇宙角度觀察外部世界。就如同切割圓錐時的切片形狀，隨著切割角度不同而變化。根據角度，而形成圓形、橢圓形、拋物線或雙曲線，但圓錐本身卻毫無變化。因此，無改變物體的獨立層面也不變，無盡的現實，則似乎隨著宇宙的觀察角度而改變。內層世界的脆弱生物，受到這類不同的意識角度所奴役，除了罕見的例子外，他們無法控制那類觀點。只有少數研習禁忌知識的學者，才能得到這種控制力，因此征服了時間與改變。但大門外的存在體，能控制各種角度，也用與改變有關的破碎觀點，或超越任何觀點的不變整體性，來隨意觀察宇宙的多重層面。

當思緒波再度停止，卡特便開始隱約又恐懼地明白：當他一開始因失去個體性而大為驚恐時，隱藏在這股謎團後的，正是終極奧祕。他的直覺拼湊出零碎真相，並逐漸逼近祕密。他知道諸多駭人真相原本會湧向自己，要不是烏姆爾·亞特·塔維爾為了使他精準地使用銀鑰打開終極大門，而用魔法保護他的話，第一門內的諸多分身，早就會將他的自我撕成碎片。他急於得到更為清楚的知識，便發出思緒波，詢問他不同化身之間的明確關係：當前位於終極大門外的碎片、依然待在第一門外類六邊形台座上的碎片、一八八三年的男孩、一九二八年的男人，與構成他的族系，並庇護他自我的不同先祖，以及源自其他太古歲月與世界的無名居民。第一次窺視醜惡的終極觀點時，這些化身就與他產生了共鳴。存在體以思緒波緩緩回應，試圖釐清超乎地球人心智的知識。

思緒波繼續說道：所有出自無限次元的物體直系後代，以及每個物體各個成長階段，都只是無限次元外空間中，永恆的原型存在體的實體化現象。每個獨立存在：兒子、父親與祖父等等，與個體存在的每個階段：嬰兒、孩童、男孩與男人，只是同種永恆原型存在體的無限階段之一，因意識空間的切割角度變化而造成。任何年紀的藍道夫．卡特；藍道夫．卡特與所有祖先，無論是人類或非人類，地球生物或地球前生物；這一切，僅是超脫時空的終極永恆「卡特」的不同階段。這些朦朧幻影之間的差異，只在於意識空間切割永恆原型時，採用的角度。

微小的變化，能使今日的學生成為昨日的孩童。它能使藍道夫．卡特，變成於一六九二年逃離撒冷、躲到阿卡漢後方山區的巫師愛德蒙．卡特；或是二一六九年的皮克曼．卡特（Pickman Carter），他用上怪異手段，對抗來自澳洲的蒙古人部落；也能將人類卡特，變為在原始的許珀耳玻瑞亞[12]居住的早期生物，牠們祭拜漆黑且型態多變的札特瓜[13]，先前則由曾一度環繞大角星[14]的雙行星基塔米爾[15]飛至地球；也能將地球上的卡特，變成基塔米爾上型態怪異的遙遠先祖居民[16]；或來自銀河系彼端的修倪星[17]上更為古老的生物；或是來自更早期的時空連續體中那四維氣態意識體；或未來居住在一顆放出輻射線的黑暗彗星上的植物性大腦，那顆彗星順著難以想像的軌道運行——以此在宇宙中無盡循環。

思緒波透過振動說道，原型正是終極深淵（Ultimate Abyss）中的居民：它們無形又難以言喻，只有極少數低維度世界的夢行者，會猜到它們的存在。正在向他解釋的存在體，正是這類居民中的首領……也是卡特自身的原型。卡特與他所有先祖，對禁忌的宇宙奧祕感到的怯懦熱忱，就是源自至高原型（Supreme Archetype）的自然結果。每個世界上的所有巫師、偉大思想家與藝術家，都是它的層面之一。

藍道夫．卡特的意識敬畏得幾乎無法動彈，並懷抱著混雜了恐懼的喜悅，向分離出自己的崇高存在體致敬。思緒波再度停下時，他便在死寂中思索，想到了怪異的供品、更為古怪的問題，與更離奇的要求。大腦因陌生的光景，與出乎意料的祕密而感到暈眩，奇異的想法則矛盾地竄入其中。他想到，如果這些奧祕屬實，如果他能掌控改變自身意識空間角度的魔法，或許就能實際造訪自己至今只在夢中聽聞過的太古時代與宇宙區域。銀鑰不就提供了那種魔法嗎？它不是將他從一九二八年的男人，轉變為一八八三年的男孩，再化為某種超脫時間的形體嗎？奇怪的是，儘管他當下缺乏肉體，卻明白鑰匙依然在自己身上。

當死寂持續，藍道夫．卡特便發出繚繞心頭已久的思緒與問題。他知道，在這座終極深淵，他與自身原型所有層面之間的距離相同；無論是人類或非人類，來自地球或異星，或是源自銀河或銀河彼端。他對自我其他層面的好奇心已然高漲，特別是在時空上，離一九二八年的地球最遙遠的層面，或終生死死糾纏著他夢境的事物。他覺得，自己的原型存在體，能透過改變他的意識空間，任意將他送往這些位於遠古的生活層面。且儘管他已見識過奇景，也依然渴求透過軀體在怪誕又驚人的景色中行走，以見到更多奇妙事物，先前他只能在夜晚夢境中看到零碎的畫面。

毫無明確意圖的他，要求存在體讓自己進入某個黯淡的奇異世界：該地五顆顏色各異的太陽、古怪的星辰、高得眩目的黑色峭壁、長有利爪與貘狀鼻口部的居民、怪異的金屬高塔、無可

12 譯注：Hyperborea，希臘神話中的極北國度。克拉克．阿什頓．史密斯筆下的克蘇魯神話分支作品《許珀耳玻瑞亞傳奇》（Hyperborean Cycle）以該地區做為主要舞台。

13 譯注：Tsathoggua，史密斯筆下的舊日支配者。

14 譯注：Arcturus，牧夫座中最明亮的恆星。

15 譯注：Kythamil，有些版本寫為「基塔尼爾」（Kythanil）。

16 譯注：此處指史密斯創作的類人生物弗爾密族（Voormi）。

17 譯注：Shonhi，有些版本中又稱史莊提星（Stronti）。

解釋的隧道，與神祕的飄浮圓柱體，曾一再於他的睡夢中出現。他隱約感覺到，在可想像出的宇宙空間裡，那個世界與其他世界的聯繫最自由。他也渴望探索自己曾約略窺見的景象，並穿越太空，抵達更遙遠的世界，而那些長有利爪與長鼻的居民，則在此自由進出。沒時間感到害怕了。如同在他特異人生中碰上所有危機時，源自太虛的好奇心，總是會擊敗其餘情感。

當思緒波繼續發出驚人振動時，卡特明白，對方允諾了自己的恐怖要求。存在體告訴他，他得穿越永夜深淵，抵達位於某個無人知曉的銀河系中，未知的五合星系，那顆特異星球正繞著該星系公轉。那個世界的地底，住有恐怖怪物，也是長有利爪與長鼻的居民長久以來對抗的敵人。它也告訴他，他個人意識空間的角度，以及對上目標世界時空元素時的角度，如何同時扭轉，才能讓他成為住在那個世界的卡特化身。

如果他想從自己選擇的遙遠異星世界回來的話，存在體要他確認自己的符號，他也不耐煩地回傳了確認答覆。他感到銀鑰依然在自己身上，也知道銀鑰扭轉了兩個世界和個人意識空間，以便將他拋回一八八三年，因此他確信，銀鑰包含了對方說的那些符號。察覺卡特不耐心態的存在體，便表示自己準備好進行那駭人的巨變了。思緒波戛然而止，隨後出現的短暫靜默，則因無名又恐怖的期待，而變得緊張無比。

隨後，在毫無警告的狀況下，浮現出一陣振動與鼓動聲，並逐漸漲為可怕的轟然巨響。卡特再度感到自己成為強烈濃縮能量的聚焦點，令人無法忍受的能量，用熟悉的外太空旋律打擊並燒灼他，使他無法分辨是炙熱恆星的高溫，或終極深淵的刺骨低溫。異於我們宇宙光譜的有色光帶與光束，在他面前交織舞動，他也意識到恐怖的高速活動。轉瞬之間，他瞥見了某個獨自坐在雲端王座上的身影，王座比其餘台座都更接近六邊形……

第六章

印度人暫且停頓故事時，發現迪馬里尼和菲利普斯，正聚精會神地望著自己。亞斯平沃爾假裝忽略了故事，雙眼自負地盯著眼前的文件。棺材型時鐘節奏古怪的滴答聲，散發出一股全新的不祥涵義，遭到忽視的三腳架上飄起的煙霧，則化為難以分辨的奇異形狀，與隨風搖曳的掛毯上那古怪圖案，組成了令人不安的畫面。服侍他們的老黑人已經離開了，或許是高漲的緊張氣氛，嚇得他逃離屋子。等到發言者繼續用怪異地吃力、但又流暢的嗓音開口時，語氣中便帶著一股抱持歉意的猶豫感。

「你們會覺得，這些深淵奇譚令人難以置信。」他說。「但你們會發現，接下來有形的實體事證變得更少。這得怪我們心智的運作方式。當奇異事物，從朦朧的夢境領域進入三度空間時，就變得更為驚人。我會嘗試不告訴你們太多細節，那是截然不同的故事了。我只會說明你們絕對得知道的事。」

經歷最後那股異星漩渦與彩色節奏之後，有一瞬間，卡特以為自己處在過往經常出現的舊夢中。像之前許多夜晚一樣，他走在一群長有利爪，與突出鼻口部的生物之間，穿越以形狀特異金屬打造的街道迷宮中，身上籠罩著顏色不同的陽光；當他往下看時，發現自己的身體和其他生物相同：皮膚長滿皺紋，有些部分長有鱗片，奇特的關節近似昆蟲，但整體輪廓卻接近人類外型。他依然握有銀鑰，不過抓著鑰匙的，是隻噁心的爪子。

夢境感稍縱即逝，他也覺得自己像是剛從夢中甦醒的人。終極深淵——那個存在體——某個尚未誕生的未來世界中的愚蠢異星物種裡，有個名為藍道夫・卡特的生物——這些東西經常在雅帝斯星球（Yaddith）的巫師澤考巴（Zkauba）夢中出現。這些夢境太過強烈，干擾了他施法讓恐怖的巨噬蠕蟲待在地洞裡的責任，也與他對諸多真實世界的回憶混在一起，他曾透過光線傳輸抵達那些世界。現在那些夢境變得前所未有地逼真。他右前爪中這把沉重的實體銀鑰，長得和他夢中見到的銀鑰一模一樣；這並不是好現象。他得休息與反思，並參考寧牌[18]，以尋求對下一步的建議。他爬上位於主要幹道附近小徑中的牆面，步入他的寓所，並走向那堆牌。

七日分（day-fraction）後，澤考巴敬畏又有些絕望地在他的稜鏡前蹲踞著，真相打開了充滿矛盾的全新記憶。他再也無法體會身為單一個體的平靜。在所有時空，他都身兼二體：雅帝斯的巫師澤考巴，一想到自己將成為、還曾是噁心的地球哺乳類卡特，就覺得不快；以及地球波士頓的藍道夫・卡特，對自己曾是、也將再度成為那長有利爪與長鼻的生物，感到心驚膽戰。

大師嘶啞地說（他吃力的嗓音開始顯露出疲態），雅帝斯上的時間單位，造就了難以長

---

18 The Tables of Nhing，一組留存在雅帝斯星球的碑文，無人見過其副本，也因此不知其內容為何。

話短說的故事。雅帝斯上的生物，能透過光線傳輸容器前往修倪、穆梭拉（Mthura），與卡斯（Kath），以及二十八個銀河系中的其他世界，還能透過銀鑰與雅帝斯巫師們所知的諸多符號，穿梭往返時間中的不同紀元。這座星球地底，如蜂窩般的原始隧道中，慘白黏膩的巨噬蠕蟲之間經常發生慘烈戰鬥。圖書館中令人驚嘆的課程，則涵蓋了來自上萬個依舊存在，或早已消逝的星球的知識。澤考巴常與雅帝斯其他居民緊湊地舉行會議，與會成員包括大長老波（Buo）。澤考巴沒有把發生在自身人格上的事告訴他人，但當藍道夫．卡特人格佔上風時，他便勤奮地研究回到地球，與各種可能變回人形的方式，也焦急地用外星生物的喉嚨器官，練習不適合這種器官的人類語言。

卡特人格很快就驚恐地得知，銀鑰無法使他變回人形。當他從自己的回憶、夢境內容，與從雅帝斯的學識中推論出答案時，已經太遲了。銀鑰確實是地球上許珀耳玻瑞亞的製品，只擁有控制人類自我意識角度的能力。不過，它能改變行星角度，讓使用者透過並未改變的軀體，自由穿越時間。還有另一道附帶咒語，能賦予它平時缺乏的無限力量，但這點也是人類的發現，是那個無法在空間上抵達的異地特有的咒語，雅帝斯的巫師們也無法複製這種能力。咒語寫在那張無法破譯的羊皮紙上，與銀鑰一同存放在雕工醜陋的盒子中，卡特也對遺忘那張紙而感到悲傷。深淵中現已無法觸及的存在體，曾警告他要確認自己的符號，也肯定認為對方做好了萬全準備。

隨著時間過去，他越趨努力地研讀雅帝斯的恐怖學識，以便找出通路，回到深淵，與無所不能的存在體身邊。有了全新知識後，他就能閱讀那張神祕的羊皮紙，但在當前條件下，這種能力相當諷刺。不過，有時澤考巴人格會佔上風，也會努力抹去讓他感到不快的矛盾卡特回憶。

漫長的時間緩緩流逝，歲月長度超乎人類大腦的理解，因為雅帝斯的生物，需要在更長的生命循環後才會死去。經過數百次反抗後，卡特人格似乎擊敗了澤考巴人格，並將大量時間，花在計算雅帝斯在時空中，與未來人類地球之間的距離。這個數據有無數光年，高到令人吃驚，但雅帝斯的不朽學識，讓卡特能理解這類資訊。他培養能力，讓自己能短暫地往地球作夢，並學到許多關於我們星球的事，之前他從來不曉得這些知識。但他夢不到遺失羊皮紙上所寫的咒文。

最後，他想出了逃離雅帝斯的狂野計畫。他發現有種藥，能使澤考巴人格永遠陷入睡眠，卻不會消弭澤考巴的知識與記憶。他認為自己的計算結果，能讓他進行沒有任何雅帝斯人辦到過的光波傳輸——帶著軀體穿越無名歲月與無垠銀河，抵達太陽系與地球本身。

一抵達地球，儘管還處在長有利爪與長鼻的生物體內，他或許還能找出那張寫滿怪異象形文字的羊皮紙，並將之破譯。之前他將羊皮紙放在停在阿卡漢的汽車中。有了羊皮紙與鑰匙的幫助，他就能恢復正常的地球人外表。

他並未忽視計畫中的危機。他知道，當自己將行星角度調整到正確的時代（飛越太空時不可能這樣做），雅帝斯就會成為由戰勝的巨噬蠕蟲統治的死亡世界，而他透過光波容器進行的逃生路程，也帶來了極大疑慮。他深知自己得如同大師般長期冬眠，以忍受穿越無邊無際的深淵時，長達無數紀元的旅程。他明白，假使他的旅程成功，就必須使自己對細菌，以及其他對來自雅帝斯的軀體有害的地球環境條件產生免疫力。再來，他得找出方法，在地球偽裝成人型，直到自己尋獲並破譯羊皮紙，再化為自己真正的型態。不然恐慌的人們可能會發現他，並將他當作不可能存在的怪物而摧毀他。他也需要一些黃金（幸運的是，雅帝斯上能找到黃金），以便讓他度過任務那段期間。

卡特緩緩進行他的計畫。他準備了一台異常堅固的光波容器，足以抵擋強烈的時間轉換過程，與史無前例的長途太空航程。他測試過自己的計算結果，也不斷往地球作夢，讓夢境盡可能接近一九二八年。他在冬眠上獲得驚人成功。他發現自己需要的細菌，也解決了身體得習慣的壓力變換問題。他巧妙地打造了一只蠟製面具和鬆垮服裝，能讓自己假扮成某種人類混入人群，還發明了一種極度強烈的咒語，能在他從超越想像的未來、漆黑死寂的雅帝斯出發時，抵擋巨噬蠕蟲。他也收集了大量地球上無法取得的藥品，能壓抑他的澤考巴人格，直到他能擺脫這具雅帝斯軀體為止。他也沒忘記帶一小堆黃金，以供在地球上使用。

出發日充滿了質疑與畏懼。卡特爬上他的容器平台，佯裝自己要前往三合星奈松（Nython），並爬入閃亮金屬製成的箱蓋之中。他有足夠的空間能進行銀鑰儀式，當他開始時，就讓容器緩緩上升。天空駭人地翻騰並變黑，也帶來強烈痛楚。宇宙似乎不可靠地扭曲起來，其餘星辰則在漆黑的天空中舞動。

卡特立刻感受到一股全新的平衡。星際深淵的低溫，衝擊著容器外側，他也發現自己在太空中任意飄浮，而他啟程時那棟金屬建築物，早在數年前就已腐朽崩解。他底下的地面，爬滿了龐大的巨噬蠕蟲；當他往下看時，有隻巨蟲揚起了數百英呎高的身軀，往他伸出蒼白黏滑的前端。但他的咒語產生效果，下一秒，他就毫髮無傷地遠離了雅帝斯。

第七章

紐奧良那個的古怪房間中，強德拉普特拉大師古怪的嗓音變得更加嘶啞。老黑人僕人早已出於本能地逃離此地。

「各位，」他繼續說，「直到我讓你們看特殊證據前，我不要求你們相信這些事。那麼，當我告訴你們，身為無名外星生物的藍道夫．卡特，搭乘著以電子驅動金屬製成的薄殼容器，**飛越了數千光年的距離，等同於數千年的時間，以及超越數十億英哩的路程**時，請把這件事當成神話吧。他萬分謹慎地計算過自己的冬眠期，打算在抵達地球前幾年醒來，並在一九二八年或接近的年份降落。」

「他永遠無法忘懷那段甦醒的過程。各位請記好，在那股太古般漫長的長眠中，**他已清醒地在雅帝斯上怪異的恐怖奇觀中，生活了數千個地球年份**。他感到刺骨的冰冷，充滿威脅的夢境已然停止。他從容器的觀察孔往外看了一眼，四處都是恆星、星群與星雲。**最後，群星的輪廓，終於變得與他熟悉的地球星辰相似**。」

「或許哪天可以談談他落入太陽系的故事。他在太陽系邊陲看到金納斯[19]與幽果斯，近距離飛過海王星，並看到上頭陰森的白色真菌，也在木星的霧氣中，窺見某個不可言傳的祕密，還在其中一座衛星上，看到了恐怖事物，也注視過火星紅色盆地上的龐大遺跡。靠近地球時，他看到的，則是彎月形的地球，並令人警覺地不斷變大。他放慢了速度，不過歸鄉感使他不想浪費任何一刻。卡特曾對我敘述過這些事，但我不會試圖告訴你們這些感覺。」

「最後，卡特懸浮在地球的高空，直到日光灑在西半球上。他想降落在自己離開的地點：阿卡漢後頭山區靠近蛇窩那一帶。如果你們之中，有人曾離家很久（我知道你們其中一人做過），我就讓你們自行想像新英格蘭綿延的山丘、高大的榆樹林、盤根錯節的果園，與古老的石牆使他興起的情感。」

「黎明時，他降落在卡特家舊宅的下層草皮上，也慶幸周圍無聲又寂寥。當時是秋天，和他離開時相同，山丘的氣味，為他的心靈帶來不少安慰。他將金屬容器拖到森林上坡，搬進蛇窩，不過它無法穿過通往內部洞窟那長滿雜草的裂隙。他也在那將自己的異星軀體，套上必要的人類衣物與蠟製面具。他把容器存放在這超過一年以上，直到某些狀況導致他必須另覓新處。」

「他走到阿卡漢，順便練習用他的軀體表現出人類姿態，並抵抗地心引力，再去銀行把黃金換成金錢。他假裝成不太會說英語的外國人，打聽了些消息，這才發現當時是一九三〇年，超過他目標年份兩年。」

19　譯注：Kynath，有些版本寫為「辛納斯」（Hynarth）。

「當然了，他的處境相當惡劣。他無法證明自己的身分，也被迫得隨時保持警覺，進食上也有某些困難，還得保留壓抑澤考巴人格的外星藥物，因此他覺得自己得盡快行事。他前往波士頓，在衰敗的西區租了間房，讓他能以低廉的價格低調行事，他也立即開始調查藍道夫・卡特的不動產與財產狀況。此時他才得知，亞斯平沃爾先生急於分配遺產，而迪馬里尼與菲利浦斯先生，則英勇地企圖阻止此事。」

印度人鞠了個躬，但他平靜又長滿濃密鬍鬚的黝黑臉龐，並未露出特別神情。

「透過間接方式，」他繼續說，「卡特取得了遺失的那張羊皮紙良好的複本，並開始破譯。我很高興自己幫了他不少忙，因為他在初期就找上我，也透過我聯絡到世上其他神祕學學者。我和他一起住在波士頓，地點是錢伯斯街（Chambers Street）上的破爛寓所。至於羊皮紙呢，我則樂於幫迪馬里尼先生化解疑惑。容我解釋，那些象形文字並非那卡文，而是拉萊耶文[20]，克蘇魯（Cthulhu）的子嗣在太古歲月，將這種文字帶來地球。那自然是譯文，數百萬年前，有份以原始的札斯猶語（Tsath-yo）寫成的許珀耳玻瑞亞原文。」

「要破解的內容比卡特預料得多，但他並未放棄希望。今年上旬，他透過從尼泊爾進口的一本書，取得了莫大進展，不久後他肯定就會成功。但不幸的是，出現了一項阻礙：壓抑澤考巴人格的外星藥物即將用罄。不過，那並非莫大危機。卡特的人格在軀體中逐漸佔了上風，而當澤考巴取得優勢時（這種時期越來越短，現在只會因不尋常的刺激而引發），他通常也由於太過暈眩，無法破壞卡特的工作。他找不到那台能帶自己返回雅帝斯的金屬容器，不過某次他幾乎成功了，卡特則趁澤考巴人格昏睡時，將容器藏了起來。他造成的問題，頂多是嚇壞了幾個人，還讓居住在波士頓西區的波蘭人與立陶宛人，傳起了惡夢般的謠言。到目前為止，他從未破壞過卡特人格精心準備的偽裝，不過他有時會丟棄偽裝，導致有些道具得要更換。我見過偽裝下的面孔……最好不要看那種東西。」

「一個月前，卡特看到關於這場會議的廣告，便清楚自己得盡快行動，以挽救自己的資產。他無法等到羊皮紙破譯完成，和恢復人形的日子了。於是他要求我代理他前來。」

「容我告訴各位，藍道夫．卡特並沒有死。他暫時處於特殊狀況中，但兩三個月內，他就能以恰當方式現身，並取回他的資產所有權。如果有必要的話，我也準備好提出證據。因此我請求你們無限期延後這場會議。」

20　譯注：R'lyeh，舊日支配者克蘇魯所居住的海底城市，參見《克蘇魯的呼喚》。

第八章

迪馬里尼與菲利浦斯，彷彿遭到催眠般地盯著印度人看，亞斯平沃爾則發出一連串哼聲與怒吼。老律師的作嘔感現在已暴漲為明顯的怒火，他用青筋怒漲的拳頭用力捶打桌面。當他開口時，嗓音便宛如狗吠。

「這種蠢事要拖多久？我聽這瘋子——這個騙子說了一小時的話，現在他居然厚顏無恥地說藍道夫·卡特還活著，還要我們沒來由地延後會議！你何不把這無賴踢出去，迪馬里尼？你打算讓我們當這個騙子或白痴的笑柄嗎？」

迪馬里尼平靜地舉起手，並溫和地開口。

「讓我們慢慢地仔細思考。這是個非常離奇的故事，身為神祕學學者，其中有些情節我並不陌生，也認為並非完全不可能。再來，自從一九三〇年開始，我就收到過大師的信，內容也與他的說法相符。」

當他停下時，老菲利浦斯先生就開了口。

「強德拉普特拉大師提到證據。我也在這故事中發現不少重要線索，過去兩年內，我自己也收到許多大師寄來的信件，內容都能夠古怪地證明這件事，不過有些說法相當極端。沒有任何實體證據嗎？」

面無表情的大師，終於緩慢又嘶啞地回應，一面從鬆垮的大衣口袋中，拿出一件物品。

「儘管你們沒人親眼見過銀鑰，迪馬里尼與菲利浦斯先生們卻看過它的相片。**你們認得這東西嗎？**」

他用戴著白手套的手，費勁地將一把沉重且已褪色的銀製鑰匙擺在桌上。鑰匙近五英吋長，沒人看過這種充滿異域風格的雕工，上頭還布滿了造型古怪的象形文字。迪馬里尼與菲利浦斯發出了驚嘆聲。

「就是它！」迪馬里尼叫道。「相機不會騙人。我不可能搞錯！」

但亞斯平沃爾早已發出回應。

「你們這些蠢蛋！這證明了什麼？如果這確實是屬於我表弟的鑰匙，那這個外國佬——這個該死的黑鬼——就該解釋他是怎麼把這東西弄來的！藍道夫．卡特四年前帶著鑰匙失蹤。我們怎麼曉得他不是遭搶後遇害？他早就半瘋了，還跟更瘋狂的人打交道。」

「聽好了，你這黑鬼，你是從哪弄來那把鑰匙的？你殺了藍道夫．卡特嗎？」

大師異常平靜的神色並未出現變化，但那雙眼神冷酷、毫無虹膜的黑眼，流露出危險的光芒。他費勁地開口。

「請控制你自己，亞斯平沃爾先生。我**可以**拿出另一項證據，但它帶來的影響，恐怕大家並不樂見。讓我們講理點。這裡有顯然是自一九三〇年開始寫下的文件，風格也無疑屬於藍道夫・卡特。」

他笨拙地從鬆垮大衣中取出一只長信封，並遞給破口大罵的律師，迪馬里尼和菲利浦斯則懷抱著混亂的思緒，心中逐漸感到異常驚奇。

「筆跡自然模糊難辨，但請記好，藍道夫・卡特現在並沒有適合書寫人類文字的雙手。」

亞斯平沃爾迅速掃視信件，也明顯感到訝異，但他並未改變態度。房裡的氣氛劍拔弩張，又充滿無名恐懼，而棺材型時鐘發出的異域節奏，在迪馬里尼和菲利浦斯耳中聽來，成了恐怖聲響，不過律師似乎毫不在意。

亞斯平沃爾再度開口。「這些看起來像是精巧的偽造品。就算不是假貨，信件也證明了，藍道夫・卡特遭到圖謀不軌的人挾持。現在只得做一件事，就是逮捕這個騙子。迪馬里尼，你可以打電話找警察來嗎？」

「我們先等等。」屋主回答。「我不認為這件事需要警察。我有個想法。亞斯平沃爾先生，這位紳士是真材實料的神祕學學者。他自稱是藍道夫・卡特的親信。如果他能回答只有親信才知道的問題，你可以接受嗎？我認識卡特，也能問這類問題。讓我拿本可供測試的書。」

他轉向通往圖書館的門，菲利浦斯則茫然地自動跟上。亞斯平沃爾留在原位，仔細盯著對面印度人異常冷靜的臉瞧。突然間，當強德拉普特拉笨拙地將銀鑰放回口袋中時，律師從喉中發出了一股叫喊。

「嘿，我發現了！這個騙子喬裝打扮過！我一點都不相信他是東印度人。那張臉才不是真臉，是個面具！我猜他的故事讓我想到這點，但這千真萬確。它完全不動，頭巾和鬍鬚也遮住了面具邊緣。這人是個騙徒！他甚至不是外國人。我一直在觀察他的用語。他是某種美國北方佬。看看那雙手套，他知道自己的指紋會被發現。該死的傢伙，我要把那東西扯下來。」

「住手！」大師嘶啞又怪異的異國嗓音中，有種異於常人的恐懼。「我告訴過你，如果有必要，我有另外一種證據。我也警告過你，不要逼我動手。這個臉紅脖子粗的礙事佬說得對，我不是東印度人。**這張臉是個面具，它遮掩了非人物體**。你們其他人已經猜到了，我幾分鐘前就感覺到這件事。如果我摘下面具，情況就不會太樂觀。放手吧，厄尼斯特，我可以直接告訴你，**我就是藍道夫・卡特**。」

沒人移動半毫。亞斯平沃爾哼了一聲，並做出無意義的手勢。房間另一頭的迪馬里尼和菲利浦斯，望向那張通紅臉龐的表情，並注視面對他的戴頭巾身影。時鐘異常的滴答聲相當醜惡，三腳架上的煙霧，和飄逸的掛毯，則扭出死亡之舞。氣得半噎住的律師打破了沉默。

「不，你才不是，你這個騙子。你嚇不倒我的！你有理由不想脫下面具。或許我們知道你是誰。拿掉它——」

當他伸手向前時，大師用其中一隻戴手套的笨拙手掌抓住他的手，並發出一股混合了痛苦與訝異的奇特叫聲。迪馬里尼盯著兩人，但當假印度人的抗議叫聲，轉換為無可名狀的嘎嘎聲與嗡嗚時，他便感到困惑。亞斯平沃爾漲紅的臉相當憤怒，他再度企圖用空出來的手，突襲對手濃密的長鬍。這次他成功抓住目標，而由於他狂亂的拉扯，整塊蠟製面具便從頭巾落了下來，黏在律師滿懷怒氣的拳頭上。

此時，亞斯平沃爾發出了恐懼的呼嚕尖叫，菲利浦斯與迪馬里尼則看到他的臉抽搐起來，驚慌引發了那股醜陋的狂野痙攣，兩人從未在人類臉上看過這種神情。假大師同時放開了他另外一隻手，並彷彿暈頭轉向般站立著，發出某種不尋常的嗡嗡聲。接著戴頭巾的身影，姿態怪異地蹲下，擺出不似人型的姿勢，並以奇特的拖行步伐，走向發出異常旋律的棺材型時鐘。他裸露的面孔轉了過去，使得迪馬里尼和菲利浦斯，看不見律師的行徑所揭開的光景。他們的注意力轉向亞斯平沃爾，他已沉重地倒在地上。他們立刻衝過去，但當他們抵達他身邊時，這位老人已經死了。

迪馬里尼迅速轉身望向大師後退的背影，並看到一隻白色大手套，無力地從擺盪的手臂上落下。乳香煙霧非常濃厚，他也能瞥見露出的手，是某種黑色長型物體。這位克里奧爾語專家跑向撤退的身影時，老菲利浦斯先生把手放在他的肩膀上。

「別過去！」他低聲說道。「我們不曉得自己碰上了什麼。你清楚的，那是另一個人格——雅帝斯的巫師澤考巴……」

戴頭巾的形體抵達了那個異常的時鐘，旁觀者們也從濃密煙霧中，看到一只模糊黑爪，摸索著寫滿象形文字的高聳門板。摸索動作發出了奇怪的敲擊聲。接著那個形體踏入棺材型鐘盒，隨後將門關上。

迪馬里尼無法繼續忍耐，但當他衝過去打開時鐘時，裡頭卻空無一物。異常的滴答聲繼續響起，發出伴隨所有神祕開闊門口的黑暗宇宙節奏。大型白手套掉在地上，死者手中則抓著裝有鬍鬚的面具，一切僅此而已。

一年過去了，無人聽聞藍道夫・卡特的消息。他的資產依然尚未分配。一九三〇年、一九三一年和一九三二年間，某位「強德拉普特拉大師」，從位於波士頓的地址，寄了問題給不同的神祕學學者，該地確實由一位奇怪的印度人承租，但他在紐奧良會議日前不久就已離開，後來再也沒人看見過他。據說他皮膚黝黑，臉上毫無表情，蓄著長鬍，房東則認為那只黑面具（面具自然有公開展示）看起來跟他十分相像。不過，沒人把他與當地斯拉夫人謠傳的夢魘景象連結起來。人們到阿卡漢後頭的山區找尋「金屬容器」，但完全無法找到類似物品。不過，一位在阿卡漢第一國立銀行（First National Bank）工作的行員，確實記得一九三〇年十月，有某個戴頭巾的怪人，用一些奇怪的金條換了現金。

迪馬里尼和菲利浦斯不曉得該如何解讀這件事。畢竟，這究竟證明了什麼？

有一樁故事。可能有人按照卡特於一九二八年恣意發出的其中一張照片，偽造出了鑰匙。還有一些文件，但這決定不了什麼。有位戴面具的陌生人，但世上哪有活人看過面具後的臉孔？在壓力與乳香煙霧之下，於時鐘內消失的景象，可能只是雙重幻覺。印度人擅長催眠。理性的答案認為，那位「大師」，是個覬覦藍道夫．卡特資產的罪犯。但驗屍結果顯示，亞斯平沃爾死於休克。是憤怒造成的嗎？而那故事中有些要素……

艾蒂安—羅倫特．迪馬里尼經常坐在吊滿奇異掛毯、還飄著乳香煙霧的大房間中，懷抱著模糊的情感，聆聽那座滿布象形文字的棺材型時鐘，發出的異常節奏。

New Black 004

夢尋祕境卡達斯
H.P. Lovecraft幻夢境小說傑作選

作　　者　H.P.洛夫克拉夫特（H.P. Lovecraft）
譯　　者　李函
責任編輯　簡欣彥
行銷企劃　許凱棣
封面設計　傅文豪
內頁構成　李秀菊

社　　長　郭重興
發行人兼出版總監　曾大福
出　　版　遠足文化事業股份有限公司 堡壘文化
地　　址　231新北市新店區民權路108-2號9樓
電　　話　02-22181417
傳　　真　02-22188057
Email　service@bookrep.com.tw
郵撥帳號　19504465
客服專線　0800-221-029
網　　址　http://www.bookrep.com.tw
法律顧問　華洋法律事務所　蘇文生律師
印　　製　呈靖彩印有限公司
初版一刷　2021年7月
定　　價　新臺幣370元

國家圖書館出版品預行編目（CIP）資料

夢尋祕境卡達斯：H.P. Lovecraft幻夢境小説傑作選／H.P.洛夫克拉夫特（H.P. Lovecraft）著；李函譯. -- 初版. -- 新北市：遠足文化事業股份有限公司堡壘文化，2021.07
面；　公分. -- (New black；4)
譯自：The dream quest of unknown kadath and other stories.
ISBN 978-986-06513-7-9（平裝）
874.57　　110009008